Felix Ever After

by Kacen Callender

フィリックス エヴァー アフター

ケイセン・カレンダー

武居ちひろ=訳

マグノリアブックス

Permission for this edition was arranged through
Gallt and Zacker Literary Agency LLC
via Tuttle-Mori Agency, Inc., Tokyo

トランスとノンバイナリーの若者たちへ
きみは美しい。きみは大切。きみの存在は正しい。
きみはパーフェクト。

主な登場人物

フィリックス・ラヴ……十七歳のトランスジェンダー。イラストレーター志望
エズラ（エズ）……フィリックスの親友
マリソル（マリ）……フィリックスの元カノ
デクラン……エズラの元カレ
オースティン……エズラに急接近する。リアのはとこ
リア……オースティンのはとこ
父さん……フィリックスの父
ジル……フィリックスの学校の教師
ベックス……ＬＧＢＴセンターで行われたディスカッションの参加者

読者のみなさまへ

この本には、精神的な負担となりうる描写が含まれています。
ストーリーの内容にふれることになるため、
巻末（P.415）に具体的な単語を記載しています 。
お気持ちと相談のうえ、ご確認いただけますようお願い申しあげます。

〔　〕は、訳者による註です。

編集部より

フィリックス　エヴァー　アフター

1

アパートメントのガラス扉を押しあける。降りそそぐ太陽の黄色い光が、いやになるくらい陽気でまぶしい。めちゃくちゃ暑い——肌や髪、目玉にまで熱気がまとわりつく。

「ったく、そもそもなんで受講するんだっけ」エズラがしわがれた声で言う。「朝早すぎ。まだ寝てる時間なのに」

「あのさ、厳密に言うと十一時は朝じゃないから。一日の半分近く終わってるよ」

エズラがどこからともなくハッパを取り出し、火をつけてぼくに差し出す。歩きながら短い吸いさしをふたりで分け合う。近くの公園でバーベキューをしてる人たちが、レゲトン〔レゲエとヒップホップの影響を受けたプエルトリコ発の音楽〕を大音量で流してる。煙と肉の焼けるにおいが漂い、子どもたちの笑いと叫び声が聞こえる。通りを横切ろうとして、ぼくたちは一瞬足を止める。自転車に乗った男が、スピーカーでノトーリアス・B．I．G．をがんがん鳴らしながら目の前をすっ飛ばしていく。地下鉄G線、ベッドフォード–ノストランド・アヴェニュース駅のコケでぬめった階段をおり、改札機にカードを通すのと同時に、電車が轟音を立ててホームに到着する。

背後で電車のドアが閉まる。ぼくたちが乗ったのは古い車両で、黒いガムがところどころ床にこびりつき、窓にはマジックで落書きがしてある――〝R＋J＝4EVA（フォーエヴァー）〟。

ダッセー、と思いつつ、正直、嫉妬が胸に芽生えるのを感じる。どんな気持ちだろう。だれかを愛するあまり、黒マジックで世間に心と魂をさらけ出したくなるのって？　そもそも、だれかを愛するってどんな感じ？　ぼくの名前はフィリックス・ラヴ。でも、人を愛（ラヴ）したことはまだない。なんでかな。この矛盾にイライラさせられるときがある。

オレンジ色の座席にふたり並んですわる。エズラがあくびしながら片手で顔をこすり、ぼくの肩にもたれかかる。先週のぼくの誕生日以来、朝の三時まで夜更かしして一日ぐうたら過ごすのが癖になってる。十七歳になってわかったけど、十六歳と十七歳はたいしてちがわない。十七歳はただの中間の年齢で、火曜日みたいにすぐ忘れ去られる――花の十六歳（スウィートシックスティーン）と成人の十八歳のあいだで宙ぶらりんってわけ。

ぼくたちの向かいでおじいさんが居眠りしてる。女の人が食料品の袋でいっぱいのベビーカーを押してる。赤いひげをたっぷりとたくわえたヒップスターが、自転車をしっかりと支えてる。エアコンの強風が猛烈に冷たい。凍えながら自分を抱きしめてるぼくを見て、エズラが肩に腕をまわしてくる。エズラはぼくの親友。三年前、セント・キャサリン高校に入学してからずっと、ぼくのただひとりの友だちだ。付き合ってるわけじゃない。全然、ちっとも、まったく。でも、みんなにはよく誤解される。向かいのおじいさんが〝ゲイがにおうぞ〟とばかりに突然目を覚ます。こっちをじろじろ見てきて、ぼくがまっすぐ見返してもやめない。ヒップスターが〝だいじょうぶ〟と言うようにぼくたちに微笑みかける。ふたりのゲイがブルックリンの真ん中でいちゃついてたって、たいしてめずらしくもないはずなのに、急にそうじゃない気がしてくる。

ハッパのせいか、もう少しで大人になるという現実のせいか、ふいにやけっぱちな気分になる。ぼくはエズにささやく。「見せつけてやりたくない？」

頑として目をそらそうとしないおじいさんを顎で示す。エズラはにやりとし、ぼくの腕を上下にさする。ぼくはエズラにすり寄り、その肩に頭をあずける。つぎの瞬間、エズは急にエンジン全開になってぼくの首に顔をうずめてくる――実は、ぼくはあまり経験がなくて（つまり、キスすらしたことない）、エズラの唇を肌に感じるだけでどうにかなりそうだ。ぼくがみっともない悲鳴をあげると、エズラは首の同じところでくぐもった笑い声を漏らす。

視線をあげて様子をうかがうと、ぼくたちの観客は目をまるくしてあっけにとられてる。ぼくはおじいさんに向かって指をくねらせ、からかうように半端に手を振ってみせる。おじいさんは、それを話しかけてもいい合図だと受けとったらしい。「わたしには」少し訛った調子で言う。「ゲイの孫がいるんだ」

エズラとぼくは、眉をくいっとあげて視線を交わす。

「えっと。そうですか」ぼくは言う。

おじいさんはうなずく。「そう、そうなんだよ――わたしはまったく気がつかなかった。妻のベッツィがまだ生きていたころだが、ある日、あの子がわたしたちに話があると言ってね。おれはゲイなんだ、と涙ながらに打ち明けてきた。何年も前から自覚していたのに、わたしたちにどう思われるかがこわくてだまっていたんだ。こわがるのも無理はない。いろいろな話を聞くから。それに、あの子の父親は……痛ましいことだよ。何があろうと、親は子を愛しつづけるものだと思うだろうに」電車が速度を落とすと、おじいさんは独白をやめてあたりを見まわす。「さて。わたしはここでおりるよ」

ドアが開くと同時に立ちあがる。「きみたちはきっとうちの孫を気に入るよ。とてもやさしそうなゲイの子たちのようだから」

おじいさんはそう言ってホームに姿を消し、ベビーカーの女の人があとにつづく。

エズラとぼくは見つめ合い、こらえきれずに大笑いする。エズラが愉快そうに頭を振って言う。「さすが、ニューヨークだな。マジでさ。ニューヨークでしかありえない」

メトロポリタン・アヴェニュー駅で下車してから、階段をおりてまたあがり、L線に乗り換える。きょうは六月一日――ニューヨーク・シティのプライド月間〔プライドは性的マイノリティの人々の誇りの意。毎年六月はプライド月間として世界各地でイベントが開催される〕のはじまりだ。タイルの壁に〝偏見は許さない〟と書かれた虹色のポスターが貼られてる。ホームはピンク色の肌をしたウィリアムズバーグのヒップスターたちでごった返し、電車はいつまで経っても来ない。

「やべえ。遅刻だな」エズラが言う。

「うん。まあね」

「デクランのやつ、怒るだろうなあ」

ほんと言うと、ぼくはどうでもいい。デクランのくそ野郎のことなんか。「いまさら言ってもしょうがないよ」

電車が到着し、みんなが競うように乗りこむ。ぎゅうぎゅう詰めの車内でぼくとエズラの体が密着し、ビールのにおいと体臭が空中を漂っていく。電車がガタガタと激しく揺れ、もう立っていられないと思ったそのとき——ようやく、ユニオン・スクエア駅に着く。

いつもと変わらない、人でごった返したシティの午後。この人の多さ——ぼくがロウアー・マンハッタンでいちばんきらいなことだ。少なくともブルックリンでは、二十人もの肩やハンドバッグにぶつからずに通りを歩ける。少なくともブルックリンでは、茶色い肌のせいで自分が目に見えない存在になったようには感じない。ぼくはときどき、白人の後ろについて歩く。その人の前からだれかが飛び出してきても、ぼくにぶつからないように。

ファーマーズマーケットの雑踏をのろのろと進んでいくと、魚のにおいがぼくたちを追いかけてくる。ぼくたちの服装はいつもとだいたい同じ。エズラは夏なのに黒いTシャツを着て、袖を肩までまくりあげ、クリムトの〈ユディトI〉のタトゥーをあらわにしてる。足首の上、数インチ高すぎる位置でカットされたタイトなブラックジーンズに、汚れた白のコンバース、アンディ・ウォーホルの顔柄のロングソックス。鼻にゴールドのセプタムピアスをつけ、カールしたふさふさの黒髪をまるくまとめて、頭の両サイドは刈りあげてある。

エズラといっしょにいるとき、人々の視線はぼくを素通りしてエズラに集まる。ぼくは縮れ毛で、灰色のだぼっとしたタンクトップ姿。タンクトップからはみ出して見える胸の傷痕は、ゴールデンブラウンの肌よりひときわ濃い色をしてる。デニムのショートパンツに、アスター・プレイスにある店で二十ドルで入れた小さなタトゥー——はじめ見たときは仰天してた父さんも、いまじゃ慣れっこだ——がいくつか。履き古したスニーカーは、マジックで手描きした絵や文字で覆われてる。エズラはぼくがスニーカーを台無しにしたと思ってる。デザイナーの意図を損なわないことにこだわるタイプなんだ。

瓶詰のジャム、焼きたてのパン、色鮮やかな花々が並ぶファーマーズマーケットの前を通り、のんびりとぶらつく人々を追い越していく。スーツ姿の男たちが雑踏を押し分けて進む。リードにつながれた犬と三輪のキックボードに乗った子どもたちがちょこまかと走りまわり、足をとられそうになる。ファーマーズマーケットをやっと抜け、青々とした芝生を横切る小道に出ると、数組のカップルがブランケットを敷いてくつろいでる。少年たちがスケートボードの技を見せびらかしてる。涼しげなワンピースにサングラス姿の女の子たちがベンチに腰かけ、特に読んでるふうでもなく本を開いてる。

「で、なんで夏期講習を受けるんだっけ？」エズラが言う。

「大学受験のためだろ」

「言ったよな。おれは大学に行かないって」

「へえ。それじゃ、いったいなんでかな」

　エズラが作り笑いをする。ふたりともわかってることだけど、卒業後、エズラはおそらく親の信託財産で生活していく。エズラの両親は超がつく大金持ちだ。どれくらい金持ちかって、エズラが夏期講習のあいだ〝ベッドスタイ〟ことベッドフォード・スタイベサントに住めるように、専用のアパートメントを買い与えたくらいだ（近ごろじゃ、ああいうアパートメントは百万ドル近くする）。パテル家はマンハッタンの典型的なエリートだ。無限にそそがれるシャンパン、資金集めのパーティー、華やかな舞踏会。息子にかける時間はゼロだから、エズラは三人の乳母に育てられた。それってむちゃくちゃだと思うけど、うらやましくもある。エズラには金の大皿に載った何不自由ない人生が用意されてるのに、ぼくは地道な努力でほしいものを手に入れるしかない。

　ぼくの長年の夢はブラウン大学に行くこと。でも、成績はぱっとせず、テストの点は平均以下で、ブラウン大学の合格率は九パーセントしかない。努力してないわけじゃない。テスト勉強は必死でやるし、授業中は先生たちの一言一句を書き留めて、意識がふらふらさまよわないようにしてる。父さんも言ってたけど、ぼくの脳の配線はふつうとちょっとちがうんだ。

ブラウン大学に受かりそうもないなら、努力しても無駄なんじゃないかとたまに思う。でも、テストの点が悪くたって入学できた人はいるし、ぼくの成績は悪くても、アートはそうじゃない。ぼくには才能がある。それはわかってる。アート専攻の受験生の場合は、成績よりポートフォリオが重視される。セント・キャサリンの夏期講習で追加の単位をもらえば、成績をCやBからアップできるかもしれない。ブラウン大学への道が完全に断たれたわけじゃないんだ。

ユニオン・スクエアの階段で、リア、マリソル、デクランの三人がすでにファッション撮影に取りかかってる。シティの大半の学校よりひと足早く、セント・キャサリンの夏期講習は数日前にはじまった。ほかのクラスの生徒と交流できるように、最初は制作実習にあてられる。エズラとぼくは、エズラのデザインした服でファッション撮影に参加することにした。もじゃもじゃの赤毛、透きとおるように白い肌とカーブを描く豊満な体つきで、タンクトップときわどい丈のショートパンツ姿のリアが、カメラを携えてスタンバってる。モデルはもちろん、マリソルだ。エズラと同じくらい背が高くて、オリーブ色の肌とたっぷりしたブラウンの髪に、カーラ・デルヴィーニュ並みに立派な眉毛をしてる。その姿を見るだけで、ぼくの胸がざわつく。巨大な鳥の巣の形にセットした髪、緑色の羽根をくっつけたまつ毛、同じ色に塗った唇。身につけてるのは、きょう四番目に撮影する予定だったドレス。スパンコールで描いたリアーナのポートレートだ。

デクラン・キーンがディレクターとして撮影のすべてを仕切ってる。そのことが、ぼくをどうしようもなくイラつかせる。ディレクターの経験なんてないのに、デクランはいつでもすべてをちゃっかり手に入れる。そのうえ、人生をかけた使命とばかりにぼくとエズラをごみ扱いしてくるんだ。事あるごとにぼくたちの悪口を言う。ぼくたちを嫌悪し、ほかのみんなもぼくたちをきらうように仕向けてる。

マリソルに話しかけてたデクランがこっちに気づく。その目がぎらつき、顎に力がはいる。「会えてうれしいよ」近づいていくぼくたちに、デクランが大声で呼びかける。階段に腰かけてる数人がこっちを向く。「エズラ、来てくれてほんとうに感謝する」

エズラがぼくの横でささやく。「ほらな、怒ってるだろ」

デクランがゆっくりと手を打ち鳴らす。「光栄だな――いや、実にね。エズラくんのファッションショーにご本人がお出ましとは」

エズラはこぶしを突き出し、もう片方の手でハンドルをまわすそぶりをしながら、ゆっくりと中指を突き立てる。ぼくたちがそばへ行くと、デクランは眉をひそめてエズラを見る。「ハイなのか」デクランに詰め寄られ、エズラは顔をそむける。「ふざけてんのかよ？　おれたちを一時間以上も待たせておいて、おまえはハイになってたのか」

ぼくは止めにはいる。「おい、落ち着けよ」

デクランはぼくに見向きもしない。「フィリックス、おまえはどいてろ」

電車の遅れを説明しても意味なさそうだ。

「おまえの言うとおりだ」エズラが言い、階段から見守ってるリアとマリソルにうなずく。

「ごめん。時が経つのを忘れちゃってさ」

デクランは小ばかにするような顔で「信じられない」とつぶやく――まるで、人生で一度も遅刻したことがないような口ぶりだ。デクランがぼくとエズを見くだすようになる前は、三人ですごくハイになって、授業に三十分遅れていくこともあったのに――いまじゃ、再臨したキリストのつもりか？　まったく、あいつには我慢ならない。

「どうせもう半分終わってる」ぼくたちがここにいてもいなくても関係ないかのように、デクランが波打つ髪をなでつけながら言う。デクランはミックス――母親はプエルトリコ出身の黒人、父親はアイルランド系の白人――で、ぼくより明るい茶色の肌をしてる。耳にかかる巻き毛は赤くきらめく茶色で、目は焦げ茶色。ややがっしりした体格で、肩幅が広い――オールドネイビーの服を着た体育会系(ジョック)だ。きょうはピンクのグラフィックTシャツと、色あせたバギージーンズ、サンダルを身につけてる。

デクランはぼくたちに背を向ける。「とっとと終わらせよう。ここに一日じゅういたくないからな。フィリックス、あのレフ板を持ってこい」

ぼくは動かない。デクラン・キーンにこき使われるなんてまっぴらだ。あんなふうにつんけんした調子で言われたって聞くもんか。

エズラがそっと言う。「おい、フィリックス。早いとこ終わらせようぜ」

しぶしぶ階段をあがり、機材や小道具の山からレフ板をひっつかむ。デクランは、いまだにぼくをちらりとも見ない。

「よし」デクランが言う。「再開しよう。マリソル、この写真では笑わなくていいと思うな——リアーナのポートレートと真剣な表情の並置が……」

意識が遠のきかける。デクランのやつ、九十九・九パーセントの確率で自分の声を聞くためにしゃべってるよな。撮影がつづき、カメラを構えて飛びまわるリアの前で、マリソルが空を見あげたまま(よかった、マリソルとは目が合わないほうが気楽だから)、体をひねったりくるりと回転したりする。それから、つぎの衣装の撮影に移る。ぼくがシーツを持ってマリソルのまわりを囲い、地面をじっとにらんでるあいだ、エズラがマリソルを手伝って別の手製のドレスに着替えさせる。こんどは『進撃の巨人』の漫画のコマに覆われたデザインだ。マリソルの準備が整うと、デクランが命令を吠える。

「リア、もうちょい右に動いて。フィリックス、レフ板を動かすなよ」

マリソルが顔に手をかざす。「あと、あたしの目に光がはいらないようにしてくれる?」

マリとぼくは前に付き合ってた。たった二週間だからたいしたことじゃないけど、いまも——もう何カ月も経ってるのに、マリソルのそばではなんだかむしゃくしゃしてしまう。マリソルは、ぼくたちのあいだに何事もなかったかのようにふるまって、ぼくの傷口に塩をぱらりと振りかける。マリソルがぼくをどんなふうに振ったかも、傷が治らない原因のひとつだ。

デクランがぼくに向かってパチパチパチと指を鳴らす。文字どおり、暫って言うけど、ぼくに向かって指をパチパチって。「レフ板を動かすなって言ったろ。まったく、集中しろよ」

ぼくはレフ板を高く掲げる。「くだらない」ぼそっとひとりごとを言う。

「おい、なんて言った？」

思ったより声が大きかったにちがいない——顔をあげると、みんながぼくを見てる。リアは唇を噛んでる。マリソルは片方の眉をあげてる。エズラはセットの反対側で首を横に振り、口の動きでこう伝えてくる。〝だめだ、よせ、フィリックス、やめてくれ〟ぼくにはそれもおもしろくない。デクランはぼくたちを邪険にできるのに、どうしてこっちは文句も言わずそれを受け入れなきゃいけない？　ぼくはエズラを無視し、デクランをまっすぐ見る。「くだらないって言ったんだよ」

デクランは頭を横に傾け、腕組みをしてかすかに笑みを浮かべる。「何がくだらないんだ？」

ぼくは肩をすくめる。「これだよ」レフ板を振ってみせる。「きみもだ」

デクランの笑みが、信じられないといった調子の笑い声に変わる。「おれがくだらないって？」

「ファッション撮影のことなんか何も知らないくせに」ぼくは言う。「きみがここにいるのは、きみが金持ちで、父親が学校に腐るほど寄付してるからだ。自分の力じゃない」

エズラの視線が地面に落ちるのを見て、胸がちくりと痛む。

デクランはそれに気がつかない。ぼくがますます怒るとわかってるかのように、にっこりと笑ってみせる。「自分がディレクターじゃないから腹を立ててるだけだろ」デクランは言う。

「それに、ブラウン大学の願書にも書けない。レフ板係じゃぱっとしないもんな？」

悔しいけど、図星だ――ぼくが腹を立ててるのは、願書にディレクターの経験を書けないから。それに比べて、デクランは今回の実習経験を盛りこめるし、成績も完璧ならテストの点もほぼ満点、そのうえ家族のコネもある……デクランもブラウン大学を受けるのは知ってる。しかも、第一志望だ。いっしょにつるんでたころ、ぼくたちはふたりでブラウン大学に進学し、ロードアイランド・スクール・オブ・デザインとの二重学位をとろうと話し合ってた。エズラがよく割ってはいっては、自分もロードアイランドに引っ越そう、そうすればずっと三人でいられる、なんて言ってたっけ。その計画はあまり長つづきしなかったけど。

おまけに、ブラウン大学には、セント・キャサリンから学費全額支給の奨学生を毎年ひとり選ぶ伝統がある。ぼくには大学に行く余裕がない。父さんは学費を払えない。イラストレーションを学ぶためだけに膨大なローンを組み、残りの人生を借金まみれで生きていかなきゃならないだろう。デクランのくそ野郎ほど、奨学金が必要でもなければふさわしくもないやつはいない。デクランが奨学生に選ばれると考えるだけで、ぼくは目玉に鉛筆を突き刺したくなる。

デクランがうすら笑いを浮かべる。「なんだよ。ほかに言うことないのか」

「ほっとけよ」エズラがぼくに言う。

でも、ぼくはほっとけない。デクランみたいなやつは、なんでも思いどおりになるのに慣れきってる。ほかのだれよりも、自分がよっぽど重要ですぐれてるかのようにふるまう。ぼくに対してもーーエズラに対しても。エズはどうでもよさそうにしてるけど、ぼくはデクランに会うたびに、ぼくたちに対するひどいふるまいをーーデクランの裏切りをーー思い出し、いちいちかっとしてしまう。

「言っとくけど」ぼくは言う。「くそくらえだ。どれだけお高くとまろうが、きみなんかただのインチキだ」

エズラは首を左右に振ってる。まるで、ぼくにうんざりしてるかのように。いやみな態度をとってるのはデクランだとわかってるのに、ぼくが過剰反応してると思ってるみたいだ。リアとマリソルはかたわらで気まずそうに立ち、デクランの反応をうかがってる。

デクランが歯を食いしばる。「おれがインチキ？　おまえじゃなくて？」

エズラがデクランを指さす。「やめろ。その言い方はなしだ」

デクランはあきれた顔をする。「なんだよ。そういう意味で言ったんじゃない」

でも、ほのめかしてるーーなぜ、ぼくがインチキなのかを。気まずい空気が流れる。デクランは大きくため息をつき、ぼくを見ようとしない。デクラン・キーンとは数えきれないほどけんかしてきたけど、きょうはぼくの勝ちだ。デクランの放った最後のひとことが、まだ胃のなかをぐるぐるしてても。状況がちがえば、このままここにいて勝利を味わうところだーーけど、マリソルとリアはぼくと目を合わさないし、エズラは心配でたまらなそうな目をして、ここにいたら五分おきに〝だいじょうぶ？〟とささやかれそうだ。

ぼくはレフ板を置く。「もういい」

階段を半ばおりたとき、デクランの声が聞こえる。そうくると思ったよ。おまえはいつもこうだもんな。ぼくは中指を立てて歩きつづける。

2

ユニオン・スクエア駅からの電車は、ベッドスタイから乗ったときに比べてすいてる。それでも、ハーレムの百四十五丁目駅までは約一時間の道のりだ。ここに住んでまだ半年。父さんとぼくは以前、エズラのアパートメントからほど近いトンプキンス・アヴェニュー沿いに住んでた。ブルックリンがすごく恋しいけど、大家に家賃をあげられて、父さんにはどうしても払えなかった。平日の夜、父さんはロウアー・マンハッタンにある高級コンドミニアムのドアマンをしてる。日によっては副業を増やし、配達や犬の散歩代行をすることもある。ぼくの学費は、才能に基づく奨学金で賄われてる。それでも、父さんのお金は全部ぼくとセント・キャサリンに消えていく——ぼくがアートに情熱をそそげるように。成績をあげて、最高のポートフォリオと出願書類をまとめて、父さんが払ってきた犠牲に報いるためにもブラウン大学に合格しなきゃ……そんなプレッシャーにときどきのみこまれ、ぼくは息もできなくなる。

心配するな、と父さんは言う。「それに、いつかハーレムに住んでみたいと思っていたんだ」ぼくを元気づけるために言ってるだけかもしれないけど、たしかに、この場所には人をわくわくさせる何かがある。ラングストン・ヒューズ〔一九〇二−一九六七。アメリカ人作家、詩人〕やクロード・マッケイ〔一八八九−一九四八。ジャマイカ出身の作家、詩人〕、そのほかハーレム・ルネサンス〔一九二〇年代にハーレム地区で開花した黒人の芸術文化運動〕で活躍した黒人のクィア〔性的マイノリティの人々の総称〕な詩人たちはみんな、ここで芸術の道を極めた。ハーレムにいれば、いまぼくが直面してるスランプから抜け出して、出願書類とポートフォリオのためのアイデアが浮かぶかも——ずば抜けたやつを作れたら、ブラウン大学に合格するだけじゃなく、全額支給の奨学金ももらえる。ああ、そうなったらどんなにすごいだろう。ブラウン大学にはいるのは、世界じゅうのデクラン・キーンどもを盛大に見返してやるようなものだ——ぼくをひと目見るなり、とるに足らないと決めつけるような連中を。

　ワイヤレスイヤフォンをつけ、スポティファイでフリートウッド・マックのプレイリストを流しながら急な坂道をくだり、何があっても絶対に行かないことにしてる公園を通り過ぎる。ある晩、あそこの芝生を横切ってたら、ネズミが脚を這いあがってきたことがあるから。通りにはスターバックス——地域を問わず、ジェントリフィケーション〔再開発による低所得層地域の高級化〕の究極の象徴——や一ドルショップ、ジムが並び、歩道には果物の屋台が出てる。レモン、ブドウ、イチゴ、見たこともないほど鮮やかに輝くマンゴー。まるで小さな太陽みたいだ。スマホを取り出してインスタグラム用の写真を撮る。あんまり〝#foodporn（フードポルノ）〟系の投稿をするタイプじゃないんだけど。

　店の人がぼくをにらんでる。「買うの?」

　ぼくは肩をすくめる。「いいえ?」

「じゃ、とっとと失せな」

ブロックを進み、中華料理店とケンタッキー・フライド・チキン（KFC）を通り過ぎる。自転車に乗った子どもたちが、前輪を浮かせて歓声をあげながら走り去る。消防車のサイレンが数ブロック先で鳴り響く。上半身裸の男がリードなしでシーズーを散歩させてる。父さんがぼくたちのために見つけた赤煉瓦造りの建物では、数人の男たちが中庭のスロープの手すりに腰かけてる。そこを抜けて茶色いタイル張りのロビーにはいると、隅に鉢植えが置かれ、階段脇で女の子がスマホを耳にあてて話してる。エレベーターで五階へあがり、映画〈シャイニング〉に出てきそうな廊下を進んでから、ドアの鍵をあけてなかにはいる。

「ただいま！」そう叫んではみたけど、父さんはうちにいるんだろうか。キャプテンがドアのそばでぼくを待ってる。廊下を歩くぼくの足音を聞きつけたんだろう。すぐさまぼくの脚に体をすりつけ、背中を弓なりにして喉を鳴らし、しっぽをゆらゆらさせる。まだ子猫だったキャプテンを見つけたのは、冬のある日、エズラとベッドスタイにあったぼくのアパートメントへ歩いて向かっていたときだった。助けなきゃ死んでしまうかもと心配で、ぼくはキャプテンをうちへ連れて帰った。父さんは怒ってたけど、体をあたためてミルクをやるのは許してくれた。それから、一日が数日になり、数日が数週間になり、数カ月が経ったころには、父さんもキャプテンが好きだと認めないわけにいかなかった。ぼくがかがんで抱きあげようとすると、キャプテンは瞬時に身をかわし、一目散にキッチンへ逃げていく。

このアパートメントは、ベッドスタイで住んでいたところよりせまい。ベージュの壁に、あちこち傷が目立つ薄茶色の木の床。リビングルームにひとつしかない窓にはエアコンがはまってる。寝室はひとつだけど、本来は書斎として使うための窓のない小部屋があって、いまはぼくの寝室になってる。シングルサイズのマットレス、サイドテーブル、それにドレッサーを壁にくっつけて置いたら、もういっぱいだ。クローゼットで寝てる気分だと、ぼくは父さんに言ったことがある。ただの冗談のつもりが、口に出した瞬間、後悔した。父さんが懸命に努力してるのはわかってる——ぼくとぼくの学校のために必死で働いてくれてるのに、新しい部屋のことで文句を言うなんて、とても自慢できたものじゃない。

床板をきしませながらキッチンへ歩いていくと、〈ジェイコブス〉の容器が目にはいる。このあたりでいちばん安くておいしいテイクアウトの店だ。ビーフシチュー、豆とライス、プランテイン〔調理用のバナナ〕、ベイクド・マカロニ・アンド・チーズ。ということは、父さんはうちにいる——そうだよな、あと数時間で仕事に出かけるんだから。父さんは昔から風変わりな仕事ばかりしてきた。前に言われたことがある。父さんが情熱をそそぐのは仕事ではない——家族なんだって。専業主夫になれたらこのうえなく幸せだったんだろう。ぼくの母さんは病院で働く看護師で、家族のために生活費を稼いでた——でも、母さんは出ていって、すべてが崩れ去った。いまでは父さんが、裕福な子どもたちが集まる私立校にぼくを通わせるべく奮闘してる。ぼくが夢をかなえ、アイヴィー・リーグの大学に進学するチャンスをつかめるように、生活していくだけで精いっぱいなんかじゃないふりをしながら。デクラン・キーンの声が頭のなかでこだまする。ほんとうのインチキは、ぼくのほうだ。あながちまちがってないからいやになる。

ぼくはリビングルームでくつろぐ。つま先でスニーカーを脱ぎ捨て、コーヒーテーブルの上のノートパソコンをつかんで、居心地のいいソファに寝そべる。行き着く先はいつも同じ。メールの下書きフォルダだ。

四百七十二通の下書きがたまってる。すべて同じ人物に宛てたものだ——ロレイン・アンダース。ぼくの父さんと離婚して、名字が〝ラヴ〟じゃなくなった。

〝作成〟をクリックして新しいメールを開き、件名に〝やあ、またぼくだよ〟と打つ。

母さんへ

母さん宛てに書く四百七十三通目のメールだよ。

これって……すごい数だよね。

ちょっと変かな？　ぼくのこと、異常だと思う？　もう何年も、こうやって送りもしないメールを書いては、下書きフォルダに保存しておくなんてさ。

このメールも送らない。はじめからそのつもりだ。でもいつかは勇気を出して、読んでくれるように祈りをこめてメールを送り、ノートパソコンのそばで待ちながら、返事はまだかとひっきりなしにGメールを再読みこみする日が来るかもしれない。そのメールにはいったいなんて書くんだろう。〝元気？　フロリダはどう？　ぼくの義理の妹と父親はどうしてる？　たまにはぼくを思い出す？　ぼくのこと、まだ愛してる？〟って感じかな。

ところで、学校では夏期講習がはじまって、きょうはグループ実習だった。手短に言うと、デクラン・キーンもいっしょだった。あいつの話は前にもしたよね。いつもどおり、きょうもイラッとさせられた。だけど――聞いてよ――デクランとけんかしたら、エズラまでぼくに怒ってた。いったいなんなんだ？　マリソルもその場にいた。マリソルがいると、ぼくはいつも挙動不審になる。どうにかできたらいいのに……うまく言えないけど、マリソルがぼくについて考えたことはまちがってるってわからせたいんだ。だれかに何かをさせるなんて無理なのはわかってる。でも、マリソルがぼくを無視したり、ぼくやぼくの存在なんかどうでもいいかのようにふるまったりすると、やっぱり最悪な気分になる。どんな感じかって……そうだな、母さんもぼくを似た気分にさせるよ。ただし、母さんのほうが一万倍ひどい。だって、母さんはぼくの母親だから。

オーケー、かわいそうな子ぶるのはもうたくさんだ。そのうち、いままで書きためたメールを一通残らず送って、母さんの受信トレイをあふれさせようかな。そのときまで、またね……。

あなたの息子
フィリックス

寝室のドアが開き、寝ぼけまなこの父さんが出てくる。ぼくはあわててノートパソコンを閉じる。これじゃエロ動画でも観てたと思われそうだけど、父さんは気づいてない。白い襟つきのシャツにネクタイを締め、腕にジャケットをかけてる。白髪頭は禿げかかってて、毎年やせていってる気がする。

「やあ、キッド」父さんがぼくをそう呼ぶのは、まだぼくの名前を言えずにいるからだ。

父さんに会うのは三日ぶりだ。森ではなく街で開催されてるというだけで、夏期講習はほとんどサマーキャンプのようなものだ。セント・キャサリンが好んで言うところの〝クリエイティブな没入型体験〟を得るために、生徒の大半が学校の寮に滞在してる。校舎はエズラのアパートメントからすぐの場所にあるから、ぼくはできるだけエズラといっしょに過ごしたい。でも父さんには、ここで父さんと過ごすように言われた。ぼくは、いまのうちに生活に必要なスキルを身につけて、ひとり暮らしがどんなものか理解しておくのは重要だ、と反論した。半分はでたらめだけど、半分はそうでもなかったから、ぼくたちはお互いに譲歩することで合意した。つまり、週の何日かはエズラのところ、何日かはここで過ごす。夢みたいな暮らしだ。

大学に行く前に大人なしで暮らす機会をもらえるティーンエイジャーはそう多くない。

「もう何か食べたか」父さんがぼくにきき、プラスチック容器のほうへ歩いていく。

「まだ」ぼくはふたたびノートパソコンを開いてインスタグラムに飛び、マンゴーの〝#foodporn〟写真にいくつ〝いいね！〟がついたか確認する。いまのところ、ふたつだけ。ひとつはエズラ。もうひとつは、エズラの偽アカウントから。

「調子はどうだ」父さんがマカロニ・アンド・チーズを口に詰めこんで尋ねる。「エズラは元気か。ちゃんと食べて、常識的な時間に寝て、課題やなんかもちゃんとこなしているか」ぼくは口ごもる。ぼくたちが毎日朝の三時まで起きてハッパを吸ってるとか、ぼくがスランプでぐずぐずしてるなんて知りたくないだろう。父さんはつづける。「おまえが責任ある行動をとってくれると信じているぞ。おまえもわかっているだろう？」それから——「ああ、くそっ——なんてこった、猫がまたそこらじゅうで粗相したな」

父さんのために後始末用のペーパータオルをとりにいく。キャプテンを動物病院に連れていかなくては、と父さんがぼやき、キャプテンはただ不安がってるだけだよ、とぼくは言う。キャプテンはこの新しい仕まいが気に入らないみたいだ——ひとつきりの窓はあけられないし、バルコニーも非常階段もなくて、外に出てすわる場所がない。ぼくにはキャプテンの気持ちがわかる。ぼくも、ここにいると閉じこめられた気分になるから。

父さんがぼくの手のなかのペーパータオルを指さし、注意を引こうとぼくの名前を呼ぶ——

ほんとうの名前じゃない。ぼくの昔の名前だ。ぼくが生まれたときに、父さんと母さんがつけた名前。名前自体はそこまで気にならない——でも、声に出して、ぼくに向かってその名前が言われるのを聞くと、決まって胸がずきずきと痛み、腹の底がずしんと重くなる。聞こえなかったふりをすると、父さんがまちがいに気づく。数秒間の気まずい沈黙のあと、父さんはぼそっと謝る。

ぼくたちはその話をしない。父さんがフィリックスという名前を口にしたがらないことについて。いつもぼくのプロナウン〔she/he/theyなどジェンダーを表す代名詞〕をうっかりまちがえて、言いなおそうともしないことについて。ウイスキーやビールを飲みすぎた夜に、おまえはずっと父さんの娘だ、かわいい女の子だ、と口にすることについて。

ぼくはペーパータオルを置き、十歩進んで自分の寝室にはいると、かちゃんと静かにドアを閉める。

「キッド」父さんに呼ばれるのを無視してベッドに横たわり、電球の揺らめく光を見つめる。キャプテンがどこからともなく姿を現し、膝に跳び乗ってきてぼくの手に頭をすりつける。ぼくは涙をこらえる。父さんにどれだけ腹が立っても、泣き声を聞かれたくはない。

鉄とガラスでできた灰色のアパートメントの外でエズラを待つ。夏のきつい日差しから目を守るために、ぼくはサングラスをかけてる。午前七時、朝の空気はまだ冷たい。階段をぴょんぴょんとおりて正面扉から出てくるエズラは、やっぱりサングラスをかけてる。なんだかいやになるくらい、ぼくたちの行動はワンパターンだ。

「おいおい、どうした?」エズラがぼくを見るなり言う。きょうは髪をおろしてるけど、ブラシをかける気にはならなかったのか、もつれた巻き毛が目にかかってる。ぼくが怒ったり悲しんだりしてるとき、エズラはいつだってお見通しだ。エズラは自称エンパス〔SFなどで他者の感情を読みとる超能力の持ち主〕だから。どうせでたらめだろうけど。

「別に」そう答えて歩きだしても、エズラはまじまじとぼくを見て説明を待ってる。ぼくは言う。「父さんだよ。また昔の名前（デッドネーミング）で呼ばれたんだ」

「マジか」エズがつぶやく。「それはつらかったな」

ぼくは肩をすくめる。だいじょうぶって言いたいけど、そうじゃないから。トランスジェンダー〔出生時に割りあてられた性と自認する性が一致しない人の総称〕のなかには、自分がどういう人間なのかをはじめからはっきりと理解してる人たちがいる。幼児のころから自分の正しい性別とプロナウンを宣言し、ちがう洋服やおもちゃがほしいと主張する。でも、ぼくの場合は、自分のアイデンティティを理解するのにしばらく時間が必要だった。ワンピースを無理に着せられたり、人形を買い与えられたりするのがずっといやだった。ワンピースや人形が問題なんじゃなかった。ほんとうの問題は、それらが社会によって女の子に割りあてられたものだと、ぼくが気づいたことだった。〝トランス〟が何かなんて知らなかったけど、女の子らしさを強要されたときは、いつだって激しく動揺した。学校の先生が男女を分けるときは、つねに男の子の列に並ぼうとした。男の子たちに無視され、疎外されることに傷つきながら、校庭で彼らのあとを追いかけた。ときどき、夢を見た――自分が別の、社会で男のものとされる体になる夢。うれしくてたまらないのに、やがて目が覚めて、何も変わってないことに気がつく。ぼくは心のなかで思った。生まれ変わったら男の子になれますように。

いまから約五年前、十二歳のとき、ぼくはクリス・ビームによるトランスジェンダーが主人公の本『アイ・アム・J』に出会った。Jについて読んだとき……なんていうか、ぼくのなかで明かりがぱっとともっただけじゃなく、永遠に消えないと思ってた雲の陰から太陽そのものが現れて、体のなかのすべてがごうごうと燃えさかった感じがした。ぼくは男だ、と気づいたから。

ぼくは男なんだ。

それからの数カ月間、ぼくはあわてふためき、自分はほんとうにトランスなんだろうかと自問自答を繰り返した。両親にどう話すべきか考えるのには、それからさらに数カ月かかった。前に住んでたベッドスタイのアパートメントで、ぼくは父さんをリビングルームに呼んですわらせた。ずっと吐きそうで、緊張のあまりこう言うのが精いっぱいだった。「父さん、話がある。ぼくはトランスなんだ」父さんはだまってた。混乱してるような顔だった。それから、こう言った。「オーケー」でも、父さん自身はオーケーじゃなさそうで――いわゆる〝カミングアウト〟があまりうまくいかなかったのは明らかだった。父さんは疲れてると言って寝室へ行き、ぼくたちの会話は終わった。母さんには翌日メールした。ぼくが十歳のときから、母さんはフロリダでぼくの義理の父親と妹と暮らしてるから。返事はなかった。それが、ぼくが母さん宛てに〝送信〟を押した最初で最後のメールだ。

まる一年近い懇願の結果、父さんはついにホルモン療法が受けられる病院へぼくを連れていった。だれでも簡単にホルモン療法をはじめられるわけじゃないから、ぼくは恵まれてる。ぼくがアートの才能を本格的に示しはじめたのもこのころで、父さんはぼくをセント・キャサリンに入れることにした。昔の自分を知る人たちに会わずにすむから、これはすごく好都合だった。どっちにしろ、前の学校ではひとりも友だちがいなかったから、転校してもどうってことなかった。いまから約一年前、ぼくの粘り強い説得、それにお医者さんの協力もあって、父さんは胸の切除術を受けさせてくれた。自分がどんなに幸運かは理解してる。手術をしたい人みんなにお金があるわけじゃない。父さんは、書面の手続きや病院とのやりとりを山ほどこなし、どの保険にはいればぼくが手術を受けられるのかを調べた。それでも、いくらかは自費で支払う必要があった。どれだけ父さんに腹が立つことがあっても、父さんなしに身体的な移行(トランジション)ははじめられなかった。いちばんわけがわからないのは、そこかもしれない。父さんは、ホルモン療法や、手術や、通院にかかる費用をすべて出してくれるのに――どうして、ぼくのほんとうの名前を言ってくれないんだろう。

エズラと出会ったのは、移行をはじめてすぐのころだった。教室で席が隣同士になり、お互いのひねくれた発言に惹かれて、いつの間にか四六時中いっしょに過ごすようになった。エズラは、ぼくをフィリックスとしてしか知らない。ぼくの昔の名前は、エズラにも、ほかのだれにも教えてない。過去の痕跡は全部消そうとした。長い髪の毛やワンピース、そのほか社会が定めた女の子らしい姿で写ってる写真や動画。あのころのぼくは、もうぼくじゃない――あれが自分だったことなんて一度もない。不思議だ。ある意味、ぼくはほんとうに生まれ変わった。新しい人生を新しい体ではじめた。ぼくが望んだとおりに。

父さんは、ぼくの昔の写真を何枚か残しておくように言った――〝思い出にな。いつか昔の自分を思い出したくなるときが来るかもしれないだろう〟。正確には、ぼくのためじゃない。写真を残したがってるのは父さんだ。父さんが考える昔のぼく、あるいは、いまも娘のままのぼくをつなぎ留めておくための、最後のよりどころだから。そう思うだけで、ぼくは一枚残らず削除したくなる。写真はインスタグラムにあって、何度か消しかけた。昔の自分を目にするたびに、吐き気がこみあげてくるんだ。でも、まだ写真はとってある。変だよな。ムカついてもぼくの父さんには変わりないし、移行を助けてもらったことに対して借りを感じるべきじゃなくても、やっぱりそうもいかない。だから、別にどっちでもいいと思うことにした。写真は非公開にしてある。アクセスできるのはぼくだけだ。父さんがほんとうのぼくを受け入れてくれるまで写真をとっておいても、別に困りはしない。

だけど……カミングアウトして移行をはじめたあとでも、ときどき、ある感覚に陥ることがある。何かがまだしっくりこない感じ。疑問が浮かびあがってくる。たくさんの疑問が不安の糸を引っ張りはじめる。強く引っ張りすぎたら、いままで織りあげたものがすっかりほどけてしまうんじゃないかと、ぼくは恐れてる。だから、父さんのデッドネーミングが何よりいやなのかもしれない。ぼくはほんとうにフィリックスなんだろうかと、考えてしまうから。声をかぎりに、その名前を叫んでも。

3

エズラのうちからセント・キャサリンまでは歩いてすぐだ。歩道のひび割れや犬のふんをよけながら、バスケットボールとテニスのコート、公園の横を通り過ぎる。うんていで懸垂をする男たち。追いかけっこをして悲鳴をあげる小さな子どもたちと、その姿をすわって見守る母親たち。通りの角には、板張り外壁のコーヒーショップが新しくできた――スターバックスでなくても、すべてがジェントリフィケーションを象徴してる。ぼくはエズラをちらりと見る。エズラは白人じゃないけど、この通りに百万ドルのアパートメントを持ってる。ぼくはどうだろう？　かなりの貧乏とはいえ、父さんとぼくだって、ハーレムに引っ越して同じことをやってるんじゃないだろうか。

アパートメントの建物が小ぶりになり、プライドのレインボーフラッグ〔性的マイノリティの尊厳と運動を象徴する旗〕を入口に掲げた食料品雑貨店やバーが並びはじめるころ、フェンスの向こうに生垣や木立の生い茂るキャンパスが現れる。セント・キャサリンは美術大学の付属校だ。大学が占有する四ブロックぶんのキャンパスの隅、駐車場のそばに、ぼくたちだけの独立した校舎がある。約百人いる生徒は全員、才能があるか、お金があるか、その両方かだ。夏期講習中、ぼくの同期生の大半は大学出願のためのポートフォリオ制作に取り組み、ぼくもできるかぎりサポートを受ける必要がある。ほかの生徒がポートフォリオを半分近く完成させてるなか、ぼくはテーマさえまだ決められない。全米でも特に合格率の低いブラウン大学へ行くには、受かるだけじゃなく――絶対に奨学金が必要だ。もちろん、ほかにもいい美術大学はあって、何校か受験するつもりだけど……ブラウン大学にはいれる力があるってことを、ぼくは証明したいんだと思う。

セント・キャサリンの校舎は昔ながらの赤煉瓦造りで、巨大な窓には現代的な黒いガラスがはめてある。エズラとぼくは、ほかの生徒たちが木陰でたむろしてる駐車場にはいる。向かうのは、いつもどおりマリソルのところだ。〈半径二十五フィート以内禁煙〉の看板の真横で煙草を吸いながら、煉瓦の壁にもたれてリアとしゃべってる。ぼくはまだマリソルと目を合わせられない。マリソルはつねに冷たい鋼の目をして、髪形も化粧も爪も完璧、片方の口角がきゅっとあがった高慢な笑みを浮かべてる。世の中には、自分が他人に見せたいと思う一面だけを注意深く表に出す人たちがいる。マリソルにはきっとほかの顔があると思う。ぼくにはけっして見せないというだけで。

「あーあ、あと五時間は寝足りない」マリソルが煙草の吸いさしをエズラに渡しながら言う。

「この講習、なんでこんなに朝早いわけ?」

エズラが煙草の灰をぽんと落とす。「それ、おれも知りたい」

「ある研究によると」リアが言う。「十代の若者を無理やり朝七時とかに起こすのは、すごく体に悪いんだって。生物学的体内時計がどうとかで」

「校長に正式な苦情を申し立てようか」エズラが言う。「プロテストしてもいいな」

「すわりこみだね」リアが調子を合わせる。「始業時間を正午にしてもらえるまで」

マリソルは鼻を鳴らし、ふさふさの巻き毛の先を指でいじる。「結果だけ教えて」

ぼくは物思いに沈みこみ、みんなの会話に集中できない。授業でマリソルにはじめて会ったとき、ぼくは圧倒されて——怖じ気づいた。マリソルの自信に満ちた姿には……なんというか、人を夢中にさせる何かがあった。マリソルは、自分が美貌と才能と知性をそなえていると知ってる。自分は尊敬され、愛されて当然だと思ってる。ぼくがマリソルをデートに誘ったのは、去年の夏、胸の手術を終えた二カ月後で、まだ自分の新しい体に慣れようとしてる最中だった。ぼくの性別が判断できずに混乱してる人々の視線を感じ、心もとなく感じてた……ぼくはたぶん、マリソルの自信をいくらか分けてもらいたかったんだと思う。

マリソルはぼくの誘いに肩をすくめた。全然たいしたことじゃなさそうに、「いいよ」と言った——実際、たいしたことなかったんだろう。経験豊富なマリソルとちがい、ぼくにとってははじめてのデートだった。ぼくたちは三回デートし、どれも最悪に気まずかった。仲介役のエズラがいないと、何を話せばいいのかわからなかった。マリソルは退屈し、ぼくがアクリル画の技法について話すあいだ宙を見つめてた。退屈するのもしかたない——ぼくは緊張し、沈黙を埋めようとわけのわからないことを必死でしゃべりまくってた。三回目のデートでスターバックスの席に落ち着いたとき、マリソルがふいに言った。「あたし、なんであんたに興味ないのか考えてたんだけど、いまわかったかも。結局、あたしは女性蔑視者（ミソジニスト）とは付き合えないんだよね」

　ぼくはびっくりし、心臓が恐怖で締めつけられた。知らないうちに性差別的な言動をしてしまったんだろうか。「ごめん」ぼくは口走った。それから、尋ねた。「なんでぼくがミソジニストなの？」

「だって」マリソルは言った。「あんたが女をやめて男になるって決めたのは、根っからの女ぎらい（ミソジニー）って感じがする。フェミニストだったら、女をやめようと思うわけないじゃない」

　恐怖がショックに、そして怒りに、それから恥辱に変わった。「そっか」ぼくは言った。それしかことばが見つからなかった。ぼくたちはお互いに別れを告げ、以来、その日の話はしてない。マリソルに何を言われたかは、ぼくの秘密だ。恥ずかしすぎてだれにも言えなかった。それに、自分でも――心のささくれ立ったところで――マリソルが正しいんじゃないかと恐れてたし、いまでもそうだ。笑えるよな。ぼくはマリソルと付き合って、自分も人に愛されることを証明したかったのに。マリソルが裏づけたのは、ぼくのなかでゆっくりとふくらみつつある、それとは真逆の説だったんだから。

「教室に行ってる」まだマリソルとしゃべるのに夢中で、エズラにはぼくの声が聞こえてない。話題はいつの間にか、ヘイゼルとジェイムズが備品室でヤッてるかどうかに切り替わってる

（リアはそうだと確信してるらしい）。エズラはゴシップに目がない。マリソルがぼくに言った

ことも知らないから、ふたりはいまでもしょっちゅうつるんでる。

ガラスの引き戸をあけてエアコンの爆風を浴び（マジで思うんだけど、夏のエアコンはなんでいつもレベルマックスなんだ？）、白いタイルの上を三歩ほど進んだところで目をあげる。

ロビーのギャラリーの壁に何かが展示してある。学期中はつねに生徒の作品が飾ってあるから、それ自体は別に驚くことじゃない。ぼくが驚いてるのは、その内容だ。約十六インチ四方に拡大された複数の写真。

ぼくのインスタグラムの写真。

ぼくの昔の写真。

長い髪。ワンピース。作り笑いを浮かべてるぼく。表情を見れば、いつもどんなに不快感をかかえていたのかがわかる。体の苦痛で顔がゆがんでる。

その不快感は、いまと比べたらなんでもない。

息ができない。

写真の一枚にゆっくりと近づき、視界をはっきりさせようとまばたきする。これはほんとうに現実なのかな。写真の下のキャプションには、ぼくの昔の名前と撮影年が書かれてる。なんだよこれ。いったい何がどうなってんだよ？　ぼくがインスタグラムで非公開にした写真じゃないか。だれがこんなことを？　どうやってぼくのアカウントにはいった？

手を伸ばし、目の前の額装された写真をフックからはずそうとする。写真を見るだけで胃がねじれ、みっともなくも熱い涙がこみあげてくる――ぼくは背が低すぎて、手が届かなくて、写真はまだほかに七枚もあって――

ドアが開き、数人の生徒がぼくの背後を通りかかる。足を止め、困惑気味にこっちを見てから――助かった――また歩きだす――

「フィリックス？」

振り向くと、エズラがはいってくるところだ。壁を見まわしながら、〝なんだこれ〟と声に出さずに言う。「これ――これ、おまえなのか」エズラがきく。

「ちがう、絶対にぼくじゃない」思ったより大きな声が出る。

エズラはぼくの目を見てまちがいに気がつく。「くそっ――ごめん、ちがうよな。もちろんおまえじゃない」

エズラはそれ以上何も言わず、さっと歩み寄ってぼくの上に手を伸ばし、額をつかんで壁からはずす。つぎの写真へと急ぐエズラを見つめながら、ぼくは床にへたりこんで壁に背をつける。数人の生徒が――彫刻専攻かな――歩いてきて、写真とぼくを交互に見る。

「さっさと行けよ」エズラが吠えると、そいつらはぎょっとして足早に廊下を立ち去る。エズラはいよいよすばやく額から額へ走って移動し、やがてすべての写真をはずし終わる。額をひとまとめにしてかかえ、捨てる場所はないかとあたりを見まわしてから、だれもいない警備員デスクの後ろに隠す。夏期講習のあいだ警備員は来ない。写真を展示したやつは、このチャンスを狙ってたにちがいない。

ぼくは目を閉じ、両膝を胸に引き寄せる。エズラが隣にすわる気配がする。エズラのTシャツがぼくの腕をかすり――手がそうっとぼくの肩に置かれる。

「だいじょうぶか」エズラが小声できく。

ぼくは首を横に振る。「吐きそう」

「トイレに連れていこうか」

また首を横に振る。「いい。ただ――一瞬だまってて。頼む……」

ぼくたちはそこにすわったままでいる。どれくらい時間が経っただろう。ガラスの引き戸の開閉音、声、足音がまた聞こえる。フィリックスはだいじょうぶか、とだれかがエズラに声をかける。エズラは何も言わないけど、隣に感じる体の動きから察するに、手を振って先に行かせたんだろう。

「見たやつはそんなに多くないと思う」エズラがぼくの肩をさすりながらささやく。吐き気のかわりに痛みの波が押し寄せてきて、ぼくは前かがみになる。叫びだしたい衝動を胸の奥底に感じる。エズラがぼくの背中をさする。始業ベルが鳴っても、ぼくたちは動かない。

息を吐きながら目をあけ、頭の後ろを壁にもたせかける。ぼくを見るエズラの顔は不安と心配でいっぱいで、眉毛が真ん中でくっついてる。エズラがごくりと唾をのむ。

ようやく話せそうな気がして、ぼくは言う。「だれがやったのか知りたい」

エズラは頭を振る。「だけど——知ってたやつがいるのか」

おおぜいいる。ぼくは特に秘密にしてないから。胸の手術の痕も隠してないし、その話題になったことも何回かあって、みんなよく知ってるはずだ……。でも、いままでそれが問題になったことはなかった。だれも気にしてないと思ってたのに。

「みんなぼくがトランスだって知ってるよ」

「いや、そうじゃなくて——」エズラはためらう。「おまえの……昔の名前を知ってたやつがいるのか？ それに、どこであの写真を入手できるのかも」

ぼくにはわからない。エズラでさえ、ぼくの出生時の名前は知らなかった。いまでは知られてしまったんだと思うと、体に別の痛みが走る。また前かがみになろうとすると、エズラがぼくの肩に両手を置いて向かい合わせになる。

「なあ」エズラが言う。「おれの目を見ろ。おれがついてるからな。この最低野郎がだれなのか突き止めて、セント・キャサリンを退学させてやろう。な？」

うなずいて涙をこらえる。エズラはぼくを引き寄せ、骨が折れそうなほど強く抱きしめて、しっかり十秒間そのままでいる。ぼくが涙をぬぐうのと同時に、エズラが体を離す。

「どうしたい？ 先生に言ったほうがいいかな」

ぼくは目玉をまわしてみせる。「どうせ何もしてくれないよ」

「おれんちにもどろうか」

　ぼくはかぶりを振る。「いや。ぼくがこのせいでまいってるなんて犯人に知られたくない」

そいつはいまごろ、教室で椅子に浅く腰かけながら、ぼくが泣いて家に帰ったという知らせを待ってるはずだ。

　エズラはうなずき、ぼくの手を引っ張って立ちあがらせる。ぼくたちはトイレに寄る。ぼくは水で顔を洗い、目の充血が引くまで待つ。

「だれにだってできた」トイレを出て廊下を歩きながら言う。最初の授業はアクリル画だ。

「いったいどうして――展示の許可がおりたんだ？」

「許可されてないと思う。警備員はいない。先生たちも近くにいない。きっとけさ早く、だれもいない隙にこっそり額を持ちこんだんだ」

「そんな面倒なまねしてまで、いったいだれが？」

「ぼくが知るわけないだろ、エズラ」

「悪い」エズラが言う。「だけど――わざわざあんなふうにおまえを傷つけるやつがいるなんて信じられない。なんでだ？　なんであんなことするんだ？」

「トランスジェンダー嫌悪（トランスフォビア）を隠し持ってるやつはどこにでもいるよ――それか、ただ単にぼくがきらいなのかも」

　冗談めかして言おうとするけど、声がしわがれて、また涙がこみあげてくる。人生経験の浅いぼくでも、この十七年間かなり恵まれた生活をしてきたのは自覚してる。父さんが名前をまちがえれば腹が立ち、母さんがぼくたちを置いて新しい家族を持った事実からも立ちなおれてない――それでも、ぼくには帰る家と食べるものがある。私立の美術学校に通い、大学にだって行けるかもしれない。こんな痛みがあるなんて、いままで知らなかった。

いま、まさにそれを味わってる。

まるで体を攻撃されたみたいだ。だれかにぼくという人間を征服された。支配権を奪われてしまった。

エズラの言うとおりかもしれない。エズラのアパートメントにもどったほうがいいのかも。

アクリル画の教室に着く。そこはコルクボードの壁の迷宮で、みんなが散らばって制作に取り組めるようになってる。授業のはじめには、毎朝恒例の講義がある。先生――クールで若者に理解があるところを示すために、生徒たちに〝ジル〟とファーストネームで呼ばせてる――が、絵の具の飛び散ったコーデュロイのソファにゆったりと腰かけてる。生徒たちはスツールにすわり、寄せ集められた複数の金属のハイテーブルを囲んでる。エズラとぼくの定位置は、マリソル、ヘイゼル、リアがすわってる教室の後ろ。デクランとまぬけな仲間どもは、その隣のテーブルだ。

エズラとぼくは、ジルの講義の最中にはいっていく。

「重要なのは、自分の創造力の限界に挑戦しつつ、その手法について知り、ツールとして活用することです」ジルがぼくたちに目を留め、なかへはいるよう手招きする。「来てくれてありがとう」

「どういたしまして」エズラがそう言い、ぼくの手をとって歩く。何人かが振り向いて、ひそひそ話を交わす。ばれてるんだろうな。ぼくたちはいつもの席につく。リアがぼくに身を寄せる。

「聞いたよ」リアが言う。「ロビーであったこと」

「やめろよ」エズラが言う。

「ほんとうに気の毒に思ってるって言いたかっただけ」

「やめろって、リア」

リアは姿勢をもどして前を向く。

ジルが満面の笑みでぼくたちを見る。ジルは才能あるアーティストだけど、小柄で控えめで、先生にしては若く、たぶんまだ二十五歳くらいで——これがはじめての仕事にちがいない——教師としての優位な立場をいつもはっきりさせたがってる。「遅刻の理由を聞かせてくれる?」ジルが尋ねる。

案の定、デクランが会話に口をはさむ。「ああ」スツールの上でふんぞり返り、頭の後ろで両手を組んでる。「こいつらに理由なんかありませんよ。顔を拝めただけでも運がいいくらいだ」

いまはこんなことに付き合う気分じゃない。ほんとうに、マジで勘弁してほしい。エズラがぼくの手をぎゅっと握りしめる。

デクランはきのうのことを明らかに根に持ってる。スツールの上で背筋を伸ばす。「それに、ミズ・ブロディ――」

「ジルね」

「ええ。そうでした。おれは不公平だと思うんです。こいつらは好きなときにふらふらやってきて、おとがめなしなんですよ。いつも時間どおりに出席してるみんなはどうなるんです？ 提出物の締め切りを守る人たちは？」言いたいことを言って気がすんだだろうと思いきや――デクランはつづける。「おれたちが同じ大学と奨学金に応募するなら、なおさらフェアじゃない」

「へえ」エズラが辛辣な調子で言う。「だったら、他人のことに首を突っこむおせっかい野郎はどうなんだよ？ そいつらのくだらない話に巻きこまれるこっちだって迷惑だ！」

教室でまばらな笑いが起きる。ジルは途方に暮れ、口頭注意だけでぼくたちを見逃す。デクランがぼくたちをにらんでくるなか、ジルは朝の講義を再開する。

ぼくはテーブルの下でスマホを取り出し、インスタグラムを開く。ギャラリーにあった写真を一枚ずつ開き、すべて削除する。〝削除〟をタップするごとに少しは気分がましになるかもと思ったけど、効果はない。むしろ、早くこうしなかった自分に腹が立つ――アカウントに侵入されて写真を盗まれてからじゃ遅い。

頭がぼうっとする。アクリルはいちばん好きな媒体だけど、いまはどうしても集中できない。教室を見まわし、生徒ひとりひとりの様子をうかがう。ナシーラがふくらませたガムをパチンと割り、どんよりした目で前を見てる。その横のオースティンは、テーブルの下でスマホをいじってる。タイラーは両腕に突っ伏して眠りこけてる。教室の反対側では、エリオットとハーパーがささやき合ってる。ハーパーが首をひねってぼくをちらりと見、また前を向く。ギャラリーに写真を展示できた人間はいくらでもいるのに、犯人はこの教室にいるのかもと考えてしまう。ぼくの視線がデクランに向く。目が合うと、デクランはうんざりした顔をしてみせる。

デクランの仲間のジェイムズがぼくに身を寄せてくる。

「おい」ジェイムズが言う。「おまえの名前って、マジで――?」

デッドネーミングされる。みぞおちを殴られた気分だ。エズラが立ちあがろうとする。ほんとうにジェイムズを殴りかねないと思い、ぼくはエズラの腕をつかんで首を横に振る。代償が大きすぎる。暴力をいっさい容認しない方針のセント・キャサリンでそれをやったら、エズラが退学になってしまう。

ジェイムズはふんと鼻を鳴らし、ふたたび前を向く。デクランはまだぼくをじろじろ見てる。顔にせせら笑いを浮かべたまま。

デクラン。デクラン・キーンのくそ野郎。

ただの偶然？　デクランがぼくをインチキだとほのめかした翌日に、ぼくの昔の写真と名前がギャラリーでさらされた。デクランと意地悪な仲間どもがぼくのアカウントを乗っとり、写真を印刷してロビーに展示したとして、そんなに驚くことでもない気がする。

ジルが各自の制作に取りかかるように指示する。エズラとぼくは壁際に並んですわり、木枠に張ったキャンバスに向かう。

「デクランだ」ぼくは小声でエズラに言う。

エズラがぱっとこっちを見る。「え？　どうしてわかる？」

「さっきまでぼくを見てきた感じだよ。それにきのう――ぼくを〝インチキ〟呼ばわりしたろ？」

「ああ、だけど――」エズラは口ごもる。キャンバスに向きなおり――例によって――黒い絵の具を搾り出す。ぼくは赤、オレンジ、黄の絵の具をまるく落としていく。

エズが筆を手にとる。「あいつをかばうわけじゃないけどさ、それじゃ証拠になってないよな？　デクランじゃなかったらどうする？」

それはそうだ――でも、胸の奥深く、いまは鈍いうずきに変わった痛みの横に、ぎゅっと押しこまれたこの感覚をうまく説明できない。胸の痛みがいつか消える日は来るんだろうか。いまから二十年後でさえ、もしかしたら一生、消えない気がする。デクラン・キーンがやったんだ。そうとしか考えられない。

「あいつだよ」ぼくは断言する。「絶対そうだ。ほかにあんなことするやついないじゃないか」

エズラはかぶりを振る。「どうかな――」

エズラが何を言いたいのかはわかってる。ぼくがデクランに固執するのは、自分のなかでふくれあがっていく怒りのやり場がほしいだけなんじゃないかと考えてるんだ。ぼくはエズラのことばをさえぎって繰り返す。

「デクランだよ」

「わかった」エズラは言う。癇癪(かんしゃく)を起こした子どもをなだめるような口ぶりに、ぼくはむっとする。「オーケー。仮にやつのしわざだとしよう。それでどうするんだ？」エズラは周囲を見まわす。「ジルに話す？　校長室へ行く？」

「いいや」ぼくは言う。「そんなことしたって無駄だ。デクラン・キーンだよ？　学校は父親に電話して注意くらいするかもしれないけど、それで終わりだ。報告するつもりはない」

ジルが教室をまわってくる。ゆっくりとぼくたちの背後を歩き、作品の進み具合をたしかめようとのぞきこむけど、あるのは空白だけだ。

「おしゃべりは控えて、もっと手を動かしてね」ジルがにっこりして言う。

ジルが立ち去ったあと、エズラがぼくを見る。

「だったら、どうするつもりだ？」

決まってるじゃないか。「あいつを叩きのめしてやるんだよ」

エズラは肩をすくめ、にやっとする。「まあ、もしデクランが犯人じゃなかったとしても、いい気味ではあるな」スケッチに取りかかり、黒い絵の具でゆるやかな線を描く。「で、計画は？」

4

フレッチャー校長にギャラリーの話をする気はまったくなかったけど、噂が先生たちの耳にはいったにちがいない。アクリル画の授業が終わったとたん、ひとりの生徒が教室に顔を出し、校長室に行けとぼくに告げる。アフロヘアにひと筋の白髪が光るフレッチャー校長は、いいかげんなことは断じて許さない、大胆不敵な恐るべき存在だ。ビジネススーツに身を包み、六インチもあるヒールを履いてる。校長室――褐色の上質なマホガニー張りで、壁の一面だけガラスになってる――は、意外なほど簡素でがらんとしてる。美術学校の校長室にはあまり見えない。校長はぼくを手招きし、自分の重厚な木の机の前に置かれた硬い椅子にすわらせると、いきなり本題にはいる。

「犯人の心あたりはありますか」

「いいえ」

「あなたをいじめたり、あなたのアイデンティティについて発言したりする人は？」

「いません」ああ、早くここを出たい。

フレッチャー校長は両手を組み合わせる。「本件は許すまじき行為であり、学校に無断でおこなわれたものです」校長室に呼ばれたほんとうの理由はこれだったのかと、むなしい気持ちになる――校長は、学校側に非がないことをはっきりさせておきたいんだ。ぼくがセント・キャサリンを訴えるとでも思ってるのかな。「あなたがこのような被害に遭ったことを心苦しく思いますよ、フィリックス。夏期カウンセラーとの面談を希望しますか」

「いや」少し早口になる。カウンセラーはきっといくつも質問してきて、そのうち〝母親に捨てられた〟領域にまで立ち入ってくるにちがいない。その話をさせられるのは絶対にいやだ。「だいじょうぶです」ぼくは改めて言う。「ありがとうございます」

フレッチャー校長は口をつぐみ、何回かカウンセリングを受けるよう説得したがってそうな表情を見せるものの、ようやく一度うなずく。「調査を開始します」ぼくはあきらめが顔に出ないように気をつける。調査と言っても、せいぜい数人の生徒に何か見たかどうかきくくらいで、手がかりがなければ、ギャラリーは未解決事件として片づけられるだろう。「何かわかったら、すぐにわたしに報告してください」フレッチャー校長が言う。「本校では、このようなヘイト行為をいっさい許しません」

ぼくはうんざりしてたし、学校が犯人探しのために何かしてくれるとも思わないけど、校長がそう言うのを聞いてやっぱりほっとする。

四回目の〝ほんとうに気の毒だよ、フィリックス〟と、ぼくの昔の名前に関する三つ目の質問のあと、ぼくはエズラの提案どおり、授業を抜けて早めにエズラのうちへ向かうことにする。ぼくたちは一ブロック先の角にある中華料理店まで行き、シティ一うまいチキンウイングとフライドポテトをふた箱買う。それから真横のワイン店にはいり、エズラの偽造ＩＤを手に、安物のシャルドネをふた瓶カウンターに持っていく。エズラいわく、こういうときこそパーッとやるべきだから。店のオーナーは、こんなでたらめはお見通しよと言いたげにエズラの顔とＩＤを見比べてる。エズラのクレジットカードを受けとり、自分がパリで暮らしてた十六歳のころ、近所のバーにこっそり出かけた話をする。ぼくたちはそれを、禁じられた瓶を持ち帰ってもいい合図として受けとる。ワインとチキンウイングをかかえて一ブロックもどり、エズラのアパートメントに帰る。

通りの反対側で、白いタンクトップを着た筋骨隆々の男たちが、バルバドス訛りでやかましくしゃべってる。そのかたわらでは、エンジンをかけっぱなしの数台の車から、昔のディクシー・チックスの曲が爆音で流れてくる。エズラがガラスの正面扉の鍵をあけ、灰色のコンクリートタイルの床と、何かがこすれた跡の残る白い壁の廊下へ進む。隣の人が家にいませんように、とエズラがつぶやくのを聞きながら――「いったい何やってんだか。午前三時にあんなセックスするのはあいつらだけだよ、そこらじゅう転げまわって床にばんばん物を投げつけてさ」――三階まで階段をあがり、エズラの部屋にはいる。

一面だけ煉瓦造りの壁に、濃い色の板張りの床。花崗岩のカウンター、ステンレスの冷蔵庫、ガスコンロつきのしゃれたキッチン――それ以外、アパートメントはほぼ空っぽだ。ここに住みだしてまる一カ月が経ち、両親から途方もない額の小遣いをもらってるというのに、エズラはまだ家具をそろえていない。いまのところの持ち物と言えば、リビングルームに置いてあるマットレスと、その向かいのちっぽけなテレビ台、そして十二インチの薄型テレビだけ。電球すら一個もない。夜になったらネットフリックスで動画を流し、外のオレンジ色の街灯を頼りに過ごす。いまは、太陽のまぶしい光が部屋に降りそそいでる。窓際には植物が並んでる――ミント、バジル、マリファナがひと鉢ずつ。そのうちふた鉢は、どちらかというと観賞用だ。

エズラが食べ物とワインを置いてマットレスにどさっと身を投げ、靴を脱ぎ捨てる。「半日サボったりして面倒なことになるかな？」

ぼくはエズラの隣にすわり、チキンの箱を引き寄せる。「うーん、いや、たぶん平気でしょ」

「オーケー、あのさ、おれはあいつがきらいだよ」エズラが言う。「だけど、デクランの言い分にも一理あると思わないか」

時間割や遅刻にうるさいのはジルだけだ。

「遅刻のこと？」ぼくはフライドポテトを口に詰めこんで言う。「全然」

「問題になったらどうする？　それか――わかんないけど、退学とかさ」

「遅刻くらいみんなしょっちゅうしてるよ、エズ。デクランはぼくたちを槍玉にあげてるだけだ。あいつは意地悪だから」心の奥でちくりとする不安を無視しようとする――退学じゃなく、デクランが少なくともひとつの点で正しかったということだ。ぼくはふざけまわって、ポートフォリオの制作をいつまでも先延ばしにしてる。着手するのがこわいから――挑戦して、失敗するのがこわいから。ブラウン大学にはいれないんじゃないかとびくびくしてるから。この三年間、父さんの努力が無駄にならないようにがんばってきたのに――結局、すべてが台無しになったら？

エズラがワインの瓶をつかみ、スクリューキャップをひねる。「コップあり？　なし？」

「なし」

エズラがデクランの名前を口にしただけで癪に障る。何しろ、あいつがあのギャラリーの犯人なんだ。心の痛みは多少和らいだとはいえ、まだ体のなかがじんじんしてる。

くつろごうとしてるときの犬みたいに、エズラがぼくの膝に頭をすりつける。そして、ぼくの心を読んだかのように――ひょっとして、ほんとうにエンパスなのかも――言う。「ごめん。あいつの話を持ち出すべきじゃなかったな」

「いいよ」

「もうあいつの名前を言うのやめようか。ちがう名前で呼んでもいいんだぜ。アスホール・マザーファッカー。クッソー・マクソナルド」エズラは体を起こしてワインをごくりと飲み、また横になる。「アホンダラ司令官」

ぼくは壁にもたれる。「名前を言っても気にしないよ。あいつの世界をめちゃくちゃにできるんなら」

「あいつは終わりだな」

「人生を崩壊させてやる」

「あいつが気づかないうちに」

「うん、まったくね」最初は冗談だったかもしれないけど、ぼくは少し真剣になってる。「仕返しがすんだら、あいつは自分がだれかもわからないだろうな」

「ずいぶん暴走してるな」

「わかってる」ぼくはシャルドネのふた瓶目に手を出す。「でも、そこが好きでしょ」

「大好きだぜ」エズラは起きあがってチキンに手を伸ばし、ひっと息をのんで手を引っこめる。熱すぎるらしい。「で、何するか考えたか」

「さっき、ジルはなんて言ってたっけ」ぼくはきく。「手法のこと」

「手法をツールとして使えって。自分の創造力を見つけるために」

「この場合の手法は、インスタグラムかな。デクランはなんらかの方法でぼくのアカウントを乗っとり、写真を見つけた。写真のタグを見て、ぼくの昔の名前に気づいたにちがいない」どの写真も、まだ移行について考えてすらなかったころ、年齢をごまかさないとソーシャルメディアを使えなかった昔に投稿したものだ。

「なるほど」エズラはゆっくりと言う。「つまり、どういうこと?」

ぼくはかぶりを振る。「わからない。どうすれば——デクランがぼくにやったのと同じ方法で仕返しできるのか……」

何をしたって、ぼくの昔の写真と名前をさらすのと同じにはならない。かすりさえしない。でも、デクランの秘密を暴いて利用できれば——あいつの秘密をばらし、あいつがぼくを傷つけたように、ぼくもあいつを傷つければ……取っかかりとしては悪くない。

「デクランに話しかける方法がないかな。ほかの人に知られちゃまずい秘密を聞き出すんだ」

想像をめぐらせる。デクラン・キーンは、どんな腹黒い秘密を持ってるんだろう？ あいつの不利になる秘密があるかもしれない。ブラウン大学をあきらめなきゃならないくらい、最悪のやつ。デクランが競争から脱落すれば、奨学金はまちがいなくぼくのものだ。成績とテストの点はそこそこでも、才能には自信があるし、ぼくたちのレベルで奨学金を狙ってるやつはほかにいない。

頭のなかでエズラの声が聞こえる——〝デクランじゃなかったらどうする？〟——けど、ぼくはその可能性を脇へ押しやる。デクランが犯人に決まってる……たとえちがったとして、デクラン・キーンがどんな目に遭おうと完全に自業自得だ。

「秘密を聞き出す、か」エズラが繰り返す。「たとえば——どうやって？ 他人になりすますとか？」

ぼくは指をぱちりと鳴らす。「それだ。インスタグラムで偽のアカウントを作ればいい。デクランはいつもくだらない投稿をしてるだろ。それにコメントしたり、メッセージを送ったりする。仲よくなれるか試してみるんだ。それでぼくを信用させる」

エズラは眉根を寄せる。「えーと——よさそうな案ではある。理論上はな。けど、デクラン・キーンほど人を信用しないやつもいないぜ」唇を噛む。「あいつは——その、身体的なことは気にしなかった。キスとかいろいろ。でも、あいつの人生や気持ちについて話を聞こうとしたときはさ。覚えてるだろ。まるで岩壁だ」

ぼくはいつも、エズラとデクランが前に付き合ってた事実を忘れようとしてる。セント・キャサリンに入学した年のまる七カ月間は、まるで〝エズラ・パテル&デクラン・キーン・ショー〟だった。エズラが一日かけてデクランを口説き落とし、ふたりはお互いにぞっこんになった。片時も離れなかった。手つなぎとほっぺにチューのオンパレード。ぼくはお邪魔虫としての立場を受け入れた——率直に言って、いやじゃなかった。ちっとも。デクランはぼくの友だちでもあったから。ぼくたちはいつも三人で行動した。将来やこの先の計画について語り合った。ぼくがセント・キャサリンで最初にトランスだと打ち明けたのもこのふたりだ。それだけでじゅうぶん、ぼくがどれほどデクラン・キーンを信頼していたのかがわかると思う。

それから、突然——ほんとうに、青天の霹靂だった——デクランはエズラと別れ、史上最悪のいやなやつに豹変した。ついきのうまで、いつもどおりぼくたちといっしょに過ごしてたのに——つぎの日にいきなり、スマホのメッセージでエズを振った。エズラは涙こそ見せなかったけど、混乱と悲しみが打ち寄せる波のように伝わってきた。デクランがなぜあれほど急に関係を終わらせたのか、エズラはいまも知らない。それはそうと、元恋人とふつうに接するくらいには、ぼくたちは大人なはずだよな？　ぼくとエズラもそう考えて、翌朝、デクランのところに歩いていった。デクランは、そのころすでに学校一の人気者だった体育会系のジェイムズとマークといっしょにすわってて……やあと声をかけたら、ぼくたちがだれだかわからないかのように、無表情でこっちを見返してきた。

エズラは、自分が何かまずいことをしたのかどうか知りたがってた——関係を修復できる見こみがあるかもしれなかったから。「話せる？」エズラは尋ねた。

ぼくはいまでも、デクランの嫌悪に満ちた表情を覚えてる。「いやだね」

ジェイムズとマークは、あざけるような笑みを浮かべてた。エズラはばつが悪そうにただうなずいた。「わかった。それじゃ、もう……かまわないことにするよ」

エズラが話しかけるのをやめても、デクランは満足しなかった。エズラとぼくが授業で発言するたびに、うんざりした顔をしてみせた。ぼくたちが遅刻すれば、かならず先生に抗議した。だれかれなしにぼくたちの悪口を言ってまわった。ぼくたちを見くだしてることを——ぼくたちとかかわりたくないと思ってることを——はっきりと態度で示した。なぜなのかはけっして言わない。説明はない。ひとことも。

エズラは軽く受け流し、傷ついた様子は見せなかった。気持ちを切り替えることにしたんだ。

でも、ぼくは正直、デクランにひどく惨めな思いをさせられた。エズラだって同じはずだ。そのことで、ぼくはまだデクランを許してない。これからもずっとそうかもしれない。

エズラはチキンの温度をたしかめ、ウイングをふたつに裂く。「家族のこととか、アップステート・ニューヨークでの子ども時代はどんなだったとかきいても、はぐらかして答えないんだ。あいつの秘密を聞き出すっていうアイデアはいいけどさ」もう一度言う。「オンラインで知り合った他人に打ち明けるとは思わない」

まいったな。エズラの言うとおりだ。「でも、ほかにどうしようもないだろ」ぼくは言う。「やってみるしかないよ」

エズラは肩をすくめる。「そうか」〝せいぜいがんばれよ〟とでも言いたげだ。

ぼくはスマホを取り出す。「ユーザーネームは何にしよう?」

「うわあ、このチキンめっちゃうめえ」エズラが口をいっぱいにして言う。

「それじゃ長すぎかな」

エズラはしばらく考える。「〝フィリックス〟は〝幸運(ラッキー)〟って意味だったよな?」

「うん、ラテン語でね」だからこそ、ぼくはこのことばを自分の新しい名前に選んだんだ。女じゃないとわかって治療をはじめたとき、自分の幸運を実感したから。

エズラはぼくを見てうなずく。「じゃ、〝ラッキー〟はどうだ?」

「あっ――〝ラッキー〟は?」

「それ、いまおれが言ったやつ」

スマホで〝lucky（ラッキー）〟を含む文字列をいろいろ試し、まだだれにも使われていないユーザーネームを見つける――〝luckyliquid95（ラッキーリキッド）〟。

「なんかエロい」エズラがにやりとして言う。

「別にいいって」ぼくはユーザーネームを入力する。不本意ながら、デクランのユーザーネームはいまも忘れてない――検索窓に〝thekeanester123（ザキーンスター）〟と打つ（この名前を見た時点で、エズラとぼくは赤信号に気づくべきだった）。画面をスクロールし、デクランの投稿を順に見ていく。アンティークランプの強烈な光と薄いカーテンを使って撮影した、モノクロの気どったセルフポートレートが数枚。食べ物、太陽の光が建物の隙間から差しこむ都市風景、グラフィティの前に立つジェイムズとのツーショット、ヤンキー・スタジアムで撮ったマークとの写真も何枚か。

でも、投稿のほとんどは、デクランのイラストレーションだ。

ぼくはデクラン・キーンがきらいだ。腹の底から大きらいだ。そんなぼくでさえ、デクランに才能があると認めないわけにはいかない。真の才能。だれにも教えられない才能。だれにもまねできない才能。

ぼくは昔からアクリルでポートレートを描くのが好きで、自分でもうまいと思ってる。でも、デクランの作品は……ことばにならない。どんなカテゴリーにもあてはまらない。強いて言うなら、コラージュ？　デクランは、多種多様な媒体を組み合わせる。木炭のときもあれば、パステルや、単に鉛筆やインクを使うときもある。何より際立ってるのは、余白の使い方だ。ぱっと見はシンプルだけど――その空白は、木の枝のあいだから光り輝く空を見あげるような感覚を思い起こさせ、緻密に編まれたレース飾りか何かの隙間のようでもある。デクランが選ぶ主題は、いつも興味をかき立てる――翼の折れた鳥、伝統的な首のリングと現代的なフープイヤリングをつけた女の人、ただの手。でも、どの作品においても――例外なく――言えるのは、新聞の切れ端、葉、くしゃくしゃのティッシュ、それこそ地面に落ちていたようなものを使って主題のまわりにデザインされた余白こそが、デクランの作品をだれにも到達できない高みへ押しあげてるということだ。

それが、デクランをぼくよりもすぐれたアーティストにしてる。

こんなふうに認めるのは腹立たしい。これが真実だとは思いたくない。でも、ほんとうだ。デクランは、ぼくよりすぐれたアーティストなんだ。

あの作品群と、アイヴィー・リーグ出身の親のコネと、完璧な成績があれば、デクランはかならずブラウン大学に合格するだろう。必要のない奨学金も手にするだろう。デクランがそれにふさわしくない最低なやつでも関係ない。

デクランの作品を見ながら、適当に〝いいね！〟をつけていく。ある作品にコメントする。

余白の使い方がうまいね！　それから、別の作品にも。**どんな素材を使ったの？**

エズラがひと箱ぶんのチキンとフライドポテトを平らげ、ぼくのぶんに手を出したので、ぼくはウイングを一本つかむ。「あと十二時間は父さんの顔を見たくないよ」ぼくは言う。ギャラリーのことがあったあとだし――昔の名前で呼ばれたらキレてしまうかも。「今夜泊まっていい？」

「おまえ、それ毎回きくよな」エズラが言う。「おれの返事は毎回、イエスだ」

「ずうずうしいと思われたくないから」ぼくは言う。「もしかしたら――その、特別な友だちが遊びにくるかもしれないだろ」

エズラはガハハッと大声で笑う。「特別な友だち？　フィリックス、おれは毎日二十四時間おまえといっしょにいるんだぞ。いつその特別な友だちに出会うんだよ」

ぼくは肩をすくめる。「ぼくに飽き飽きしてるのに、うまく言えないってこともあるかもしれないだろ」

エズラはあきれたように白目を見せ、ぼくのスマホをとってスポティファイを開く。フリートウッド・マックのプレイリストがふたたび表示され、つぎの曲はノーマン・グリーンバウムの〈スピリット・イン・ザ・スカイ〉だ。エズラが立ちあがり、くるくると何度も回転する――五歳から習ってるクラシックバレエの技だ。リズムに乗ったエズラが脚をぴんと天井に伸ばしてる横で、ぼくはマリファナの葉を二枚摘みとり、テレビの横に置いてある紙で巻いていく。ライターはキッチンカウンターの端にある――カチカチッと火をつけると、紙がじゅうっと音を立てて煙があがる。隣に滑りこんできたエズラの口に、ぼくは巻いたマリファナをひょいとくわえさせる。だれもいない路地に面したあげさげ窓をぐいと引きあげ、ふたりで非常階段に這い出して脚をぶらつかせる。太陽が沈んでいくところだ。空がだんだん暗くなり、地平線が紫がかってる。

「考えたことあるか」目を細くして空を見あげながら、エズラが言う。「おれたちがここにいる理由」

おっと、はじまった。哲学モードのエズラはだいぶ面倒くさい。「理由なんかないよ。ただ存在するだけだ。それだけ。それがすべて」

「ちがう。そうじゃなくて」エズラはもどかしげに顔をしかめる。「なんでブルックリンなんだろう？　なんで夏期講習を受けてる？　なんでアートなんだ？」

「えっと――」

「すべてが疑問なんだ」エズラの語気が強まる。「考えてみろよ、フィリックス。なんで科学や、ビジネスや――ほかの何かじゃないんだ？」

「中年の危機（ミッドライフ・クライシス）を迎えるにしては若すぎると思うよ、エズ」

「これがおれの〝人生半ばの危機（ミッドライフ・クライシス）〟だったらどうする？」エズラは主張する。「いまからちょうど十七年後に死ぬのに、アートや絵画やファッションや、クリエイティブなもののために人生を無駄にしてるとしたら？　アートが好きだと思っただけで、実際はほかにやるべきことがあったとしたら？」

　胸のなかがもやっとする。エズラが十七歳でミッドライフ・クライシスを迎えられるのは、裕福な家庭に生まれた特権があるからだ。ぼく？　ぼくは、なんであれ将来への道を拓きたいなら、やりたいことを見つけて必死で努力するしかない。エズラのように、いろんなものがひとりでに手にはいるわけじゃないんだ。だけど、ぼくはそんな考えを脇に押しのける——ハッパのせいか、エズラの妄想がぼくのなかに沈んでいく。だって、ぼくが天体物理学者に向いてないなんてだれにわかる？　今世紀のバッハじゃないなんて？

「交通事故に遭った人たちの話、知ってる？」ぼくは尋ねる。「それか、雷に打たれた人たち。昏睡(こんすい)状態から目が覚めたとき、いままでやったこともない分野で突然才能が開花する人がいるんだって」

　エズラは空を仰いでる。「知らないな」

　ぼくは眉根を寄せる。「そう？　でも——たぶん、言いたいことはエズラと同じだよ」

「そっか」エズラはぼくに顔を向ける。「おれに車で轢かれたい？」

「ばか言うなよ、エズラ」

「いや、マジで、おれできるよ。おまえがやってほしかったらだけど」

　笑いをこらえる。「そもそも車持ってないよね」

「おまえを轢くためだったら喜んで一台盗む」

ぼくがエズラの腕を小突くと、エズラはにかっと笑う。「やるべきかもな。ぼくが何かで才能を発揮できるように」

エズラが不服そうな声を漏らし、ぼくにもたれる。「なんの話？　才能ならあるだろ」

「ぼくは――なんていうか、ちょこっとだけ才能がある人かな。子どものころにこれがやりたいと思って、十年間懸命にがんばってきて、ここまでたどり着いた。それでも、ほかの人たちに比べたら遠く及ばない」

「だれに？」

「エズラだよ」ぼくは言う――本気で。エズラの作品はどれもすごい。エズラは天才肌で、何をやってもたちまちものにする。最初は水彩画、つぎの年は彫刻。いまはファッションに集中して取り組んでて、縫製や型紙の起こし方を独学し、たったひと夏で習得した。この夏の縫製ワークショップに申しこむ必要すらなかった。ぼくと同じアクリル画を選択したのは、ただ単に授業中ぼくといっしょにいられるからだ。

「わたくし？」エズラはわざとらしく照れてみせる。

ぼくはぼそりと付け足す。「それに、デクラン・キーンみたいな人も」

エズラは思いきりため息をつく。「本気でいまその話するつもりか」

「いや」ぼくは言う。「だけど――きみたちはふたりとも、生まれ持った才能があって……ときどき考えるんだよ、才能は経験からも生まれるのかなって」

「おれにはそんなもんない」エズラはぼくにハッパを手渡す。「力みすぎだよ、フィリックス。いつも自分のことでくよくよ考えすぎだ。おまえの作品は最高だよ」

「友だちだからそう言ってるだけだ」

「いや、そんなことない。友だちだからこそ、おれには正直でいる責任がある。たとえば、そのビートルズのタンクトップ」エズラは手ぶりでぼくの服を示す。メンバー四人のポートレートがプリントされたやつだ。「おまえ、そもそもビートルズなんか好きなのかよ?」

ぼくは肘でエズラを突く。「曲によってはね」

エズラはぼくの手からハッパをとって長々とひと吸いし、下の路地を見おろす。

「ぼくはまだ――」ぼくは口ごもる。こんな話をするのは気恥ずかしいけど、とにかく言ってみる。「人を愛したことがないんだ。おかしいよね、だって――ぼくの名字があれだしさ」

エズラは鼻を鳴らすけど、何も言わない。

「ぼくはだれかを愛したい。ぼくは一度も――偉大なアーティストたちが語るような情熱を感じたことがない。それがほしい。それほどまでに強烈な体験をしてみたい。みんながみんな恋愛したいわけじゃない。それはわかるよ。でも、ぼくは――だれかを愛して、別れて、怒って、悲しんで、また愛したい。それがどういう感じなのかわからないんだ。ぼくの毎日はいつも同じことの繰り返しだ。かわり映えしない。わくわくすることもない」

長い沈黙のあと、エズラが頭をぼくに押しつけ、子犬のまなざしでぼくを見つめる。「おれじゃわくわくしない？」

「だまれよ」

「おまえにはつまんなすぎる？　マジ？」

「おい、エズ、ぼくは真剣なのに」

「ああ。おれだって真剣だぜ」エズラは身を起こし、まっすぐ前を見る。「おまえもいつか、いま言ったことのすべてを経験する日が来る。けどな、そのときまで忘れられちゃ困るんだよ。おまえがいまここで、おれといっしょにいること――それに、おれがすばらしくイケてるってことも」

　ぼくはあきれた顔をしてみせる。スポティファイからビートルズの〈カム・トゥゲザー〉が流れだす。「な？　ぼくはビートルズも聴くんだ」

「そりゃおめでとう」

「どうも」

　エズラは一瞬にやりとして、ぼくの肩に頭を載せる。ぼくはエズラよりずっと背が低いから、きっと首が痛いと思うけど、エズラは気にしてないみたいだ。「キーンスターから返事は？」

　ぼくはスマホを取り出して、通知をチェックする。「まだ」

「な、言ったろ」

　肩をすくめる。敵を倒すためなら、ぼくは辛抱強い。あきらめないでやってみるしかない。

そろそろ片づけて寝ようというときになって、スマホがぶるっと振動する。息を凝らしてインスタグラムを開く。ほんとうにデクランかもしれないと思いながら――でも、通知はぼくの通常のアカウントからだ。ぼくは顔をしかめ、〝メッセージリクエスト〟をタップする。〝grandequeen69（グランデクイーン）〟という正体不明のアカウントから、短いメッセージが届いてる。

ギャラリーの写真、気に入った？

5

母さんへ

母さんにまだ言ってないことがある。母さんへのメールで——そう、母さんが返事をくれなかったやつで——ぼくはトランスの男だってカミングアウトしたけど、実は、自分がほんとうに男かどうかわからないんだ。この感覚を説明するのはむずかしい。なんていうか……自分のなかで、何かがまだしっくりこない感じ。自分が女じゃないのはわかってる。でも、それしかわからない。

最近はリサーチしてる。いろんな定義や種類や用語について調べてるんだ。なかには、分類する必要なんかないって言う人もいる。自分たちをがんじがらめにしすぎだって。でも、どうかな。ぼくは、自分がひとりじゃないってわかると気が楽になる。ぼくと同じように感じ、同じ経験をしてる人たちがいるんだと思うと。自分の存在が認められた気がするんだ。

だけど、みっともないよ。自分は男だってあんなに大騒ぎしたのに。いまになって気が変わった？　それとも、ぼくのアイデンティティが変化してる？　わからない。すごくいやなことが起きたんだ。学校のギャラリーでぼくの昔の写真が展示されて、昔の名前もばらされた――そのあと、インスタグラムでいやがらせのメッセージまで届いた。こうまでしてぼくを攻撃する人がいることに傷ついてる。そしていま、その傷がものすごい速さで怒りに変わってる。猛烈な怒り。はらわたが煮えくり返ってる。ぼくをこんな目に遭わせたやつをぼこぼこにしてやりたいくらいに。全部デクラン・キーンのしわざにちがいないんだよ。

エズラには、インスタグラムのメッセージのことは言わなかった。心配してほしくないから。送り主がデクランなら、どのみち同じだ――もうすぐあいつの鼻をへし折ってやる。皮肉だよな。こんなふうにいろいろ母さんに書いてるけど、だれよりもぼくを傷つけてるのは母さんなんだ――そう、ギャラリーでの出来事よりも、インスタグラムのメッセージよりも、生きる権利のために闘うトランスの人々に関する日々のひどいニュースよりも。いまさら信じられないくらいだけど、ほんとうだ。ぼくはずっと、自分も愛される存在だと証明しようとしてる――でも、どうしたらできる？　自分の母親にさえ愛されてないのに。

あなたの息子……？
フィリックス

この復讐計画で大事なのは、チャンスの到来をじっと待つこと。ぼくは、デクランの投稿へのコメントをいったん切りあげる。デクランに気味悪がられないように、まずはふたつのコメントへの返信を待つのでじゅうぶんだ……そのあいだに、自分のプロフィールを充実させておく。つぎの二日間で、何枚か写真を撮る。一枚目の投稿は、エズラのうちで撮った煉瓦の壁のクローズアップ。それから、横並びになったマリファナ、バジル、ミントの写真。デクランにつきまとってると思われないように、ほかの人の投稿にも〝いいね！〟やコメントをつけていく。エズラの投稿にひとつ残らず〝いいね！〟するのは、本人にそうしろと言われたから。マリソルのフィードものぞくけど、セント・キャサリンのいろんな人といちゃついてる写真は見ないようにする。ぼくはたぶん、ミソジニストだからトランスになったと言われたその場で、マリソルにくそくらえと言ってやるべきだった。でも、マリソルの交友関係がエズラやぼくとかぶってることを考えると、ぼくの人生からマリソルだけ消し去るわけにはいかなかったんだ。それに……マリソルに自分のまちがいを認めさせたかったから。

インスタグラム、チキンウイング、シャルドネに週末を費やして迎えた月曜日の授業中、父さんからスマホにメッセージが届く。**元気か？**

ぼくは返事する。**うん、エズラといっしょにいた。**

父さんから返事。**わかった。今夜会おう。**

自宅とエズラのアパートメントの二拠点生活に同意したとはいえ、父さんはぼくから連絡がないのが不満なんだろう。父さんは昔から気楽な性格だった。ぼくたちを捨てて、もっとすてきな新しい家族と暮らしはじめた母さんに比べれば。記憶のなかの母さんは厳しかった。ぼくは、母さんが着なさいと言ったものを着せられた。ばかみたいなレースのワンピース、ぴかぴかの靴、真珠のイヤリング、髪につけるリボンやバレッタ。ぼくのしつけを母さんに任せきりにしてた父さんは、母さんが出ていったいまでも、ルールや門限を決めるのが苦手だ。

自分のプロジェクトに気持ちを切り替える。一日の後半、昼休憩後から二時の終業時間までは卒業制作のクラスだ。自分のやりたい作業に使っていいことになってて、ぼくやデクランのように有望な上級生のほとんどは、大学出願用のポートフォリオの準備に取り組む。デクランは部屋の隅で、テーブルを二脚も使ってコラージュ作品をひろげてる（あの自己陶酔っぷりにはびっくりだ）。ぼくは木枠に張ったキャンバスの前にすわる。ぼくの横では、整頓されたアクリル絵の具がずらりと並んで出番を待ってる。

エズラ、マリソル、リア、オースティン、ヘイゼル、そしてタイラーも、ぼくと同じ白い長机を囲んでる。といっても、ぼくがエズラとすわり、ほかのみんなもエズラとすわってる、と言ったほうが正確だけど。リアはノートパソコンでポートフォリオ用の写真を編集してる——報道写真家を目指してるリアは、写真のこととなると真剣そのものだ。写真の単位をとりすぎてるから、夏期講習ではアクリル画を選ぶように言われて、ひどく憤慨してた。教室じゅうで、リアだけがひとこともしゃべらない。ほかのみんなは、ささやき声で話しながら作業してる。

「星占いなんて嘘っぱちだよ」ヘイゼルが言う。ヘイゼルはダークスキンで、髪を紫に染め、ピアスをつけてタトゥーも入れてる。「『NARUTO』の一族が実在するって言ってるようなもんでしょ」

エズラが顔をしかめる。「はあ？」

「あたし、まだ漫画読んでないいんだよね」マリソルが椅子にもたれて言う。「アニメ観ただけ」

「え？　ほんと？」オースティンが自分の風景画から目をあげずに言う。ブロンドに青い目をしたオースティンは、笑うとえくぼができて、素で肩にセーターを巻きそうな雰囲気を醸し出してる。「アニメより漫画のほうがずっといいのに」

「読書きらいなの」マリソルが言う。

「どうりで」ヘイゼルがぼそっと言う。マリソルが冷たい視線を投げる。ふたりの破局は円満にいかなかったらしい。

「星占いはすごいよ」タイラーが主張する。「いいか。月によって潮の満ち引きが起きる、だろ？　人体はほとんど水でできてる。月が人間に影響を及ぼすのも理にかなってるんだよ」

「タイラー」ヘイゼルが言う。「何言ってんのか全然わかんない」

マリソルがふんと鼻を鳴らす。タイラーは不満げだ。頬がピンク色に染まる。

「ぼくも星占いを信じるほうかな」オースティンがそう言うのを聞いて、タイラーが笑顔になる。「だって、こんなに多くの人が自分の星座に共感してるのに、ただの偶然とは思えなくない？　それに、星座同士の関係性もある。ぼくは天秤座で、好きになるのはいつも獅子座の人だ。例外なくね」

エズラがぱっと顔をあげる。「おれ、獅子座」

オースティンはほんのり頬を赤らめる。リアがうつむいたまま言う。「知ってるよね、オースティン」

ぼくはまばたきし、びっくりしたように軽く微笑んでるエズラを見る。オーケー。なんか変だぞ。

ヘイゼルは、このわかりにくい恋のアプローチに退屈してる。「どうせ、運命やら赤い糸で結ばれた相手やらも信じてんでしょ」

オースティンはおずおずと言う。「まあ、そうだね。信じてるよ」

「おれも超信じてる」タイラーが言う。

「いいかげんにしてよ」ヘイゼルが言う。「二十一世紀を生きてるのに、どうやったらそんなアホなこと信じられるわけ？」

「まあまあ」エズラが言う。「落ち着けよ。ただしゃべってるだけなんだから」

「ほんと、何をそんなかっかしてんの？」マリソルがそう言うのは、ヘイゼルをかっかさせるために決まってる。ヘイゼルの表情を見るに、その作戦は功を奏してる。

「わかんないけどさ」オースティンが言う。「あらゆるものがつながってる気がするんだ。自分がこの星に生まれたのには理由があるって感じることない？　自分には何か重要な使命があるんだって。ぼくはいつも考えてる。ぼくにはどんな運命が待ってるんだろう。ほかにやるべきことがあるのに、それに気づいてなかったらどうしよう、って」

「自分の運命に気づかないのが運命だったら？」マリソルが言う。

「それは……ちょっとこわいな」オースティンは言う。

オースティンの気持ちはわかる。ぼくも考えたことがある問いだ――ぼくは、自分の人生でやるべきことをやれてるんだろうか。そう考えるとぞっとする。集中できない時期は前にもあったけど、いまに比べたらずっとましだった。目の前のまっさらなキャンバスを見つめる。いくらポートレートが強みだからって、ばらばらの絵をかき集めてポートフォリオにするわけにはいかない。ひとりの人物に絞るべきかな？　色のテーマを決める？　ぼくがポートレートで伝えたいことって？　ぼくが描きたいストーリーとは？

いったい何を描けば、ブラウン大学に認めてもらえる？

ぼくは疑問にのまれて固まる。何をしてもいいはずなのに、なぜか、なんの選択肢もないみたいだ。数年間にわたる努力が、平均並みの成績と平均以下のテストの点にしかならずに、排水溝に流れていくのを感じる。父さんはがっかりするだろうな。きっとにっこりして、ぼくを自慢に思うって言うだろうけど、がっかりしないわけがないじゃないか。父さんは何もかも犠牲にしてくれた。ぼくとぼくの学校のために、ぼくがすばらしい人生を歩めるように――それなのに、ぼくはこうして手つかずの白いキャンバスを眺めてる。

　アクリル絵の具を集めて、備品室にしまいにいく。

「どこ行くんだよ」エズラが小声できき、目の前にひろげたドレスのラフ画からわずかに視線をあげる。ほかの生徒も何人か顔をあげる。

「帰る。何も浮かばないから」

「帰る？　おれんちに？」

「いいや」ぼくは言う。「父さんが今夜は帰ってこいって」

「ああ、よかった」エズラが言う。「ついに特別な友だちを呼べる日が来た」

「またな、エズ」

「ああ」エズラはそう言って少しさびしそうな顔をする。「またな」

　ぼくはドアへ向かう。デクランがまたかという顔をして首を左右に振り、二脚のテーブルをはさんだ向かいのジェイムズに何かささやくのを無視する。学校の状況は落ち着いた。エズラがぼくのために奔走したのかどうか知らないけど、どういうわけか、ぼくがギャラリーの話をしたくないということを全員が理解してる。ぼくは、何も起きなかったふりをしたい。だから、みんなもそうしてる。おかげで授業にもなんとか出られてる。いまもロビーを通るたびに喉が詰まるし、インスタグラムを開くたびにいやがらせのメッセージが来てるんじゃないかとビビってるけど。白状すると、こういう気持ちがましになるのは、デクラン・キーンの人生を台無しにする方法を考えてるときだけだ。自分を抑えられない。そのことで頭がいっぱいだ。

めずらしく電車が遅れなかったので、二時間かからずにうちのアパートメントに着く。父さんがキッチンで炒め物を作ってるにおいがする。小さい部屋に充満した煙がたちまち目にしみる。つけっぱなしのテレビでは、〈ザ・リアル・ハウスワイブス・オブ・ニューヨーク・シティ〉が流れてる。父さんはリアリティ番組を愛してやまない。

ぼくはリビングルームへ行き、ふわふわの椅子に腰かけてくつろぐ。キャプテンがテレビの真ん前にすわり、ぼくをじいっと見てしきりに喉を鳴らす。「放蕩(ほうとう)息子のご帰還か」父さんがいやみ交じりに言う。

内心うんざりする。父さんはなんで急に、ぼくがエズラのうちに泊まるのをいやがるようになったんだろう。父さんからすればぼくはたしかに子どもだけど、これはそもそも、ぼくが一年後にほぼ大人としてひとり暮らしをするために、父さんの手を離れて準備する機会という話だったはずだ。うちとエズラのアパートメントを行き来してもいいと決めたんだから、こんなふうにふるまわれるのは納得がいかない。

着替えをとってくる、とぼくは言う。自分の寝室にリュックを持っていき、汚れた服を引っ張り出して洗濯かごに放りこむ。ぼくは潔癖の気があって、この部屋には散らかすほどのスペースもないから、床はぴかぴかだし、ベッドもきちんと整えてある。ベッドサイドテーブルには『ＡＫＩＲＡ』が置いてある。引き出しをあけ、タンクトップとＴシャツ、切りっぱなしのショートデニム、ボクサーパンツを数枚とってリュックに詰めてから、電気を消してリビングルームにもどる。父さんが壁際のダイニングテーブルに皿を置く。

「なあ、キッド」自分の皿の前にすわるぼくに、父さんが言う。「エズラのうちに行くのはしばらくやめておいたらどうだ」

「どういうこと？」

「数日おきにひと晩ではなくて、うちでもっと過ごしてくれないかってことだ」

ぼくは顔をしかめ、サヤインゲンを選び出して皿の脇によける。「エズラのうちに泊まってもいいって言ったよね」

「ああ」父さんは言う。「たまにはな。数週間に一度とか、それくらいのつもりだった」

「夏期講習はあと二カ月で終わりだよ。数週間に一度だけ泊まるなんておかしいじゃないか」

「自分のうちに父親と住まないのはおかしくないのか」

「心配いらないって」ぼくは言う。「エズラのうちにはもう何度も泊まってるし」

「おまえがいつも男の子といっしょだと思うと、おれは複雑なんだが」

ぼくは凍りつく。これって、ぼくが男だとカミングアウトする前によく父さんが言ってたことだ。型にはまった〝娘を守る父親〟らしいそぶりは昔からいやだったし、いまは余計にかちんとくる。「だからなの？」ぼくはきく。「エズラのところに泊まってほしくないのは、エズラが男だから？」

　父さんは口ごもる。「両親が付き添っていないし――」

「でも、ぼくも男だ」ぼくが言うと、父さんはだまりこむ。「生まれたときにペニスがついてても、同じくらい問題になる？」

「そこまで言っていないだろう」父さんは言う。「問題には変わりない。大人の監督なくあのアパートメントにいるんだから」

「ぼくたちは十七歳だ」ぼくは言う。「来年には大学生だよ。子どもじゃない」

　父さんはかぶりを振る。「子どもだとは言わなかった」

　ふたりとも、しばらく何も言わない。ナイフが皿にこすれる音や、グラスがテーブルにあたる音だけが響く。

「それに」父さんが言う。「ふたりとも男だからって、かならずしも……不適切な関係にならないとは言えない」

「エズラとぼくは友だちだよ。親友同士だ。それ以外のなんでもない」父さんはぼくと目を合わさない。これ以上何か言うべきじゃないのはわかってるけど、この会話の何もかもが我慢できない。「エズラのうちで過ごすのが好きなんだ。エズラといるときは、自分が尊重されてないって感じなくてすむ」

　父さんは眉間にしわを寄せる。「どういう意味だ」

「エズラはぼくが男だってわかってる」心の奥深くで湧き起こる羞恥心に気づかないふりをす

る――自分が男なのかどうか、最近は自分でもわからない。「エズラの前なら、男だとわかってもらおうとがんばらなくていい。エズラはぼくの名前を呼んでくれる。〝フィリックス〟って」

「いいか」父さんは言う。「頭のなかでぱっとおまえのイメージを切り替えられるわけじゃないんだ。十二年間、おまえはおれのかわいい――」

父さんが言い終える前にさえぎる。「それはぼくじゃない。父さんがそう思いこんでただけだ」

父さんは口をつぐむ。テレビのなかで女の人が涙を流し、オレンジ色の偽物の日焼けにいくつも筋がついてる。父さんが沈黙を破る。「努力はしている。おまえにもそう示してきた。証明してきた。たまにはまちがえることもあるが、理解しようとしているんだ」

ときどき、それじゃ足りないと感じる。ぼくはなんてひどい息子なんだろう。ホルモン療法も通院も手術も、何もかも面倒を見てくれた父さんに腹を立てるなんて――だけど、父さんといるときはいつも、ぼくが自分で主張するとおりの人間なんだと、がんばって証明しなくちゃいけない気がする。父さんが無条件に受け入れてくれないのが不満なんだ。そもそも、父さんが何かを理解する必要があるということが。

「もう少し辛抱強くなってくれないと。十二年間、おまえはおれのなかで別の人間だったんだからな。ずいぶん長い年月だぞ」そう言ってから、父さんは急に口ごもる。ぼくを昔の名前で呼びかけたみたいだ。

父さんはぼくの目を見ない。どうやって目を合わせればいいのか、わからないのかもしれない。ぼくのほんとうの姿を直視できずに――父さんがぼくに望む姿だけを見てる。わけがわからないかもしれないけど……ぼくがいちばん必要としてるのは、ほかのだれでもない、父さんの承認だ。父さんに認めてもらいたい。父さんには息子がいるということを、ただ受け止めるだけじゃなく、理解してもらいたい。

そんな日がいつか来るのかな。

椅子で床をこすりながら立ちあがり、リュックをつかんで玄関へ向かう。

「どこへ行くんだ」父さんの呼びかけを無視して、ぼくは力任せにドアを閉める。

6

エズラは寝てるのか出かけてるのか、アパートメントのインターフォンを押しても反応がなく、電話にも出ない。ぼくは入口前のコンクリートの階段にしゃがみこみ、片方の頬を膝頭に載せる。あんなふうにうちを飛び出すなんて、大げさすぎたかも。罪悪感が胸にこみあげる。こんどうちに帰ったら、かなり気まずいだろうな。

そのまま、錆びた手すりにもたれて眠ってしまったらしい。目をあけると、ぼくの肩に手が置かれてる。まばたきして目を凝らすと、オレンジ色の街灯に照らされたエズラがぼくの上にかがみこんでる。

「おい」エズラが小声で言う。「こんなとこで何してんだ」

「父さんとけんかした」ぼくは寝ぼけたまま言う。

エズラが隣にすわり、ぼくを手すりから離して自分にもたれさせる。「だいじょうぶか」

ぼくは肩をすくめる。「どこ行ってたんだよ？　特別な友だちのとこ？」

エズラはぼくを小突く。「ちがう。眠れなくて散歩してきた」

「また不眠症？」

「おまえと夜更かしするのに慣れてるせいかな」

エズラの手を借りて立ちあがり、ふたりで足音を立てながら階段をのぼって、エズラの部屋へ行く。エズラが鍵をあけ、ぼくが先にはいる。コンロの上の時計は十一時三分を指してる。ぼくは寝る気満々でマットレスに直行する。調子のいい夜なら、ふたりで朝の三時まで起きてることもあるけど、いまは——父さんとのけんかのせいで——くたくただ。

ぼくがまどろんでいると、エズラがマットレスの端に腰をおろし、くたびれたコンバースを脱ぎ捨てながら言う。「おまえを元気にする方法がある」首をひねってぼくを見る。

「へえ？」ぼくは力のない声で言う。「何？」

エズラはにやりとする。「パーティー」

ぼくはぽかんとしてエズラを見る。「え？」

「パーティーだよ」エズラがもう一度言う。「パーティーしようぜ。みんなを呼ぶから」

「冗談だろ？」

「いいや。なんで冗談だと思う？」

「だって、いまは月曜の夜の十一時だ」

「おいおい、どんだけ年寄りなんだよ」エズラが言う。「だいたい、セント・キャサリンの夏のパーティーは真夜中からはじまるのが正統なんだ」そんなこと、ぼくが知るもんか。ふだんはパーティーで騒ぐタイプじゃない。「寮は近所だ。みんなすぐ来られるよ。入場料のかわりに酒を持ってこさせよう」

エズラはすでにスマホを手にし、連絡先一覧をスクロールしてる。ぼくが手を伸ばしてやめさせようとすると、さっとスマホを遠ざける。

「おい、おれのパーティーに出たくないんなら、それでもいいんだぜ」エズラは立ちあがり、画面の上でせわしなく指を動かして——おそらく——みんなに招待メッセージを送ってる。「ここはおれんちだから、パーティーが終わるまで外で待っててもらおうか」

ぼくはうめき声をあげて寝返りを打ち、胎児のようにまるまる。「デクランたちは呼ばないよね？」

「おれがそんなことすると思うか？」エズラは言う。アパートメントじゅうを歩きまわり、キッチンの隅の、このうちにひとつしかないごみ箱にごみを投げ入れていく。三分も経たないうちにインターフォンが鳴る。エズラがぼくににやっとして開錠ボタンを押し、階段に足音が響いたあと、だれかがせっかちに玄関のドアを叩く。

エズラが勢いよくドアをあけると、マリソルがふらりと現れる。崩れた化粧に、ぴったりしたドレスとミリタリーブーツといういでたちだ。いままでどこかで遊んでたにちがいない。マリソルはぼくを無視して六本パックのビールを掲げ、室内を見まわす。

「みんなは？」マリソルが言う。

「きみがいちばん乗り」

「うっそー」マリソルは部屋にはいり、キッチンカウンターにビールを置く。「こんなしけたパーティーはじめてなんだけど、エズラ」

「まあまあ」エズラはビール瓶をつかみ、Tシャツをかぶせて蓋をひねりとる。「これからが本番さ」

そして、そのとおりになる。それから数分のうちに十数人が駆けつける。大半がセント・キャサリンの生徒だ。ぼくがはじめて会う人たちもいる。エズラに頼まれて、リアはスピーカーを持ってきた。iPhoneが接続され、ヘイリー・キヨコやBTSが大音量で流れる。エズラはまだ電球をつけてないから、視界を照らすのはテレビ画面のぼんやりした光と、外のオレンジ色の街灯、みんなが振りまわしてるスマホだけ。だれも気にしてる人はいない。なかには暗闇を歓迎してる人もいて、唇の鳴る音や少々過剰な吐息が聞こえてくる。踊る人、笑う人、ハッパをよこせと叫ぶ人。なぜだかわからないけど、ぴかぴか点滅するクリスマスの白いイルミネーションを持ってきたやつもいる。たっぷり数分間、ゲストの半数近くがほろ酔い気分で部屋を飾りつける。

マリソルはヘイゼルと踊り、キスしながらシャツのなかに手を忍ばせてる。オースティンはエズラに寄りかかり、エズラの脚に手を置いて耳もとでささやいてる。リアとタイラーはリゾの昔の曲に合わせてぴょんぴょん跳びはね、お互いの顔面に向かって歌詞を叫んでる。みんなのショートパンツ、スカート、スニーカー、プラットフォームヒールに取り囲まれながら、ぼくはマットレスにすわり、壁に背をもたせて眺める。

眺めて、眺めて、眺める。ぼくはそれしかしてないじゃないかと、ときどき思う。ほかの人が踊るのを眺め、ほかの人がキスするのを眺める。マリソルは、ぼくが勇気を出してデートに誘った最初の——そして、最後の——相手だ。キスはしなかった。体がふれ合うこともほとんどなかった。一度もキスしたことのない人を指すことばってあるのかな。リップ・ヴァージン？　たぶん、ぼくはリップ・ヴァージンなんだ。

ぼくはどうして、いつもかたわらで眺めるだけなんだろう。だれにも好きになってもらえない、求めてもらえない理由があるのかな。なんだか、ほかの人の手には負えないみたいだ——ぼくがブラウンの肌で、クィアで、そのうえトランスだから……それか、そうやって自分に言い聞かせてるだけなのかもしれない。また自分をさらけ出すのがこわいから。拒否されて傷つくのがこわいから。たぶん、ちょっとずつ両方だ。

スマホを取り出し、長時間露光モードに設定して撮影する。しばらく待ってから、写真をチェックする。スマホとイルミネーションの光がうねってる。白い光の筋が走り、みんなの脚や靴がにじんで見える。

インスタグラムに写真を投稿しようとして、手を止める。ぼくに例のメッセージを送ってきたやつは——どうせ、デクランのくだらない偽アカウントだろうけど——あれ以来、静かだ。でも、これを見たらまた何か言ってくるんじゃないだろうか。自分のアカウントで投稿するのに怯える必要はないとはいえ、やっぱりこわい。それに……ほかのみんなには、この写真を見られたくない。もろすぎる感じがする。すごくさびしそうだ。ここにいる人たちがスマホを見て、この写真を目にするかもしれない。きっと変に思われる。

でも、こういう写真なんだ——ぼくが世界に、宇宙に送り出したい、送り出さなきゃいけないのは。この写真がぼくのスマホの外で存在しはじめた瞬間、ぼく自身も存在しはじめるような気がする。ぼくはluckyliquid95のアカウントにログインし、投稿する。キャプションは〝眺める人〟。完璧だ。

ドアを乱暴に叩く音がする。エズラがドアをあけると、上の階の男が怒鳴りだす。もう午前一時だぞ、早起きして仕事に行く人もいるんだ、音量をさげないと警察を呼ぶ、などなど。エズラはぼくみたいに偏屈なところが全然なくて——鼻持ちならないこの隣人相手なら、ぼくはまちがいなくパーティーを続行するのに——どのみちそろそろお開きだから、と言って音楽を消す。みんなが徐々に帰路につき、またあした学校でね、と呼びかける。笑い声とにぎやかなおしゃべりと足音が階段に響きわたり、やがて、ぼく、エズラ、マリソル、リア、オースティンだけが残される。

エズラとオースティンは、あけ放した窓のそばに腰かけてハッパを吸ってる。ささやき合い、目を輝かせ、体を寄せて笑い、熱っぽく見つめ合ってる。すごくプライベートな、見ちゃいけない光景を目撃してる気がする。リアとマリソルは床の上で大の字に寝転び、いまにもスノーエンジェル〔雪の上に仰向けに倒れて作る天使の形〕を作りだしそうだ。ぼくと三回デートしたあとのある日の始業前、マリソルはみんなの前で、自分は女の子としかデートしないと宣言した。自意識過剰になるのはよそうと思いつつ、ぼくへのあてこすりに聞こえなくもなかった――あいつはミソジニストだけど、自分は絶対にちがうと言ってるように（だってそうだろ？　女の子としか付き合わないくらい女の子が大好きなんだから）。恋愛対象が女の子だけだからこそぼくともデートしたんだと、ほのめかしてるようでもあった。わざとぼくを傷つけようとしているのかはわからない――自分でわかってやってるのか、ぼくが敏感すぎるのか。マリソルの考えがときどき読みにくいのは、本人の狙いなんだろう。困ったことに、エズラには相談できない――マリソルに言われたことを話したくないから。

マリソルはヘイゼルについて長々としゃべってる。「わっけわかんない。さっきのあれ、何？　あたし、からかわれてる？　あの子、五時間もメッセージを無視すんだけど、もったいぶってるつもりなのか、それとも、ほんとにスマホ見てないのかな」

「見てないんでしょ、きっと」リアが言う。「マリソルといちゃつきたくない人なんていないもん」たぶん、リアは半分本気で言ってる。

「だよね？」マリソルが言い、笑いながら付け足す。「チャンスがなくて残念だったね、フィリックス」

ぼくはうつぶせになり、両腕を組んで枕にしてる。きまりが悪くなる。「えーと、お気遣いどうも」

窓際のエズラがこの会話を聞きつける。にたっとして喉を鳴らす。「すっかり忘れてたよ、おまえらが付き合ってたの」ひと呼吸置いてつづける。「気まずい感じ？　約三秒間だけ付き合ったのって」

「あのね、ばかにしないでくれる？　実際は二週間だから」マリソルが言う。「それに……」音を消したテレビと点滅するイルミネーションの薄明かりのなか、体を起こしてぼくに向き合う。「あたしは別に気まずいと思ってないよ。ただうまくいかなかっただけ。よくあることだもん。あんたは気まずいと思うの、フィリックス？」

ぼくをあざけるかのように、マリソルは軽く笑みを浮かべる。どう考えても気まずいのを知ってるくせに。ぼくは躊躇（ちゅうちょ）する。マリソルがぼくになんて言ったか、エズラは知らない。ほとんど屈辱に近いくらい恥ずかしいし、微妙な雰囲気にはしたくない。エズラが怒ってマリソルとけんかしたら、学校で余計ないざこざが生まれる。マリソルのくだらない発言のために、高校最後の一年間を台無しにしたくはない。デクラン・キーンのギャラリーとこれとはまた別だ。

「あの」ぼくは言う。気がつくと、みんながぼくをじっと見てる。「いや、全然気まずくないよ」

リアが首の後ろをぽりぽりとかき、オースティンが唇を噛む。エズラはクリッシー・テイゲンそっくりのしかめ面でにやりとする。「つまり、かなり気まずいってことね」

マリソルは肩をすくめる。「あんたがそんなふうに思ってたなんて知らなかった。それについて話し合ってもいいよ、あんたがそうしたいなら」

いや、絶対にその話はしたくない――マリソルの手にかかると、物事はなぜかぼくの問題になるんだから、なおさらだ。ぼくが気まずい思いをしてるのは、マリソルとはなんの関係もなくなる。ぼくをミソジニストと呼んだのも記憶にないみたいだ。

エズラがぼくのところへ歩いてきて、マットレスにどっかりと腰をおろす。オースティンがハッパを揉み消してあとにつづき、リアの隣の床であぐらをかく。「〈ドクター・フィル〉〔元臨床心理士のドクター・フィルによるアメリカの人気トーク番組〕のネタになるな」エズラが言う。

「〈ドクター・フィル〉?」マリソルがおうむ返しする。「何あんた、五十路(いそじ)?」

エズラは無視する。「グループセラピーだよ。効果あるかも」

最悪すぎるだろ。「ありがとう」ぼくは言う。「でも、遠慮しとく」

リアがぼくを見あげてにっこりする。酔っぱらってるときのリアは、顔が尋常じゃなく真っ赤だ。「フィリックス、きいてもいい?」ぼくの返事は待たずにつづける。「マリソルと付き合ってたけど、男の子も好きなの? その、エズラとも前に付き合ってたからさ」

マリソルがけらけらと笑いだす。エズラはむせて咳きこみ、ぼくは面食らって顔をしかめる。

「え?」

リアは驚いてる。「ふたりは付き合ってたんだよね?」

「いや、ちがうけど」

マリソルの笑いが激しくなる。

「ああ」リアは困惑してマリソルとオースティンを見る。「てっきり付き合ってたんだと思った。わたしだけじゃないよね？」

「よく勘ちがいされるよ」エズラが言い、オースティンのほうは見ないではにかんだ笑みを浮かべる。オースティンはリアのビールをひと口飲む。気まずい。

「うん」ぼくは言う。「男も好きだよ。なんで？」

リアはすぐさま勢いを取りもどす。「自分のことをバイセクシュアルやパンセクシュアル〔男女にかぎらずあらゆる性別が恋愛対象になる人〕だと思うのかどうか、気になっただけ。わたしはバイセクシュアルだと思ってたけど、そう思いこんでただけなんだよね。それが習慣になってたっていうか。でもある日、気づいたんだ――なんで男も好きだって言うんだろう、男を好きになったのはシンバが最後なのにって」

みんなが無言になる。マリソルがまばたきしてリアを見る。「シンバがライオンだって知ってるよね？」

オースティンが付け加える。「しかも、アニメの」

「シンバは超カッコいいから」リアが言う。「あのナラとのジャングルのシーンを観ればわかるでしょ？」つかの間、考えこむ。「でも、いま思えば、シンバよりナラに惹かれてたかも……」

「おれはコブがイケてると思ったな」エズラが壁にもたれて言う。

「あたしはリロのお姉ちゃん」マリソルが言う。「あの曲線美ったら」

「ズーコ王子も」エズラが付け足す。

「あっ」リアが起きあがる。「ムーランは？　あと、シャン隊長のバイセクシュアルっぽい雰囲気」

そういえば、ぼくも〈ムーラン〉には夢中だった。ムーランがまた女の姿にもどるまでは。女だとばれて軍を追放されたときはがっかりした。変なの――いままであまり考えたことなかったけど、あれもヒントだったんだ。ぼくの記憶は、ぼくが昔からトランスだったことを示すちょっとした証拠でちりばめられてる。トランスが何か知らなかったころでさえ、そうだったんだ。ときどき、悔しくなる。ぼくもほかの人たちみたいに、赤ちゃんのころからトランスだとはっきり自覚してたらどうだっただろう。自分は女だと偽って生きるのに何年を無駄にしたのかな。それもすべて、ほんとうの自分として生きていけることを知らなかったせいだ。でも、ありがたいとも思ってる。気づけただけでも幸せだ。

「あれ」エズラが言う。「おれたち、全員クィア？」

「そりゃそうでしょ」マリソルが言う。「あたし、ゲイとしか遊ばないもん」

リアが指に巻き毛をからませる。「ストレートの人といると疲れちゃう」

「あれ、読んだ？　結婚して子どもを産まない女に価値はあるのか、っていう記事」オースティンが尋ねる。

「一日一回は、ストレートの人たち、だいじょうぶかって思う場面に遭遇する」

「クィアなテレビ番組のせいでゲイが増えてるっていう記事もあったでしょ」

「ゲイが出てる番組なんて、去年まで観たことなかった」リアが言う。「なのにストレートにならなかったな」

「テレビが人をゲイにするわけじゃない」オースティンが言う。「それを見て気づく人がいるだけだ……そんな可能性があるってことに。みんな、赤ん坊のころからストレートじゃなきゃいけないって洗脳されてる感じでさ」

「ストレートの人たちは、あたしたちがみんなをゲイにしようとたくらんでるって言うけど」マリソルが言う。「そのくせ、赤ちゃん同士を無理やりくっつけて、お似合いだとか将来結婚するかもとか言うの。どうかしてる」

　オースティンの言ってる意味ならわかる。『アイ・アム・J』をはじめて読んで、すべてがぴったりとはまったときみたいなものだ。その数年前から、ぼくは自分の性的指向で悩みまくってた。女を好きになったり男を好きになったりしたけど、両方を同時に好きになることはなかった。まるで周期運動みたいだった。女に惹かれて数カ月したら、つぎの数カ月は男、そしてまた女と変わっていく。いま振り返ると、男に惹かれていたあいだは、相手が好きなのか、ぼくがそいつになりたいだけなのか、あるいはその両方なのか区別がつかなかった。自分の人生でも特にわけがわからなかった時期だ。なんとなく、自分がどっちに惹かれるのか――ゲイなのか、ストレートなのか――決めなきゃいけないと思ってた。エズラと知り合って数週間後のある日――エズラがデクランと付き合って間もないころ――ぼくは、頭が変になりそうだとエズラに打ち明けた。

「ていうか」エズラは眉根を寄せて言った。「選ぶ必要ある？」

ほんとうに、それくらい単純なことだったんだ。それまでの思考回路から抜け出すのに多少時間はかかったけど、ぼくは悩むのをやめて周期に身を委ねた――そしたら、ぼくが惹かれる人たちのさまざまな特徴や、ある共通点が見えてきた。自信だ。体内で燃え立つ炎のような自信。自分が何者かをはっきりと理解し、けっして他人に左右されない人たち。

「エズラ」リアが言う。「エズラもバイセクシュアル？」

酔ってるときのエズラは、動きが緩慢だ。ゆっくりと笑みを浮かべて肩をすくめる。「おれはあんまりラベルにこだわってないんだ。それが重要だと思う人がおおぜいいるのは知ってるし、理由もわかる――その人たちを非難してるんじゃない。ただ……どのカテゴリーに自分をあてはめたらいいのか、悩まずに存在できたらいいのになって。ストレートの人たちがいなくても、暴力や虐待や同性愛嫌悪（ホモフォビア）がなくても、まだラベルが必要？　それとも、ただ純粋に存在できる？　ときどき、ラベルが障壁になることもあるんじゃないかと思うんだよ。たとえば、おれが自分はストレートだと確信してたら、女の子しか好きになっちゃいけないのか？　そのせいで男に恋できなくなる?」エズラは繰り返す。「ラベルが重要なのはわかるけどさ」

「ラベルがわたしたちを結びつける。そこからコミュニティが生まれるんだよ」リアが言う。

「言ってることはわかる。世界が完璧なら、ラベルなんていらないのかも。でも、世界は完璧じゃなくて、ラベルのおかげで誇りが持てることもある——ものすごく理不尽な現実と向き合わなきゃいけないんだから、なおさらね。わたしは、自分がレズビアンであることをすごく誇りに思ってる」

「うん、それはクールだよ」エズラはうなずく。「その考え方は好きだ。でも、自分にはラベルをつけたくない。ないほうが気楽なんだ」

「そっか」リアが言う。「それはエズラしだいだから。エズラの選択を尊重するよ」

夜が更けて、ぼくたちは無口になる。みんな疲れてそうで、ぼくは目をあけていられない。そのとき、ポケットがぶるっと振動し、はっと目が覚める。マリソルが床の上でメッセージを打ってる。恐怖が背筋を走る。またインスタグラムのいやがらせだろうか。スマホをつかんで画面を確認する。やっぱり、インスタグラムだ——でも、ぼくの通常アカウントへの通知じゃない。luckyliquid95 のほうだ。

「だいじょうぶか」エズラがぼくを膝で小突く。ぼくは気もそぞろにうなずき、スマホの画面をタップする。さっき投稿した、光の筋とみんなのぼやけた脚の写真に〝いいね!〟がついてる——そして、コメントも。ぼくはどきどきして飛び起きる。

thekeanester123：いい写真だ。見る人を引きつける力がある。〝眺める人〟というテーマも興味深い。ある意味、これを見る人も〝眺める人〟というわけだ。

うわー。興奮が一気に冷める。デクラン・キーンの気どり屋ぶりは、インスタグラムでも健在だ。

「フィリックス」エズラが言う。「どうした？」

ぼくはスマホを手渡す。

「うお、やっべ」

「なあに？」マリソルが体を寄せてスマホをのぞきこもうとする——ぼくはエズラに向かってすばやく首を横に振る。世のゴシップ好きには二種類のタイプがいる。ありとあらゆる秘密に興味津々で耳を傾けるエズラのタイプと、秘密を聞いたとたんに全部ばらすマリソルのタイプ。復讐計画を知られたが最後、夜明けを待たずにデクランの耳にはいるのはまちがいない。

マリが首を振るぼくに気づく。顔にさっと不満の影が差す。「マジ？」

エズラが顔をしかめる。「悪い。ちょっとプライベートすぎてさ」

マリソルはあきれた顔をして立ちあがる。「いいよ、別に。お呼びでないときくらいわかる」

エズラはおざなりに手を振る。「あしたな」

マリソルは投げキッスで応える。「じゃあね、マイ・ラヴ」

「ぼくも帰るよ」オースティンが言う。

「わたしも」リアがぴょんと立ちあがる。

オースティンがもじもじしてエズラの目を見る。オースティンの口に一時間も舌を突っこんでたんだから、ほんとうならドアまで見送りにいくべきだと思うけど、エズラはぼくの隣にすわったまま、オースティンを見あげて目をぱちくりさせてる。「えっと――また連絡する」

オースティンはかすかに微笑む。「わかった」

三人が出ていき、ドアが音を立てて閉まる。エズラがぼくにスマホを差し出す。

「オースティンなんだ?」ぼくはスマホを受けとりながら尋ねる。

エズラは唇を噛んで首をさする。「ああ、予想外だったな」

「特別な友だち候補ってこと?」

エズラは肩をすくめて、その話はしたくなさそうだ。理由はわからないけど、それ以上はきかないことにして、ぼくはデクランのコメントにふたたび注意を向ける。メッセージを何度も読み返すうち、体に緊張が駆けめぐる。なんて返事しよう? 少しでもまちがったことを言えば失敗に終わりかねない。デクランに話をさせる一度きりのチャンスかもしれないんだ。あいつの世界をぶち壊せるような秘密を手に入れないと。

「どうするんだ?」エズラがそっとささやく。

「わからない」

エズラはぼくを見る。「その――返事するんだろ?」

「うん、もちろん。でも、なんて言えばいいのかな」

　ふたりでスマホを見つめる。

「まあ」エズラは寝転がる。「おれは寝るから」

「え、なんで？　いっしょに考えてくれるんじゃないの？」

「悪いな」エズラはぼくに背を向ける。「おまえの邪悪な暴走に加担するのは、おれの良心が許さない」

　そんなの聞いてない。「数日前までデクランを叩きのめす気満々だったのに」

「ああ、そんなことしたら逮捕されかねないって気づく前はな」エズラは首をひねってぼくを見る。「あのさ、フィリックス。こんなこと、やめとくべきじゃないか」

「本気で言ってる？」怒りがこみあげてくる。裏切られたような気分だ。「エズラはいいよ、デクランのしたことをすぐ忘れられて――自分が恥をかかされたわけじゃないんだから」

「ああ、そうだな」エズラは認める。「けど、こういうときこそ学校の出番だろ。校長に相談すべきなんだ。こんな――複雑すぎる復讐計画じゃなくてさ。こうまでする価値があるとは思えないんだよ」

　怒りがパチンとはじける。「やられたのはぼくなんだよ、エズラ、きみじゃない。デッドネーミングされたのはぼくだ。ギャラリーで昔の写真をさらされたのも。インスタグラムで妙なメッセージを送りつけられてるのも。この〝複雑すぎる復讐計画〟に価値があるかどうか決めていいのは、ぼ、く、だ。ちなみに言っとくけど、価値なら大アリだよ」

「わかった」エズラは小声で言う。「だよな。悪かった」

ふたりとも、しばらく何も言わない。怒りが胸のなかでふくらんで、目がちくちくして、ふいに少し息苦しくなる。ほんとうはエズラに怒ってるんじゃない。こんなふうにやつあたりすべきじゃなかった。パーティーのことでまだ怒りが収まらないのか、上の階の人がどしどしと歩きまわり、床に物を投げつけるのが聞こえる。アパートメントの壁が震える。ドレイクの新曲を大音量で流す車が走り去る。エズラの喉がごくりと鳴る。

「なんのことだ」エズラが言う。「インスタグラムの妙なメッセージって?」

言いたくなかったけど、もうばれてるんだからしかたない。「〝grandequeen69〟っていう知らないアカウントからだよ。そいつが――口にしたくもない内容のメッセージを送ってきた。でも、絶対にデクランだと思う」

「マジかよ、フィリックス。なんでだまってた?」

ぼくはかぶりを振る。「さあ。別に重要じゃないからかな。デクランを倒せるなら――ほかはどうでもいい」

エズラは眉をひそめ、ぼくと目を合わさない。最初に考えたのと同じことを考えてるにちがいない――デクランが犯人だというたしかな証拠はないのに、と。

「おれはさ」エズラが言う。「いやなんだよ……おまえがこれに取り憑かれるのは」

「取り憑かれる？」

「これに執着するってこと。ほかにエネルギーをそそげるものがあるのに」エズラは体をひねってぼくに向き合い、肘に顔を載せる。「ポートフォリオとか」

「平気だよ」嘘だ。「ぼくのことは心配いらない。ただ味方でいてほしいんだ。いい？」

エズラは仰向けになる。ひときわ大きな衝突音が聞こえ、天井に目をやる。「ああ。わかった」

ぼくは深呼吸し、ふたたびスマホをスワイプしてデクランのコメントに目を凝らす。エズラとはめったにけんかしないけど、そうなったときは、気持ちを切り替えて何事もなかったかのようにふるまうようにしてる。エズラもたいていはそうだ。「はあ。いったいなんて言えばいいんだろう」

エズはぼくを見ない。まだ少し怒ってるのかも。「話をさせたいなら質問するのがいいんじゃないか。デクランは自分の話をするのが好きだろ」

「うん——たしかに」ぼくは言う。すぐに質問を思いつく。ぼくの指が画面の上を飛び交う。

luckyliquid95：ありがとう！　長時間露光が好きなの？

スマホを凝視してデクランの返事を待つ。

「フィリックス」エズラが言う。「取り憑かれてるって」

「そんなことない」

「百パーセント、取り憑かれてる」

ぼくはエズラに背を向け、画面から目を離さずに返事を待つ――よし、通知が来た。

thekeanester123：特に好きではない。露出オーバーはくどくなりがちだ。

ぼくは半目になる。

thekeanester123：でも、きみの写真では成功してる。

唇を噛む。親指が画面の上をさまよう――あまり時間をかけたら、デクランは待ちくたびれて返事をしなくなるかもしれない。でも、ここは慎重に進めないと……。

luckyliquid95：いちばん好きな媒体は？

thekeanester123：場合による。いろんなものにインスピレーションを受けてる。自分の可能性を制限したくないんだ。

まだ気どってるよ。でも、言ってることはわかる気がする。

luckyliquid95：どんなものにインスピレーションを受けるの？

デクランの返事はない。「なんだよ」ぼくはつぶやいて唇を噛み、じっと待ちつづける。もう遅いから――午前二時になるところだ――寝たのかな。退屈したか、ぼくが質問しすぎたのかも。まだあきらめられない。ぼくはもう一度コメントする。

luckyliquid95：自分はまだインスピレーションの源を探し中なんだ。

ぼくの横でエズラの呼吸が穏やかになり、眠りに落ちたのがわかる。

luckyliquid95：たぶん……自分の望むアートをやるには、まだいろんな経験が足りてないのかな。自分の知らない感情を他人に感じさせるなんて、できるわけないよね？

数秒後――

thekeanester123：ああ。わかるよ。

ぼくの眉があがる。デクランは、いつも王さまみたいに威張り散らしてる。無防備な一面をごくわずかにでも垣間見たのは、二年間でこれがはじめてだ。

luckyliquid95：どんなことを経験してみたい？

ヤバい――ぼくは息を殺して待つ。この質問なら、デクランから他人に知られたくない答えを――あいつの不利になる秘密を――引き出せそうだ。でも、少々踏みこみすぎた気もする。知らない相手にわざわざ話すことじゃないよな。

ところが、デクランはすぐに返事をする。

thekeanester123：実はよくわからないんだ。知らないでいることも経験のうちなんだと思う。インスピレーションを得るために何を経験する必要があるのか、それさえわからないってことも。

はあ。相変わらずいやなやつだけど、なかなかいいこと言うじゃないか。

thekeanester123：きみはどう？

ぼくは唾をのみ、ためらう――その質問への答えはわかってるけど、さすがにやりすぎじゃないか。

ぼくは賭けに出る。

luckyliquid95：人を愛したい。

まばたきもせず画面を見つめて、数秒おきにインスタグラムを更新する――でも、デクランは何も言わない。

終わった。

計画は失敗。

ほかに何か言ってみてもいいけど、ぼくがあけっぴろげに話すのを気味悪がったんだとしたら、まず返事は期待できないだろう。

あーあ。

スマホを投げて仰向けになり、うなり声を漏らす。エズラが寝ごとを言いながら寝返りを打ち、ぼくの腰に腕をまわして肩に頭をすり寄せてくる。エズラの髪はビールくさいし、くっついて寝るには暑すぎる。

「エズラ」ぼくはささやいてエズラを押しのける。

エズラの片方の目がかすかに開き、クリスマスのイルミネーションできらめく。「フィリックス。なんだよ。まだ起きてたのか。早く寝ろって」

ぼくは目を閉じる。「眠れないよ。失敗した。返事が来ないんだ」

「だれの返事?」

寝ぼけてるときのエズラは、ちっとも頭が働かない。「デクランだよ」

「ああ」エズラは言う。それから長いこと沈黙がつづき、また寝たんだと思ったとき——声がする。「デクラン・キーンにはもったいない」

「え?」ぼくはエズラを見る。「なんの話?」

「おれにはわかる」エズラが言う。「一年近く付き合ってたんだ。あいつはおまえの注目を浴びるに値しない。おまえはあいつにはもったいないよ」

やれやれ。エズラのやつ、酔っぱらってるのか、ハイなのか、寝ぼけてるのか、それともその全部なのか。

「添い寝していい?」エズラが言う。

「暑すぎだって、エズ」

エズラは何も言わない。すねてるみたいだけど、暗くてよくわからない。

ぼくはため息をつく。「わかった。ぼくの上に乗っかるなよ。重いんだから」

エズラはすぐさま体を寄せてぼくの腰に腕をまわす。ビールくさい髪がぼくの頬にかかる。エズラはたちまち眠りに落ちるけど、ぼくの頭のなかでは無数の思考がぐるぐると渦を巻き、デクラン・キーンとインスタグラムとセント・キャサリンのギャラリーの夢がつぎつぎに現れる。浅い眠りから一時間おきに目を覚ますと、汗だくになってる——うだるような暑さなのに、エズラは体の半分近くをぼくに載せ、長い脚をぼくの脚にからませてる。

ふたたび目を覚ますと、窓から日光が差しこんでる。口のなかがざらざらだ。スマホをつかむ――八時二十四分。しまった。あと五分で教室に行かないと遅刻だ。

エズラを引きはがしてぱっと立ちあがり――つぎの一歩を踏み出す前に、インスタグラムの通知に気がつく。一瞬、心臓が止まる。スワイプすると、デクランとの会話が表示される。

thekeanester123：おれも人を愛したいと思うよ。

7

デクラン・キーンは人を愛したい。

セント・キャサリンへ向かう途中、ぼくはそれしか考えられない。エズラはまだ眠そうで、足を引きずりながらサボりたいとぼやいてる。午前三時まで起きてたんだから、いつもならぼくだってそうだけど――どうしても、デクランに会いたいと思わずにいられない。あんな会話をしたあとのあいつの顔が見てみたい。

デクラン・キーンは人を愛したい。

これって、あいつの人生をめちゃくちゃにできるくらい重大な秘密？

いや、ちがう。だけど、興味深くはある。

「ねえ、エズラ」ぼくは歩きながら言う。

エズラがうなるように返事をする。「ん？」

「デクランと付き合ってたとき、ふたりは愛し合ってたの？」

エズラは顔をしかめ、サングラスをかけてても、ぼくをじろりとにらんでるのがわかる。

「いったいどういう質問だよ、それ」

「どうしても知りたいんだ」ぼくは食いさがる。

「なんで」

肩をすくめる。「デクランがあんなメッセージを送ってきたから……」

エズラにはもちろん会話の内容を教えたけど、あまり興味なさそうだった。エズラは大きく息を吐く。いつものことながら、朝に弱い。

「愛って言うと重大に聞こえるけど」エズラが答える。「どうかな。それなりにお互い好きだったと思うよ。〝愛してる〟って言われたことはないけど」

「エズラは愛してた?」

「やけに根掘り葉掘りきいてくるな」

「ごめん」ぼくはけろっとした調子で言う。

エズラはしばらく考えこむ――「そうだな、一時期は、たぶん、そうかもって……」

ぼくの顎に力がはいる。「そうなの?」

「ああ、そうだ」エズラは言う。「いやなやつではあるけど、おれがはじめて真剣に付き合った相手だ。雰囲気にのまれてたのかもな」

エズラは一瞬だけ微笑んでみせるけど、肩をわずかにまるめて唇の端を引きつらせるしぐさに、隠そうとしても隠しきれない心の痛みが表れてる。ぼくは肘でエズラを突く。「まあ――あいつに見る目がなかったんだよ」

「だな」エズラは言う。

デクラン・キーンは人を愛したい――エズラを愛してたかもしれないし、愛してなかったかもしれない。デクランのそんな一面を突然知るなんて、妙な気分だ。知らないほうがよかった。ぼくの昔の写真と名前をギャラリーで公開し、インスタグラムで悪質ないやがらせのメッセージを送りつけてきたくそ野郎を、感情のある人間と見なさないでいるほうが楽だった。友だちだと思ってたころ――エズラとぼくを急に無視するようになる前――でさえ、デクランがこんなふうに自分の話をすることはなかった。

顔をあげてデクランを見る。いつもどおり、ぼくの隣のテーブルにいる。幸か不幸か、きょうはデクランのすぐそばのスツールしかあいてなかった。ジルが朝の講義をしてる――きょうのお題は、〝作家ではなく作品を愛せ〟。

「だれが作ったのかを知ることなく、作品そのものに注意を向けることが重要です」ジルが言う。「作家がだれであるかは重要でしょうか。作品を鑑賞し、その作品と結びつこうというときに、作家のアイデンティティは関係ありますか」

「あるよな」ぼくはエズラにささやく。「作家がくそったれの場合は特に」

ジルの顔がぱっとぼくに向く。誓って言うけど、ジルは超人的な聴覚を持ってるにちがいない。「もう一度言ってくれる?」めずらしく生徒の意見を聞けるのがうれしいのか、やたら親しげな笑みを浮かべてる。

ぼくはため息をつく。朝の講義をしてるときのジルは、少々熱心すぎる。「作家がくそったれかどうかは関係あるって言ったんです」

「それはなぜ？」

ぼくは肩をすくめる。「なぜって、芸術作品はどれも作家の魂の一部ですよね。作家が極悪人だったら、見てる側もそいつの作品の悪に影響されるんじゃないですか」

ジルは目を輝かせて考えてる——朝っぱらからよくあんなにうきうきできるよな。「でもね、自分の力を最大限に発揮して意思を表現するのが、芸術の本質なんじゃないのかな。道徳は作品の芸術性にどうかかわってくるの？」

デクランはいまにも倒れそうなほど後ろにスツールを傾けてる。バランスをとるのと悠々とくつろぐのを同時にやってのけながら、口をはさむ。「それに、何が悪で何がそうじゃないのか、だれが決めるんだ？」

「鋭い！」ジルがうなずく。「うん、すばらしい指摘だね。道徳の問題は、芸術と切り離して考えるべきなのかどうか」

デクランが作り笑いを浮かべてぼくを見る。ぼくは宙を見あげて言う。「道徳の本質は、人間とは何かを定義するものですよね。芸術から道徳の問題を切り離すということは、芸術から人間性を切り離すのと同じです」

ジルはゆっくりとうなずく。「そうね、それも興味深い点だね」

「それじゃ、おまえは芸術に規制をかけるのか」デクランがぼくにきく。「検閲するんだな？」

エズラの〈ユディトI〉のタトゥーを顎で示す――まだ寝ぼけてるエズラは、無表情でデクランを見て目をしばたたく。「人の首をはねるなんて、道徳的とは言えないよな。あの作品は描かれるべきではなかったってことか」

ぼくは首を横に振る。「そうじゃないけど、越えちゃいけない一線がある」

「なんの線だよ」

「人を傷つける線」

「人を傷つける？」

「そうだよ。いろんな人種に対するプロパガンダや、特定の人々を劣ったグループとして描くイラスト。他者をいっさい顧みない、芸術のための芸術――」

ぼくは口をつぐむ。感情がこもりすぎて声がうわずり、みんなが首をひねってぼくに注目する。眠気から覚めたエズラが、ぼくとデクランを交互に見る。ぼくは背筋を伸ばす。「創作物にも、道徳の判断は必要だ」

そこで終わればよかった。終わるべきだった。でも、デクラン・キーンは――こいつは、いつもやめどきを知らない。「あのギャラリーのことを言ってるんだな」

教室がしんとする。静寂。

エズラがぼくの隣で身をこわばらせる。「だまれよ、デクラン」

デクランは肩をすくめる。「その話をしてるんなら、はっきりそう言えばいいだろ」

「だまれって言ったんだ、デクラン」

「作家の正体やそいつの動機はわからないが――」

脳が自分の行動を感知する前に、ぼくの足が飛び出る。ぼくはデクランのスツールを蹴り、デクランは後ろに倒れて床に叩きつけられる。ぼくたちのテーブルから悲鳴があがり――リアだ――ジルが駆け寄ってくるあいだに、デクランは上半身を起こし、手で頭の後ろにふれる。手のひらを見る。血はついてないけど、ぼくを見あげる表情は激しい怒りに満ちてる。

「ふざけてんのかよ！」デクランが怒鳴る。

「落ち着いて」ジルが差し出す手を払いのけ、デクランは勢いよく立ちあがる。

ヤバい。ヤバい、ヤバい、ヤバい。「わざとじゃない」

「嘘だ！」ぼくに食ってかかろうとするデクランの前に、エズラが間髪を入れず立ちふさがり、両手をひろげる。

「たまたまだよ！」ぼくは言う。

ジルがかぶりを振ってる。くそっ。

デクランはぼくに人さし指を突きつけ、エズラをかわしてぼくに迫ろうとする。「おれのスツールを蹴ったな。おれは怪我するところだった。死ぬかもしれなかったんだぞ」

「そんな大げさな」

「くそったれ、フィリックス」

「やめなさい！」

ジルの声が教室に響きわたる。さっきまでのうきうきは跡形もなく消え去ってる。みんな、目をまるくしてる。オースティンは手で口を覆ってる。ヘイゼルはスマホを出し、教室の反対側からすべてをビデオに収めてる。さあっと血の気が引く。暴力を容認しない主義のセント・キャサリンで、デクランほど怒らせてまずい相手はいない。あいつの父親なら、きっかり三秒でぼくを退学にできる――それによってデクランが競争相手なしにブラウン大学へ行けるとなれば、なおさらだ。ブラウン大学と奨学金の両方にお別れのキスをすることになる。

「ごめん」ぼくの声はしわがれてる――静かな教室では、蚊の鳴くような声にしか聞こえない。

「ほんとうに、わざとじゃなかった」

デクランの顎とこぶしがぎゅっと閉じ、ゆるみ、また閉じる。

「校長室へ行きなさい」ジルが言う。「ふたりとも。いますぐ」

「謝ったのに――」

「なんでおれも？　こいつが――」

「行きなさい」ジルは繰り返す。

ぼくが感じてるのと同じ怯えが、エズラの顔にも浮かんでる。リュックをつかんで教室を出るぼくの後ろを、デクランがのろのろとついてくる。くそっ。足が勝手に動いてしまった。蹴るつもりはなかった——ほとんど考えてすらいなかった。デクランがギャラリーの話をやめないから、ぼくに思い知らせるかのように悦に入って話すから。まるで、ぼくの写真と昔の名前を公開したのも、インスタグラムでメッセージを送ったのも自分だと言わんばかりに——

煉瓦の壁にはさまれた廊下の、ダークブラウンの板張りの床を歩く。エレベーターはなく、蒸し暑い階段を三階ぶんおりるうちに、シャツが汗で背中に張りつく。デクランはやや距離を置いてぼくのあとをついてくる。近づきすぎたら、階段からぼくを突き落としかねないと思ってるみたいに。一階には複数のオフィスがあり、校長室もそのひとつだ。秘書がぼくたちの簡潔な用件を聞き——「ジルに言われて来ました」——廊下の金属のベンチにすわって待つようぼくたちに指示する。

デクランとふたりきりになる。ぼくは目を閉じて大きく息を吸いこむ。呼ばれるまでに冷静にならないと。自分の言い分をはっきり伝えるんだ。わざとじゃなかった。そんなつもりはないのに蹴ってしまった。足が滑った。なんでもいいから言うんだ。

デクランはベンチの端で貧乏揺すりをしてる。頭の後ろにまたさわる。そろそろひとりでに血が湧き出るころだとでも思ってるんだろうか。ぼくのほうは見ない。ぼくもデクランに目を向けられない。

「最低だな、おまえ」腕組みをしたデクランがぼそっと言う。

「人のこと言えないだろ」

「おれが最低？　芸術における道徳の位置づけについて反論したから？」

デクランにまじまじと見られて、ぼくは口ごもる。おかしなことに——いまこの瞬間、昨晩のぼくたちの会話を思い出す。ぼくの目の前にいるこの男が、スマホにあの会話を打ちこんでたのか。ぼくは唇を噛んで目をそむける。

「ちがう」ぼくは言う。「いつもぼくをごみみたいに扱うからだ」

「どういうことだよ？」

あのギャラリーだよ。インスタグラムのメッセージだ。思わず声に出して言いそうになる。デクランはぼくを見て返事を待ってる。いま言ってやってもいい——デクランが犯人だとわかってると。でも、それは復讐計画をあきらめるということだ。いま言えば、インスタグラムで話してる相手がぼくだと感づくにちがいない。最終手段として校長に話す手もあるとはいえ、軽い警告ですむのは目に見えてる。ぼくがデクランの暗黒の秘密を探りあてて復讐しないかぎり、あいつが相応の報いを受けることはない。だめだ、おまえが犯人だと言うわけにはいかない——いまはまだ。

「どういうことだよ、おれがおまえをごみみたいに扱うって」デクランが詰め寄る。

「本気でわかんないのかよ？」ぼくは言う。「理由もないのに、この二年間ずっとぼくとエズラを邪険にしてきたじゃないか」

デクランはあきれた顔をする。「エズラに対してはそうかもな。でも、おまえはちがう。それに、理由がないわけでもない」

「冗談だろ？」苛立たしげに息を吸って顔をそむけるデクランに向かって、ぼくはつづける。「事あるごとにぼくを見くだしてきただろ。ぼくとエズラの悪口を言って、いつもぼくたちを厄介事に巻きこんで――」

「おまえが怒ってるのは、おれたちがふたりともブラウン大学に出願するからだ。それに、おまえは自分が合格しないとわかってる」

「うるさい、やめろよ」

「なんだよ」デクランはふたたびぼくを見る。「そのとおりだろ？　おまえはおれが合格するとわかってる。奨学金だってもらうかもしれない。それなのに、おまえはまだふらふらしてる。遅刻ばかりでポートフォリオにも取り組まない自分に腹が立つから、おれにやつあたりしてるんだ」

ぼくは首を左右に振り、閉ざされた校長室のドアを見やる。「ふらふらなんかしてない」

デクランは鼻を鳴らす。「そうかよ。勝手に言ってろ」

ふたりとも、長いあいだ何も言わない。

「奨学金は必要ないくせに」ぼくは言う。

「おれに奨学金が必要かどうか、おまえに決める資格はない」

「ぼくの知るかぎりは必要ない。ぼくに比べればね」

デクランは静かに言う。「おれのことなんて何も知らないだろ」

ぼくが言い返す前にドアが開き、アフロヘアにひと筋の白髪を光らせたフレッチャー校長が、板張りの校長室へはいるようぼくたちを手招きする。ぼくとデクランは、重厚な机の前の椅子に並んで腰かける。

校長が両手を組み、ぼくたちに視線をそそぐ。「何があったんです？　ミズ・ブロディからけんかの報告を受けましたが」

ぼくは落書きだらけのスニーカーを見つめ、デクランが何か言うのを待つけど、デクランも何も言わない。

「さあ」校長が言う。「説明して」

「口論になったんです」デクランがゆっくりと言う。

「それで？」校長が先を促す。「あなたは床に倒れたそうですね？」

デクランはぼくを見ずに大きく息を吸いこむ。「たまたまです。彼の足が滑って、おれは後ろに重心をかけてたんで……」

ぼくははっとしてデクランを見る。校長が片方の眉をあげてぼくたちを交互に見る。「たまたま？」

デクランはだまってる。ぼくはゆっくりとうなずく。「えっと――はい。たまたま」

校長はぼくからデクランへ、ふたたびぼくへと視線を移す。「そうですか」ようやくそう言った口ぶりからして、ぼくたちの話はまったく信じてなさそうだけど、正式な苦情の申し立てがなければできることは何もない。「ふたりとも、自分の問題に対処して、今後の授業の妨げにならないようにお願いしますよ。きょうのところは、ここで握手して休戦としてもらえるかしら」

そりゃないよ。デクランのげんなりした顔を見るかぎり、ぼくと同じ考えらしい。

「どうぞ」校長が言う。「握手して、ふたりとも謝りなさい」

こうなったら、さっさとやるしかない。ぼくは椅子にすわったまま、上半身をひねって手を突き出す。腕組みをしてたデクランは、片方の腕を出してぼくの手に自分の手を重ねる。ぼくより大きな、皮膚のしわのあいだに絵の具がこびりついた芸術家の手。デクランはぼくの目を見る。

「悪かった」ぼくの手をとり、軽く握りしめる。

「ぼくも、ごめん」

ぼくたちはさっと手を離す。

校長が椅子から立ちあがる。「まずはこれでいいでしょう」

先に校長室を出たデクランは、振り返ることなく数歩前を歩いていく。なぜわざわざこんなことするのか自分でもわからないけど、ぼくは懸命にデクランに追いつき、大股で廊下を歩く。

「なんであんなこと言ったんだよ」

デクランはぼくを見ない。「なんのことだ」

「たまたまだって」

「ち、が、う、のか？」デクランは言う。「そりゃ驚いた」

ぼくは返事をしない——木の廊下をただ歩きつづける。デクランが突きあたりのドアをあけてロビーに出る。ぼくの心臓がぎゅっと締めつけられ、胃がねじれる。デクランがようやく立ち止まる。振り返ってぼくを見る。

「いいか」デクランが言う。「ギャラリーの話を持ち出したのに深い意図はなかった。ただ、自分の論点を示そうと——」

「自分の論点を示すためにぼくの苦痛につけ入らないでよ」

デクランは鋭く息を吐く。しばらくその場に立ちつくし、顎を前後に動かしてる。ぼくはデクランを見据えて待つ。いま、デクランがぼくを傷つけるのに利用したまさにこの場所でこいつと対峙（たいじ）してるのだと、痛いほど意識しながら。

「たまたまだと言ったのは、おまえを退学にするためだけに四カ月も懲戒委員会の聴取に呼ばれるのはごめんだからだ」

「そっか」ぼくはゆっくりと言う。

デクランはぼくに一歩近づく。「これだけは言っとくけどな、おれがおまえを退けてブラウン大学に合格したら、それはおまえが退学になったからじゃない。おまえよりおれにその資格があったからだ」

ぼくは無表情でデクランを見る。「いつもながら、びっくりするくらいえらそうだな」

デクランの顔が笑みで引きつり、一瞬、デクランもぼくと同じくらい驚いてるように見える。デクラン・キーンが、ぼくの発言で笑ってる？

デクランはすぐ真顔にもどり、床の白いタイルを見つめる。「悪かったよ。ギャラリーの話をして」

混乱したぼくをロビーにひとり残し、デクランはまわれ右をして去っていく。おいおい、いっ、いっ、いっ、いったい何が起きた？

8

デクラン・キーンは謝ったことがない。いまだかつて、ただの一度も、ぼくとエズラに何をしようと、謝ったことはなかった。

「おれたちが期待するほどくそ野郎じゃないのかもな」エズラが目を閉じて言う。デクランの話はもうたくさんとばかりに、気のない調子で——というか、実のところ、エズラはデクランと別れた瞬間からあいつの話にうんざりしてると思う。それって、すごいよな。エズラは傷ついたとき、さっさと前進するんだと言って、ほんとうにそのとおりにした。ぼくとはちがう。だれかに傷つけられたときのぼくは、ぼくが愛すべき人間だと相手にわからせる方法か、相手をこらしめる方法のどちらかを一心不乱に考える。

ぬるくなったパブストのビール缶をリュックに忍ばせ、ぼくたちは公園の芝生に寝そべる。学校帰り、火曜日の静かな午後——バーベキューをする集団や、吠えまくる犬や、叫びまわる子どもたちの姿はない。そよ風が吹き、公園のベンチで休むお年寄りカップルの話し声がかすかに聞こえてくるだけだ。エズラのスマホからソランジュやＳＺＡの曲が流れ、ミラ・Ｊが〝わたしは機内モード　面倒なトラブルはお断り〟と歌ってる。とても穏やかで心地よくて、熱い太陽がぼくの顔と肩と腕に照りつける。

「思うんだけどさ」エズラがつづける。「だれだって認めたくはないけど、だれもがときに最低な行動をする。失敗はだれにでもある。学んで、成長して、つぎからもっとうまくやりさえすればいい。だろ？」

「デクランのために弁解するような言い方だな」

エズラは目を閉じたまま、かすかに顔をゆがめる。「いや。おれが言いたいのは——おれたちはすべてを知ってるわけじゃないのかもしれない。あいつはおれたちが思うほどひどい人間じゃないのかも。人をこうだと決めつけるのは簡単だろ。デクラン・キーンは最低だって決めつけて、あとは何も考えないほうが楽なんだ」

ぼくは目を細くしてエズラを見る。「ハイなの？」

エズラが目をあける。「いや。なんで？」

「ハイっぽいから」

「褒めことばだと思っとくよ」

「褒めてないけど、まあいいよ」

エズラが手を伸ばしてぼくの首に腕をまわし、三秒後、ぼくたちは芝生の上で取っ組み合いをしてる。当然、エズラが勝つ。ぼくを押さえつけてにやっとすると——そのまま倒れこみ、押しのけようともがくぼくの上でげらげら笑う。エズラはまた芝生に寝転がる。お年寄りカップルがぼくたちを見て微笑んでる。

「でも、言ってることわかる気がする」ぼくは言う。「頭のなかで、この人はこういう人間にちがいないって思いこむこと」

「そう？」

自分で追いつけないほど早く、ことばが口をついて出る。「うん。それに、自分に対してもそうなんだと思う」

「つまり？」

ちゃんとこの話をできる自信がない。ぼくのなかにあふれ返る感覚を——自分のアイデンティティに関するたくさんの疑問を——ことばにするのはむずかしくて、不可能な気さえする。とはいえ、自分から切り出してしまったし、エズラが待ち構えるようにぼくを見てるし、それに——いっそ全部話したほうが、自分の考えを整理できるかもしれない。

「たとえばだけど、ぼくの場合、自分はこういう人間だっていうイメージがあった。自分は男だと決めて、それ以上は特に深く考えなかった」

エズラが静かになる。手で頭を支え、ぼくを見つめたまま待つ。

「ぼくは長いあいだそう思ってきて、なんの疑問も持たなかった。カミングアウトして、父さんにものすごく迷惑かけちゃったし」

「悪い、ちょっといいか——ひとつだけ言わせてくれ」エズラが言う。「おまえはお、お父さんに、い、い、迷惑なんかかかけ、て、ない。オーケー。つづけて」

「うん、とにかく」ぼくは言う。「自分は男だって大騒ぎしたのに、いまは……」

「いまは？」

口に出すのが恥ずかしくて、ぼくは軽く肩をすくめる。また一から自分のアイデンティティを問いなおしてる罪悪感と——情けなさ。「自分が男だと確信してるときもあって、それはまちがいない。でも、ときどき……」大きく息を吸い、一気に吐き出す。「モヤモヤする」

「モヤモヤ？」

「うん。モヤモヤ。何かがまだしっくりこない感じ。オンラインで調べて、どういうことか理解しようとしてるけど……」

　エズラはゆっくりとうなずいてるけど、ほんとうにわかってもらえてるとは思わない。恥ずかしくて情けなくて、おまけにばかみたいだ。

「気にしないで」ぼくは早口で言ってうつぶせになり、両腕に顔をうずめる。

「いや、待てよ」エズラが言う。「そりゃ、おまえの言ってることはよくわからないよ。おれは自分の性自認（ジェンダーアイデンティティ）〔その人自身がとらえている自分の性〕に疑問を感じたことがないから——でも、だからって話を聞いてないわけじゃない。疑問を持ちつづけたって別にいいはずだろ？」

「うん」ぼくの声にためらいがにじみ出る。「なんていうか——デクランにインチキってほのめかされたとき……」

「おいおい。よせよ。あのくそ野郎の言ったことを気にするのか？」

「さっき、あいつはくそ野郎じゃないって言わなかった？」

「おれたちが思うほどそうじゃないのかもって言っただけで、くそ野郎じゃないとは言ってない」ぼくが顔をあげると、エズラはにっと笑い、ゆっくりと真顔になりながらぼくをまじまじと見る。「いいか。あいつやほかの人がどう思うかは気にするな。自分のために必要なことをやればいい」

「そうかもな」

「そうかも？」

「絶対にそうだ」

エズラはにやりとし、ぼくの縮れ毛に大きな手をぽんと載せる。「愛してるよ、フィリックス。いいな？」

ぼくはエズラを見あげる。揺るぎないまなざしでぼくを見据え、ぼくが何か言うのを――なんらかの反応を見せるのを――待ってる。でも、いったいどう返せばいい？　エズラがこんなふうに〝愛してる〟と言うのははじめてだ。仲のいい友人同士でもそう言っていいのは知ってるけど……なんだか無防備な気分になる。

「ありがと」ぼくは戸惑いながら言う。

エズラはぼくの頬をつねり、ぼくに手をはたかれてやめる。「プロナウンを変えたほうがよかったら、教えてくれよな」

ぼくはうなずく。「うん。わかった」

ぼくたちはパブストでそこそこ酔っぱらう。公園の子ども向けエリアのスプリンクラーが作動し、ふたりであたりを駆けまわる。歓声をあげて追いかけっこをしてるうちに、全身びしょ濡れになる。ぶらんこの鎖をきしませ、ぶらぶらと揺れながら服を乾かす。

「はあー、プライドめっちゃ楽しみ」エズラが言う。「パーティーざんまいだ……それにもちろん、マーチも」

「もちろんね」

「今年はいっしょにマーチ見にいく？」

「絶対パス」

エズラは、プライド月間の何もかもを愛してやまない。マンハッタンのパレードには毎年欠かさず行く。しかも、最初から最後までぶっ通しで見物するんだ。そんなのできるわけないじゃないかと思う。だって、パレードはたぶん、十時間以上はあるだろ？　だけど、エズラはどういうわけかそれをやってのけ、ぼくに実況中継のメッセージを送りながら、インスタグラムに写真やビデオを連投しつづける。ぼくにとって、パレードはなんだか……感情的すぎる、っていうか。みんな叫んだり泣いたりして、フロートの上で結婚式を挙げてファーストダンスを踊るカップルまでいる。度を越してるとぼくは思うけど、エズラはああいうのが大好物だ。エズラいわく、プライドマーチは〝至上の喜び〟が生まれる場所なんだって。どういう意味かよくわからないけど。

「いいよ」エズラがぼくを見ずに言う。「今年はほかの人と行くかもしれないしな」

ぼくは顔をしかめる。「そうなの？　それって――特別な友だち？」

エズラは笑わない。

「え、待って――マジ？」ぼくは言いよどむ。「オースティンのこと？」

エズラは肩をすくめる。「どうかな、メッセージのやりとりはしてる」

ふいに気まずく感じるのはなぜだろう。エズラはどうしてぼくと目を合わさないんだろう。

「どんな感じなの？」

エズラはまた肩をすくめる。「どうなるかわかんないけどさ。今週会おうって誘われた。それで、別にいいかって」

ぼくはしかめ面のまま空を見あげる。さっきまでの心地よさが急に薄れていく。オースティンとは授業で顔を合わせるけど、ちょくちょく遊ぶような仲じゃなかった。リアやマリソルといつもいっしょだから見かけるだけで。そんなあいつが、いまやエズラの特別な友だち？　ぼくはうれしい――というか、エズラのために喜ぶべきだ。デクラン以来、二年ぶりに現れた恋人候補なんだから。だけど、どうしてもうらやましく感じずにいられない。ぼくのまわりじゃ、みんなつねに恋愛中みたいだ。

「心配するなって」エズラが言う。「おまえはいまもおれのナンバーワンだから」

「心配？　心配なんかしてないよ」

エズラはふんと笑う。それから訪れる沈黙は、いつもエズラといるときの穏やかな沈黙とはちがう。ふたりともいろいろ考えてて、ことばが舌先まで出かかってるのに、何も言わない。どこかぎこちなさが漂ってる。

ぶらんこの揺れとさっき腹に飲んだビールのせいで、気分が悪くなってくる。ぼくたちはふたたび芝生に横になる。太陽のぬくもりと芝生の柔らかさに包まれ、ぼくは目を閉じてうつらうつらする。寝てるのか起きてるのかわからないまま、脈絡のない夢を見る。インスタグラムの写真の夢、デクラン・キーンがぼくの絵を買う夢、エズラに愛してると言われる夢。目を覚ますころには太陽が沈みかけ、紫の空に赤い雲の筋がかかってる。エズラが仰向けでスマホを見てる。

「起きたな」エズラが言う。低くぼそぼそした声からして、エズラもたったいま昼寝から目覚めたところらしい。

「うん」ぼくは小声で言い、背伸びして寝返りを打つ。

「お母さんからメッセージだ」エズラが言う。ちらりと見ると、エズラの眉間にしわが寄ってる。「今夜はお父さんとシティにもどってきてるから、おれも晩餐会に参加しろってさ」

「そっか」ぼくは上半身を起こす。

エズラがかぶりを振る。「両親に会えるんだから、もっと喜ぶべきだよな」

どう感じるべきかなんて、エズラに指図するつもりはない。「どうかな」

エズラはため息をついて立ちあがる。「行かなきゃ。一時間後に来いって」

「わかった」ぼくはエズラの差し出した手をとって立ちあがる。空からは赤い筋が消え、藍色が深さを増してる。オレンジ色の街灯がちらちらとまたたいて点灯する。まもなく閉園時間で、管理人がいつぼくたちを追い出しにきてもおかしくない。

歩道へ向かいながら、エズラが言う。「よかったら——おまえも来る?」

冗談だろうと思ったけど、十秒経ってもエズラは沈鬱(ちんうつ)な面持ちのままだ。

「エズラの両親の晩餐会に?」

「資金集めのパーティーだ」エズラの声は苦痛に満ち、顔までゆがんでる。

ぼくは戸惑い、自分のタンクトップとショートパンツを見おろす。「晩餐会にふさわしい格好とは言えないけど」そもそも、エズラの両親に会ったこともない。これまでエズラに聞いた話からすると、ぞっとするほどひどい人たちらしい。

「おまえに合いそうなシャツとネクタイがある」エズラが言う。

エズラと知り合ってからの三年間、パーク街にあるエズラの実家には一度も行ったことがない。まれに話題にのぼるとき、このペントハウスはいつもおとぎ話に出てくる塔を連想させた。エズラはそこに閉じこめられ、必死に逃亡を試みるお姫さま。両親にブルックリンのアパートメントを買い与えられる前から、エズラはできるかぎり実家に寄りつかなかった。ふつうのティーンエイジャーらしい生活とは言いがたい――といっても、エズラ・パテルはふつうのティーンエイジャーではないんだけど。

「楽しいかもしれないぜ」エズラが言う。「食べて、飲んで、踊って、マンハッタンのエリートどもを怒らせて……」

エズラは軽く笑ってみせるけど、目には絶望が浮かんでる。うちに帰りたくないんだ――ひとりでは。ぼくはふと考える……エズラには、安全だと思える場所があるのかな。何があろうと、つねに愛されてると感じられるよりどころが。ぼくの父さんは完璧じゃないかもしれないけど、ぼくを愛してる。エズラにもそんな場所があるんだろうか。

エズラはいまにも懇願せんばかりだ。行くのは不安だけど、エズラのそばにいてあげたい。

「うん。その――わかった、行こう」

エズラはにっこりと笑い、ぼくの肩に腕をまわす。「サンキュー、フィリックス」

駅へ向かいながら、ぼくはエズラのTシャツの裾を引っ張る。「あのさ、さっきの――オースティンが特別な友だちかもって話だけど。よかったな。ぼくもうれしいよ」

ぼくを注意深く見つめてから、エズラは軽く微笑む。「ありがとな」

9

　ぼくたちはがらがらのG線に乗り、コート・スクエア駅で7線に乗り換える。寒いほど冷えた車内は、足もとのおぼつかない酔っぱらいビジネスマンや、壁の地図をにらみながらイタリア語で議論する観光客でごった返してる。四十二丁目駅でおり、押し合いへし合いの雑踏にまぎれて、尿とごみのにおいが漂う蒸し暑い道を歩く。タイムズ・スクエアのまばゆいネオンが白い輝きで夜空を覆ってる。エズラについて碁盤目状の街を歩き、喧噪から離れてパーク街にはいると、精緻に設計された古い石造りの建物が現れる。ドアマンが軽く帽子を持ちあげてぼくたちに会釈し、せっかちな小型犬を連れた年配の婦人がその横を歩き去っていく。

　ロビーは大理石づくめだ——床も、壁も、それに天井まで。巨大な金のシャンデリアの下で、笑顔のレセプショニストがこんばんは、とあいさつする。「おかえりなさいませ、パテルさま」

「パ、パ、パテルさま？　まるで〈ダウントン・アビー〉の世界だな」ぼくはささやき、柔らかな光に照らされた全面ガラス張りのエレベーターに乗りこむ。居心地悪く感じてるのがばれないように気をつける。そわそわしたりタンクトップのしわを伸ばしたりしちゃだめだ。エズラがまったく動じた様子を見せないせいで、ますます落ち着かない。どっしりと構えて退屈そうなエズラを見ると、これほどの富に囲まれて育ってきたんだという事実を痛感する——そして、いまも信じられないほど金持ちなんだと。少しの嫉妬と同時に罪悪感を覚える。両親のことで大変な思いをしてきたんだし、嫉妬なんてすべきじゃないのはわかってるけど、どうしても考えてしまう。ぼくと父さんにこの十分の一でも財産があれば、どうしてたかな。とりあえず、いまもブルックリンのアパートメントに住んでいられただろう。セント・キャサリンに通うのを申し訳なく思わなくていいし、ストレスやプレッシャーに苦しまずにすんだかもしれない。ひょっとしたら、いまより優秀な生徒だったかも。

エレベーターがチンと音を立てて最上階に到着する。ドアが開くと、アパートメントの入口が現れる。ぼくは口をあんぐりとあけ、閉じる気にもならない。輝く大理石の床と高さ三十フィートはありそうな天井。全面ガラス張りの四方からは、ニューヨーク・シティの摩天楼群のまばゆい夜景を一望できる。なんて巨大なんだろう。リビングルームだけでうちのアパートが十室ははいりそうだ。晩餐会の準備に忙しい給仕係たちが、氷のバケツにはいったシャンパンの瓶を運んでる。入口のそばでは、広い肩にぴんと伸びた背中、きっちり整った山羊ひげの男の人が、三つぞろえのスーツ姿で腕を組み、スタッフを見守ってる。エズラに気がつくと、腕をおろして大きな肉厚の手のひらを差し出す。エズラはその人と握手する。

美術品を品定めするかのように、その人がエズラをじろりと見る。「元気そうだな」低いしわがれ声で言う。「服装はともかく」

「ありがとうございます」エズラはいやみを無視し、驚くほどかしこまった調子で答える。

「こちらはフィリックス・ラヴ」

男はぼくを見てうなずき、握手のためにもう一度手を出す。いったいだれなんだろうと思ったけど——顔をよくよく見て気がつく。鼻と額がエズラにそっくりだ。

「おまえのお母さんもどこかにいる」ミスター・パテルが言う。退屈そうでもあり、くたびれたようでもある。「こんな格好を見られる前に着替えなさい」

エズラはうなずき、ついてくるようぼくに手ぶりで示す。歩きながら、ぼくは背後のミスター・パテルをちらっと見る。エズラとは数カ月ぶりに会うんじゃないのかな。ぼくの父さんはウザいときもあるけど、ぼくと久しぶりに会うのに全然喜ばないで、こんなふうにぼくをないがしろにするところは想像できない。でも、エズラは気にしてなさそうだ。これがごくふつうかのように平然としてる。たぶん、エズラにとってはそうなんだろう。

エズラのあとについてリビングルームを抜け、廊下を進んで別の広々とした空間に出る。ここが晩餐会の会場にちがいない。小さな丸テーブルが並び、部屋の奥には小さなステージまである。さっきよりおおぜいのスタッフが、大きな氷の彫刻を設置したり、各テーブルのキャンドルに火をつけたり、空のシャンパングラスを載せたトレイを持って足早に行ったり来たりしてる。そんな光景の中心に、金色のドレスとハイヒールを身につけた、巻き毛にダークスキンの女の人が立ってる。

「ヤバい、お母さんだ」エズラが小声で言う。

こっそり通り抜けようとしたぼくたちが三歩も進まないうちに、エズラの名前が呼ばれる。エズラが「くそっ」とつぶやいて振り返る。エズラの横に並びながら、ぼくの目が吸い寄せられる。とてつもない美人だ。いままで会ったなかでいちばんの美女かもしれない。黒っぽい瞳も、長いまつ毛も、口も、笑顔までエズラに瓜ふたつだ。エズラに駆け寄り、両腕を大きくひろげて抱きしめると、エズラの両頬にキスして顔にかかった巻き毛を払う。

「エズラ、エズラ、わたしの美しいエズラ」エズラのお母さんが軽いイギリス訛りで言う。目を輝かせてにっこりすると、こっちまで頬がゆるみそうだ。エズラに向けられるまなざしを見て、ぼくは思わず笑顔になる。ぼくの母さんはこんなふうにぼくを見てくれなかったし、これからもそんな日は来ないんだと思うと胸が痛い。「会いたかったわ、わたしの愛しい息子」

エズラは引きつった笑みを浮かべてる。ふたりの様子を見て、ぼくは困惑する。エズラはいつも、両親にペットの子犬扱いされるんだと言っていた。写真を撮るときだけかわいがり、そうじゃないときには無関心なんだと。実際に会ってみると、たしかにお父さんはそんな感じかもしれない……でも、お母さんのほうは、エズラへの愛ではちきれんばかりに見える。

エズラはお母さんの抱擁から逃れる。「お母さん、こちらは友人のフィリックス。夕食に招待しました」

エズラのお母さんに見つめられ、ぼくの心臓が止まりかける。ぼくは震える声で言う。「お会いできてうれしいです、ミセス・パテル」

顔に貼りついた笑みはそのまま、エズラのお母さんの視線がぼくのタンクトップ、ショートパンツ、マジックの落書きだらけのスニーカーにそそがれるのを感じる。何か言う前に、お母さんはぼくたちの背後に気をとられる――オードブルのトレイを運ぶ給仕係だ。

「それはキッチンへ」エズラのお母さんが給仕係に言う。ぼくにはほとんど見向きもせず、エズラにもう一度にっこりする。「失礼するわね。あと一時間で晩餐会よ。あなたも支度なさい。お父さんは遅刻がおきらいだから」そして、ぼくたちは放免される。お母さんは給仕係のもとへ飛んでいき、早口で指示をまくし立てる。

エズラの顔からこわばった笑みが消える。数年前には悲しみや失望だったかもしれない感情の名残が浮かんでるけど――いまのエズラの無表情から察するに、お母さんはいつもこんな感じなんだろう。「行こう」エズラがささやく。「おれの部屋に隠れようぜ」

エズラの部屋は吹き抜けとロフトで構成されてる。一階部分のミニチュア版リビングルームには、ソファ、その向かいの薄型テレビ、三種類のゲームコンソール、ドアで隔たれた専用バスルームとウォークインクローゼットがある。ロフトにはエズラの巨大なベッドが置いてある。ぼくたちはそこに寝そべる。エズラのブルックリンのアパートメントでは、いつもマットレスでくつろぐ決まりだからかもしれない。電気も消したままにしておく。眼下に小さく見えるニューヨーク・シティの街の明かりだけが、ガラスの向こうからぼくたちにまばたきしてる。エズラが塔に閉じこめられた昔話のお姫さまの気持ちになるのも、わかる気がする。なんだか鳥かごのなかにいる気分だ。四方をガラスに囲まれてる感じは水槽のようでもある。ぼくのなかでは、まだ嫉妬がうねってるけど。

「お母さんはそんなに悪い人じゃなさそうだね」

「そうか？」エズラは仰向けになって天井を見てる。「晩餐会がはじまればわかる。あたかも自分が芝居の主演女優で、ほかは全員観客かのようにふるまうんだ。おおぜいが見てるのを見計らって、またおれを抱きしめてくるぜ」

「お父さんは？」

「お父さんは脚本家気どりだ」エズラが言う。「舞台袖に腰かけて、自分の空想が形になるのを眺めてる。前はおれにも特別な役が用意されてた。父親と同じ道をたどり、将来はCEOや起業家や慈善家として活躍する従順な息子の役だ……不思議なことに、おれがアートを勉強したい、ハーバードやイェール大学のビジネススクールには行きたくないって言ったとき、お父さんはたいして気に留めもしなかった。芝居から息子を削除しておしまいさ」ふっと笑い声を漏らす。「おれが人生でやりたいことをなかなか見つけられないのはそのせいかもな。お父さんの期待から自由になったのに——こんどは選択肢や可能性がたくさんありすぎる。いったいどれを選べばいいのやら」

嫉妬と不満が混ざり合い、いやな苦みに変わる。エズラにとっては、なんでも手にはいるのがあたりまえなんだ。ハーバードにもイェールにも行きたくないと、こんなに軽々しく言うなんて。お父さんにすべて支払ってもらえるとわかってて――どの道に進んでも人生安泰だとわかってて、まだ文句を言うなんて……。

「贅沢な悩みに聞こえるけどな」

エズラは天井に向かって顔をしかめる。「どういう意味だ？」

「だって――自分のまわりを見てみなよ。あり余るほどの特権と富に恵まれてる。なんだってできるじゃないか」ぼくは肩をすくめる。「それなのに、何が不満なの？」

エズラは上半身を起こし、ぼくから顔をそむけたまま、ベッドの白いシーツを見てまばたきする。「きつい言い方だな」

ぼくは唇を噛む。頭の奥で〝だまれ〟という声が聞こえるけど、一度こみあげたことばをのみこむのはむずかしい。「なんか――そんなふうに文句言うのを聞くとイライラするんだよ。どうにかしようっていうやる気さえあれば、世界じゅうのありとあらゆるものが手にはいるのに」

「それはフェアじゃない」

「エズラのお母さんは――エズラを愛してる。ぼくにはわかるよ。エズラの望む愛情表現とはちがうのかもしれないけど」

エズラは首を横に振ってる。

「立派な家柄と財産のおかげで、どこでも好きな大学に行ける――おまけに、何をやっても才能を発揮する。エズラが与えられたものをみんな無駄にするのを見てると、腹が立つんだよ。だって――だって、その理由は？　恵まれすぎてて、何をしたいのかわからないから？」

エズラと目が合ったとき、ことばが喉で枯れる。エズラの視線は鋭く、怒りに燃え、感情がくすぶってる。エズラのこんな表情は見たことがない。これがぼくの正直な気持ち――しばらく感じてたこと――とはいえ、言いすぎた。自分でもわかってる。

怒りを感じてるはずなのに、エズラの声は落ち着いてる。「自分のことは棚にあげるんだな」

「え？」

「やる気がないっておれに怒ってるけど、自分はどうなんだ？　ポートフォリオに手をつけてすらないじゃないか」

頭がかっとなる。ぼくはどうでもよさそうに目をそらす。「ぼくはただ……」

エズラはすわったままぼくを見て、ぼくが言い終わるのを待ってる――沈黙が長引くにつれ、喉が詰まって唾がのみこめなくなるにつれ、エズラが正しいんだと実感する。ぼくは首の後ろをかく。「ごめん。そうかもしれない」

「おまえの言うとおりだよ」エズラが言う。「おれは恵まれてる。それを忘れるときもある。感謝の気持ちがないように見えたなら、謝るよ。自分がすごく幸運なのはわかってる。だけど、この先何をやりたいのかわからないことも、父親と同じ道を強制されたくないことも、それで焦ってることも——みんなおれがほんとうに感じてる気持ちで、否定されるべきじゃない」

しまった。「ごめん」ぼくはもう一度言う。「あんなこと言うべきじゃなかった。ぼくは最低だ」

「だれにだって失敗はある」

「学んで成長しさえすればいい、だよな」ぼくは自分にうんざりする。「ストレスがたまってるのかも。ブラウン大学のことで。くそっ、図星だよ。ぼくはポートフォリオをどうしたらいいのかわからない。すぐにでも着手しなきゃ期限に間に合わないのに」

エズラはぼくをじっと見てる。「きいてもいいか」

「うん」

「気を悪くしないでほしいんだけどさ」

「いいからきけよ、エズ」

「なんでブラウン大学なんだ?」

予想外の質問だ。ぼくは目をしばたたく。「なんでって——アイヴィー・リーグの大学だ。ロードアイランド・スクール・オブ・デザインとの二重学位も取得できる。ずっと目標だったから」

エズラの顔つきを見るに、理由がそれだけじゃないのはばれてるらしい。ぼくが正直に全部話すまで、そこにすわって待つつもりだ。

「それに」ぼくはおずおずと付け加える。「証明したいんだ。ぼくもブラウン大学に行けるって。アイヴィー・リーグにふさわしい人間なんだって」

エズラは顔をしかめる。「アイヴィー・リーグにふさわしい？」

「うん。エズラみたいな人ならまったく問題ない――アイヴィー・リーグに行けて当然だ。デクランやマリソルもそう――ブラウンのような大学にふさわしい人物かどうか、だれも疑問に思わない。だけど、ぼくは？」そう言ううちに情けなくなり、喉がだんだん熱くなる。「自分にもその価値があると示したいんだ。その資格があるって。それはなんていうか――ぼくも尊敬と愛に値する人間だと証明するようなものなんだ。たとえほかの人がそう思わなくても。だれも信じてくれなくても」ぼくは口をつぐむ。余計なことばかりしゃべりすぎた。感情が首を焦がして顔にこみあげ、目に到達する。

「そっか」エズラが言う。「まず言っとくけど、おれはだれにも何も証明する必要なんてないと思う。ブラウンやほかのアイヴィー・リーグの大学は――人の価値をくだらないものに縮小して判断する。おまえの価値は成績じゃない。テストの点数でも大学出願書類でも、ポートフォリオですらない」

反論しようと口を開くけど、エズラはつづける。

「それに、他人がどう思うかは関係ない。大事なのは、自分がどう思うかだ。おまえは、自分が尊敬と愛に値すると思うのか」

開きっぱなしのぼくの口から、ことばは出てこない。

「おれはそう思う」エズラはぼくをじっと見据えて言う——堂々とした、まっすぐなまなざしで。どうしたらそんなふうに目を合わせていられるのかききたいくらいだ。時間が経つにつれ、胸が、首が、顔がかあっと熱くなり、ぼくはたまらずまばたきして目をそらす。自分が感じてるものがなんなのかさえわからない。恥ずかしさ？　照れくささ？　エズラはまったく気にしてないみたいだ。薄明かりのなか、まだぼくを見つめてるのがわかる。

何かばかなことを言って気まずい沈黙を破らなきゃ。そう考えてるとき、階下のドアをノックする音が響く。「ミスター・エズラ？　お母さまがお呼びです」

エズラはベッドにばったりと倒れ、両腕に顔をうずめてうめくと、階下の相手に叫び返す。

「すぐ行く！」ため息をつき、腕をついて立ちあがる。「よし。着替えるぞ」

たったいま本音をぶつけ合ったのが嘘のように、エズラは平然とロフトをおりてウォークインクローゼットへ向かう。大きすぎる長袖の白いシャツを引っ張り出してぼくに着せ、ショートパンツのなかに裾をしまう。ばかみたいな格好に見えるけど、エズラはカッコいいよと言い、同じようなショートパンツと白い襟つきのシャツに着替える。

部屋の外に出ると、きらびやかなドレスや三つぞろえのスーツを着た百人を超える招待客が、魔法のようにぱっと出現する。ぼくたちをじろじろ見たり二度見したり、不快そうに鼻にしわを寄せる女の人までいるけど、エズラはどうやらこの状況を楽しんでるらしい。ニューヨーク・シティの高慢な金持ち連中を、白い歯を見せて笑い飛ばしてる。エズラなりの抵抗なんだろう。だけど、ぼくは楽しめない。ぼくにとってはまったくの別世界で——全然落ち着かない。招待客やエズラの両親がぼくを見る目つきも、部屋の隅でエズラとシャンパンを飲みながらうっかりばか笑いして恥をかくのも、好きじゃない。

エズラの気持ちを思うと胸が痛む。ペントハウスでの晩餐会や舞踏会ばかりの生活を、どうやって何年も耐えてきたんだろう。さっきエズラにあんなひどいことを言ってしまったせいで、ぼくはいっそう自己嫌悪に陥ってるのに、当のエズラはすでに気持ちを切り替えたみたいだ——ぼくがここにいるおかげで、完璧なまでにめちゃくちゃな特権階級の生活から逃避できるのを喜んでるかのように。

ＤＪブースを乗っとってトラップ〔アメリカ南部で生まれたヒップホップのサブジャンル〕で踊ろう、とエズラが提案する。ところが、部屋を横切り終える前にぼくのスマホが振動する。父さんがぼくの居場所を知りたがってるのかと思いきや、通知はインスタグラムからだ。いやな予感がする。メッセージの送り主を見て、その予感はずしんと重く沈みこむ——〝grandequeen69〟。読むなんてどうかしてると思いつつ、ぼくは受信トレイを開く。

なんで男のふりしてんの？

メッセージを見つめる。体がぞくりとし、感情が凍りついて麻痺する。ギャラリーの事件が起きるまで、アイデンティティを理由に攻撃されたことはなかった――少なくとも、ぼく個人は。ニュースではつねに見てる。ぼくたちを消そうとする政府、トランスジェンダーなんて存在しないかのようにふるまう政治家。ぼくたちはこれまでもずっと存在してたし、これからだってそうなのに。いろんな記事を目にする。医療を拒否されたトランスジェンダーの人々や、いじめられ、まちがった性別のトイレに無理やり行かされた生徒。家から追い出されたぼくと同じ年ごろのティーンエイジャー。自分として生きてるというだけで仕事を首になった大人。おおぜいのトランスジェンダーが道を歩くだけで攻撃され、殺される――社会に受け入れられず、おおぜいが自死を選ぶ。

ぼくは知ってる。ぼくのような有色人種のトランスジェンダーは日々暴力にさらされ、平均寿命が三十代前半だということを〔この有名な説に根拠はないとの指摘があるものの、アメリカでは実際に被害者の多くが有色人種のトランス女性である〕。こういう事実はどれも知ってるけど――どこか他人事に感じてた。オンラインの記事はブラウザを閉じればいいし、ニュースのチャンネルは変えられる。公園でエズラと笑い、チキンウイングを食べ、ハッパを吸って安いシャルドネを飲み、自分の将来や人生ですべきことだけを心配してればよかった。父さんがぼくの名前を言いまちがえても、母さんの（かつてはあったかもしれない）ぼくへの愛情がどうやら失われたらしいとしても、自分は安全だと感じてた。情けないことに、こういうメッセージが来て――驚いたくらいだった。ほかのトランスの人たちがヘイトクライムに遭うのを日々目にしてるのに、自分の身には起きないとでも思ってたんだろうか。

　エズラがぼくの様子に気づき、どうしたんだときいてくるけど、言いたくない。アプリを閉じて、何もなかったことにしたい気もする……でも、こんどはこのメッセージを無視できそうにない。エズラが指でそっとぼくの手をひねり、スマホをのぞく。

「なんだこれ？」エズラがぱっとぼくを見る。「フィリックス、なんなんだよこれ？」

　ぼくは答えない。メッセージを見つめて唇を噛む。文字を打ちはじめる。

だれ？　なぜぼくにつきまとう？

grandequeen69の返事がないので、ぼくはつづける。

男のふりなんかしてない。体の性別と性自認がかならずしも一致しないのをおまえが知らないからって、ぼくがどういう人間かをおまえに決められる筋合いはない。おまえにそんな力はない。ぼくがだれかを決められるのは、ぼくだけだ。

〝送信〟をタップする。こんなことしなきゃならないのがそもそもおかしいとはいえ、反撃した自分が少し誇らしい。それでも、勝利の喜びは長つづきせず、すぐに怒りと不安に染まる。grandequeen69からつぎのメッセージが来る瞬間を、ぼくはすでに恐れてる。

10

　エズラはぼくを引き留め、自分の部屋にもどってメッセージについて話そうと言うけど、ぼくはこのペントハウスから出たくてたまらない。ただでさえ居心地が悪かったし、grandequeen69のせいで頭のなかがぐちゃぐちゃだ。怒りと恐怖と不安で体じゅうがざわつき、胃が締めつけられて吐き気がする。パテル家の晩餐会で楽しんでるふりをするのも、ふいに少しもおもしろくなくなる。ぼくの望みはひとつだけ。うちに帰り、スマホを出して、デクラン・キーンにちょっかいを出すこと。

「ほんとうに平気か」何度も何度もエズラがきく。あまり心配されると、こっちの気がまいりそうになる。ぼくは平気じゃないけど、エズラが心配しないように平気なふりをしなきゃいけなくて、それはそれで精神的にきつい。うなずくぼくの額に、エズラがお別れのキスをする。ぼくはアップタウン行きのA線に乗り、百四十五丁目へ向かう。

　このあいだのけんか以来、父さんとはろくに口をきいてない。まだ怒ってるかな。エズラの両親のふるまいを目のあたりにしたいま、ぼくの心境は複雑だ。父さんにはほんとうに感謝してる。たくさん失敗もするけど、父さんはぼくとすわって夕食をとり、きょうはどうだったかと尋ね、ぼくといっしょに過ごしたいと心から思ってるようにふるまう――世界を飛びまわってるあいだ、ぼくをどこかのアパートメントに放置したりしない。その一方で、父さんの発言や行動がどうしても気に障る。父さんは、自分の努力をぼくに認めてもらいたがってる――でも、どうして努力が必要なんだろう。ぼくを愛してて、ぼくが父さんの息子だとわかっているなら、自然に正しいプロナウンを使えるはずじゃないのかな。ぼく自身、迷いを感じるときがたまにあるとしても。ぼくの名前だって簡単に呼べるはずだ。

うちの建物に着き、エレベーターであがって廊下を歩く。玄関のドアをあけると、エアコンがよく効いてる。父さんがソファにすわってコーヒーテーブルに両足を載せ、キャプテンが細い肘掛けの上で危なっかしくバランスをとってる。

父さんが後ろに首をひねってぼくを見、わずかに表情を曇らせて言う。「おう。十時過ぎだぞ。今夜は帰ってこないと思った」

「帰ってこないほうがよかった?」ぼくは玄関のドアを閉める。

冗談――のつもり――だったけど、父さんは見るからにおもしろくなさそうだ。顔をしかめてテレビに向きなおる。

ぼくは靴を脱ぎ捨ててリュックを置くと、ふかふかの椅子にすわってクッションを膝に載せ、指でフリンジをいじる。キャプテンがクッションに跳び乗って伸びをし、爪で生地を引っかく。キャプテンをこわがらせないように、ぼくは息をひそめる。キャプテンがぼくに与えてくれたこの幸せに浸れるだけでじゅうぶんだ。

「きょうはどうだった？」父さんがきく。目は何かの料理番組に釘づけだ。

「まあまあ」ぼくは父さんを見ずに言う。キャプテンが居心地よさそうに耳をぴくつかせる。

「エズラは？」

いちかばちか、キャプテンの背中をなでようとすると、腕を動かしたとたんにキャプテンは姿を消し——床でしっぽを揺らしてる。そして、とことこと歩き去っていく。惜しい、もうちょいだったのに。「元気だよ」ぼくは言う。「両親といっしょにいる」

父さんがうなずき、ぼくたちの会話は終わる。ぼくが話したいことは、ぼくたちの話題にのぼらない。勇気があれば尋ねたいと思う質問を、ぼくはけっして口にしない。どうしてぼくをほんとうの名前で呼んでくれないの？ あんなに移行を助けてくれたのに、ぼくを息子として受け入れられないのはなぜ？

ポケットからスマホを取り出し、いくつかアプリをチェックしてからインスタグラムを開く。ただそれだけで不安に襲われ、心臓がどくんと跳ねるけど、デクランを——あいつがgrandequeen69として送ってきたくだらないメッセージのぶんまで——こらしめたいなら、計画をやり遂げないと。きょうだって、今夜あのトランスフォビックなメッセージを送ってやろうと思いながら、ぼくの目を直視してきたのかもしれない。いったい、人はどこまで邪悪で執念深くなれるんだ？

luckyliquid95のアカウントにログインし、フィードを眺める。エズラが投稿した両親の晩餐会の写真。まだずいぶん盛りあがってそうだ。マリソルが焼いたブルーベリーパイ。デクランの投稿もある。また別の作品だ。しわくちゃの新聞紙の切り抜きでできた月で、クレーターまで細かく作られてる。もどかしさと嫉妬でどきどきする。なんて美しいんだろう。並はずれてるとぼくですら思う。あの悪魔にこんな才能があるなんて、フェアじゃない。

ダブルタップして〝いいね！〟する。コメント欄で、作品にどんな意味があるのかきく。文字を打ちながら、デクランの姿を想像する——ソーホーにある父親のアパートメントで、寝室の床にあぐらをかき、ポートフォリオのコラージュ作品をあたり一面にひろげてるのかな。つい一時間ほど前には、退屈したかやたら残忍な気分になったかして、スマホでぼくにあのメッセージを送ってきたわけだ。ぼくはその様子を思い浮かべ、復讐の理由を改めて胸に刻もうとする……でも、デクランがただぼくを傷つけるためだけに、時間と労力を費やしてインスタグラムのメッセージを送るところを思い描こうとすればするほど、なかなかその絵が見えてこない。

たしかに、デクランがギャラリーの犯人、あるいはgrandequeen69だという証拠は何もない。たぶん、エズラの言うことには一理ある。こんな復讐計画、無駄なのかも。けさの学校での出来事が頭を離れない——デクランと並んでベンチにすわったこと、ロビーでの言い合い、デクランの奇妙な謝罪。いくら怒りが収まらないとはいえ、ぼくを見つめていたあの男をオンラインでだまそうとしてるなんて、にわかに信じられない気分だ。

「この番組を観るといつも腹がすくな」父さんがテレビを観ながら言う。

デクランからすぐに返事が来る。

thekeanester123：重要なのは、おれにとっての意味じゃない。きみにとっての意味だ。

これって、ぼくがこの作品の意味をどう考えるかきいてるのかな。ったく、だったらそう言えばいいのに。

luckyliquid95：この作品の意味は……分裂かな。新聞の切り抜きは、世界と、人間と、みんながかかえるいろんな問題の象徴で、それがしわくちゃにまるめられ、はるかかなたに浮かぶ月になってる。さびしい気持ちになるよ。

thekeanester123：さびしい？　月がさびしく見えるのか？

luckyliquid95：うん。まあ、月を見あげたときはいつもそういう気持ちになるんだけどね。

thekeanester123：おれは月を見ると、同じように月を見あげてる世界じゅうの人々のことを考えずにいられない。それから、同じ地球でみんないっしょに生きてるのに、おれはすごく孤独だってことも。みんなで結びつくべきなのに、現実にはそうじゃない。お互いを傷つけてばかりだ。おれがどんなに偽善に満ちているかや、これまでに犯した過ちや、どんなふうに人を傷つけてきたかについても考えさせられる。

ぼくは息をのむ。いまにもすべてを白状しそうな勢いだ――いやがらせのメッセージやギャラリーのことも。

luckyliquid95：これまでに犯した過ちって？

thekeanester123：さあな。まあ、よくあるやつだよ。

やりとりが途切れる。ぼくはやきもきしながら、デクランにもっと話をさせるために何を言えばいいのか考える。あからさますぎず、必死だと思われずにすむには――そのとき、手のなかでスマホが振動する。

thekeanester123：なんだか〝お許しください、神父さま。わたしは罪を犯しました〟って雰囲気だな。

にやりとしつつ、落胆の波に襲われる。あと一歩で真相を聞き出せそうだったのに。

luckyliquid95：神父役は案外悪くないかも。

thekeanester123：実はおれ、神父に弱いんだ。

手を止めて画面をガン見する。

luckyliquid95：えっと、ごめん。どういうこと？

thekeanester123：おれはカトリックとして育てられて、日曜学校の神父が受け持つ放課後学級に通ってたんだ。ダンカン神父っていうんだけどさ。その人はおれの片思いに気づいてなかったが、いつもすごく親切で、けっして人に偏見の目を向けなかった。ゲイでもいい、神は創造物のすべてを愛するからって、聖職者に言われたのははじめてだったよ。いまはそこまで信心深くないが……ダンカン神父のことは忘れられない。

luckyliquid95：……神父？　マジ？

thekeanester123：まあな（笑）引くなよ。

luckyliquid95：引いてないよ！

百パー引いてる。

luckyliquid95：それじゃ——神父の制服に興奮する？

thekeanester123：コーヒー噴いちゃったよ。神父の制服って？

出たよ、夜の十一時にコーヒー。どうせ、ミルクも砂糖もなしのブラックだろうな。

luckyliquid95：名前がわからない。あの襟の白いやつだよ。

thekeanester123：ローマンカラー……？

luckyliquid95：そりゃ、名前も知ってて当然だよね。神父が好きなんだから。

父さんがソファの上で身をよじる。「何をにやにやしているんだ？」

ぼくはしかめ面で顔をあげる。「にやにや？　にやにやなんかしてないけど」

父さんは両眉をくいっとあげる。「へえ。そうかい」

ぼくは目玉をまわしてスマホに視線をもどす。

thekeanester123：神父やあの襟が特に好きってわけじゃない。それより……カミングアウトしてから楽なことばかりじゃなかったし、いまでもときどき……自分が恥ずかしくなる。引け目があるんだ。神父やほかの聖職者には特別な何かがあって、その人たちに受け入れられると……なんだか惹かれるんだよ。

luckyliquid95：あまり健全とは思えないけど。

何も考えずに〝送信〟を押したあと、すぐには返事がなくて唇を噛む。楽しく会話してたつもりだったけど、言いすぎたかな。発言や出方をひとつまちがえるだけで、相手にされなくなるかもしれない。そのとき、手のなかでまたスマホが振動する。

thekeanester123：うん。たぶんそうなんだろうな。

luckyliquid95：あのさ、神父じゃないけど話なら聞けるよ。聞いてほしかったらだけど。

これこそ腹黒いよな——ぼくを信用していいんだと言いながら、あとで裏切るために秘密を漏らしてほしいと願ってるんだから。

thekeanester123：ありがとう。きみとは……話しやすい。こんなふうに話せる人はいままでいなかった。

罪悪感で胸がうずく。

luckyliquid95：慰めになるかわかんないけど、過ちを犯したことならあるよ。だれも認めたくないだけで、みんなそうだと思う。

thekeanester123：だからきみと話すのが好きなんだろうな。そうやって正直に認めるなんてさ。

どう返せばいいのかわからなくなる。胸があたたかくなるけど、そんなふうに感じてる場合じゃない――相手はデクランで、これからぶちのめそうとしてるんだから。また通知が来る。

thekeanester123：ニューヨーク・シティの学校に通ってる？　プロフィールにあまり情報を書いてないね。

否定するのはばかげてる――このアカウントの投稿の半分近くは、そのへんの道やレストランや高層ビルの写真だ。ニューヨークにいないと言えば、デクランに嘘がばれてしまう。

luckyliquid95：**うん、そうだよ。**

thekeanester123：どの学校？

ぼくは返事に迷う。別の学校の名前を言ってもいいけど、あれこれ詳細をきかれたらどうする？　友だちやいとこがたまたまそこの生徒だったら？　ぼくのことを尋ねて、実際はその学校にいないと気づくかもしれない。かといって、ほんとうのことを――セント・キャサリンの生徒だと――言えば、ぼくがluckyliquid95だと突き止められかねない。

luckyliquid95：**どうして知りたい？**

thekeanester123：ただの興味だよ。きみの考え方が好きだから。アートや人生や、いろんなものに対しての。

父さんがうめき声とともにソファから立ちあがり、もう年だとつぶやきながらキッチンへ行く。デクランになんて言おう？　ぼくが他人になりすましてるのを暴かれてしまいそうだ。ひょっとしたら、最初からぼくの正体を見抜いてて、攻撃を仕掛ける前にひと遊びしてるだけなのかも。

thekeanester123：変だとは思うけど、よかったら電話番号を交換しない？

メッセージを見つめる。読んで、読んで、また読み返す。

thekeanester123：ここじゃなくて、テキストメッセージにしないか。

またひとりシェフが脱落し、勝者がうれし涙を流しながら娘に感謝を伝える。わたしにインスピレーションと原動力、そして生きる意味を与えてくれてありがとう。父さんがキッチンで鼻をすすり、鍋やフライパンをがちゃがちゃ鳴らす。

デクランが電話番号を送ってくる。**無理にとは言わない。**

ぼくは迷い、画面の上で指が止まる。いっしょにつるんでたころでさえ、お互いの番号は知らなかった。エズラがぼくたちの連絡役だったから、ぼくとデクランはそれぞれエズにメッセージを送り、あとで同じ場所に集まるといった具合だった。それが、いま……。

これって、いいことだよな？　デクランがぼくに心を開いてるってことなんだから。ぼくを信用しはじめてる。

電話番号を長押しし、〝メッセージを送信〟をタップする。心臓がばくばくする。ひとことだけ送る。

やあ。インスタグラムのラッキーだよ。

デクランの返事が秒で来る。

メッセージありがとう。送ってくれないんじゃないかと思ってた。いやがられてもしかたない。知らない相手とやりとりするなんて、微妙だろ？

どうだろ。たぶんそうかな？

おれもふつうならやらないけど、きみのコメントに興味を引かれたんだ。

どういうこと？

きみが率直だからさ。ありのままの自分を見せてる。正直だ。なかなかできることじゃない。

おれもそんなふうでありたいと思う。

きみはいつも率直じゃないの？

ちがうね。

なんで？

さあな。きみのように自分をさらけ出すのは簡単じゃない。攻撃の標的にされやすくなる。

ぼくは顔をしかめる。よく攻撃される？

人並みじゃないかな。きみは攻撃されたことない？

実際は、そんなに率直でもありのままでもないんだ。

そうなのか？　意外だな。おれたちが他人同士だから、逆に自分を出せるのかもな……。

うん。そうかも。

デクランの返信がしばらく止まる。父さんがポップコーンを作ってる。電子レンジのなかでシューシューと音がし、香ばしいにおいがしてくる。スマホが振動し、ぼくは画面を見る。

そろそろ寝る支度するけど、あとでまた連絡していい?

ぼくはなんでうきうきしてるんだろう。うきうきしてる場合じゃないぞ、マジで。

うん。いいよ。

デクランとのやりとりがつづく。歯を磨いてるときも、電気を消してシーツにもぐりこんでからも、数秒ごとに手のなかで震えるスマホから目を離さない。最初はアートやデクランの新しいコラージュ作品について話してたのが、いつしか脱線して止まらなくなる。ベッドで仰向けになるぼくの足もとで、キャプテンがまるくなってる——もう午前三時、父さんはぼくが寝たと思ってる。

冗談だろ? テレビアニメの最高傑作は〈BORUTO〉、二番目が〈鋼の錬金術師 FULLMETAL ALCHEMIST〉、それから〈DEATH NOTE〉だ。

信じられない、とぼくは言う。どうかしてる。なんで〈鋼の錬金術師〉より〈BORUTO〉が上なんだよ?

〈BORUTO〉は笑える。

〈鋼の錬金術師〉だっておもしろいよ!

そうだけど、〈BORUTO〉は感動して泣けるから。

〈鋼の錬金術師〉じゃ泣けない？？？　きみ、モンスター？

デクランから笑ってる顔の絵文字がいくつか来る。しばらくして、もうひとつメッセージが届く。

大学を出たら、そういうことがやりたいんだろ？　アニメの仕事とか？

どう返事しようか考える。ついさっき、なんの気なしに少しだけその話をした。ぼくは人の絵を描くのが好きだから――キャラクターデザイナーとして、コミックやアニメーションの制作に携わる自分が想像できる。とはいえ、それがほんとうに自分のやりたいことだと確信してるわけじゃない。いまは大学受験が何より重要で、そのあとのことは考えられない。ぼくはデクランにそう言った。そんなこと言わなきゃよかった。ぼくの正体を見破るヒントになりそうじゃないか。

うん。ディズニーとピクサーが好き。カリフォルニアに逃亡して、どっちかでインターンしたいかも。

なかなかいい夢だな。なんでやらないの？

そう簡単に荷造りしてさあ出発ってわけにはいかないよ。まだ十七歳だし。

そうだな。おれはときどき、何もかも投げ出したくなる。高校をやめて、大学にも行かないで、世界じゅうを旅できたらな。

寝耳に水だ。**どうして？**

さあ。プレッシャーのせいかな。

気持ちが真っぷたつになる。ぼくの半分は、だったら行けよ、と言いたがってる。さっさと出ていけばいい。デクランが出願すればかならず手にするであろう合格枠を、必要としてる人たちがほかにいるんだ。大学に行きたくないなら、行かなきゃいい。ブラウン大学の合格も奨学金もいらないといまさら言いだして――それでも結局、ぼくを抑えて手に入れるのかもしれないと思うと、無性に腹立たしい。

でも、ぼくのもう半分は、デクランとまったく同じ気持ちだ。プレッシャーでいっぱいいっぱいになって、考えるのも、体を動かすのも、息をするのでさえ苦しい。全部投げ出してしまえたらどんなにいいだろう。ギャップイヤー〔大学入学前の約一年の遊学期間〕をとれたら？　旅をして、夢を見て、自分についてもっと学べたら？　ぼくが自分に対していだいてるいろんな疑問の答えだって、みんなひとりでに見つかるかもしれない。

ラッキーって、きみの本名？　デクランが尋ねる。

なんできくの？

なんでかな。きみのことが知りたいんだ。きみと話すのが好きだから。

上半身を起こす。胸がほんわかする。こいつはデクラン・キーンだぞ、と自分に言い聞かせる。デクラン・キーンのくそ野郎だ。ギャラリーの犯人、インスタグラムでいやがらせのメッセージを送ってきた男。でも、いまは……ほんとうにデクランがやったとはとても信じられない。そう思いたいだけかな。ぼくたちの会話が楽しいから。そんなのありえないのに。あっちゃいけないことだ。

ごめん、こんなこと言うの変かな。デクランが言う。

変じゃない。ぼくは深呼吸する。絶対に、完全に、変だ。こちらこそ、きみと話すと楽しいよ。

そのうち会えるかもな。ふたりともニューヨークにいるから。

うん。かもね。

デクランはしばらく何も言わない。とんだ急展開だ。いまならまだやめられる。デクランのメッセージを全部無視するだけでいい。そのとき、返事が来る。

もし同じ学校だったらと思うと、不安だな。

ぼくは顔をゆがめる。おっと。

どうして不安なの？

おれは学校できらわれてるから。

こんどはぼくがだまる番だ。いったい、デクランは何を言ってる？　みんな四六時中あいつに群がってるじゃないか。セント・キャサリン一の人気者だ。冗談抜きで、学校のパンフレットの表紙を飾ってる。

なんでそう思う？

まあ、全員にきらわれてるわけじゃないかな。でも、ちゃんと話せる友だちはいない。知り合いに囲まれてるだけだ。

ぼくは片方の眉をあげる。意外だ。あのまぬけなジェイムズとマークは、デクランとそこまで親しくないってこと？　エズラが言ってたとおり——ぼくたちはあいつのすべてを知ってるわけじゃないのかも。

すぐに別のメッセージが届く。そうだ。おれを目の敵にしてる人間が少なくともふたりいる。

心臓が止まる。スマホを握りしめる。

そうなの？　だれ？

ふたりの男だ。そのうちひとりとは前に付き合ってて、別れ方がまずかった。

きかずにいられない。何があった？　何があったかは知ってる。ひとつ残らず知ってる——デクランが興味を失って、ぼくたちを拒絶したんだ。それでも、デクラン本人の口から聞いてみたい。

その話はまたこんど。

なんだ、がっかりだな。どうすれば——ええい、どうにでもなれ。どのみち、もうこの状況にどっぷり浸かってる。オーケー。じゃあ、もうひとりの男は？

もうひとりのほうな。それが、よくわからないんだ。

どういう意味？

おれを毛ぎらいしてるんだが、理由がさっぱりわからない。

画面を見つめる。声をあげて笑いたい気分だ。壁にスマホをぶん投げたい。叫びたい。どういうことだよ、理由がさっぱりわからないって？　デクランのやつ、どんだけ鈍いんだよ？　二年間もぼくをさんざん惨めな目に遭わせておいて、これっぽっちも自覚がないのか？

おれたちはブラウン大学を狙うライバル同士で、ふたりとも競争心が強い。それにしたって、そいつはおれを本気できらってる。おれはちょっときらいなだけなのに。

はは、変なの。スマホを強く握りすぎて手が震えだす。

だよな。そいつ、かわいそうなんだよ。

ぼくはがばっと身を起こす。キャプテンがシューッといってシーツから跳びのく。なんで？

話せば長い。簡単に言うと、そいつはトランスで、だれかにアウティングされたんだ。

心臓が激しく鼓動する。首の血管が脈打つのを感じる。

数年前の、まだ移行してないころのそいつの写真と昔の名前がギャラリーで無断公開された。

おれは見てないんだが、そいつは泣き崩れてたらしい。

目をぬぐう。ぼくはどうして泣いてるんだろう。

犯人はわかってないの？

ああ。ひどいよな。よっぽど凶悪なやつじゃないとあんなことできない気がする。それに、

犯人が平気な顔しておれと同じ授業に出てると思うと気味が悪い。

ことばが出てこない。ぼくは身動きひとつせず、すわったままでいる。キャプテンが床の絨毯を引っかきだす。一分が経つ。五分。デクランから、もう寝たのか、とメッセージが来る。くそ。なんてことだ。

それじゃ、きみはそういうことはしない？　自分がきらいな相手に対しても？

デクランはすぐに返事をしない。もう寝たのかなと思ったそのとき、スマホが振動する。

おれは絶対にしない。いちばん憎い敵に対しても。そういうのは――人種差別主義者や、同性愛嫌悪者や、無知で愚かな人間のやることだ。許されないと思う。

サイドテーブルの上にスマホを置く。通知がひとつ、もうひとつ、またひとつ来るけど、無視する。

デクランじゃなかった。

デクランじゃなかったんだ。

エズラが正しかった。そうかもしれないとは思ってた。驚くことじゃない。ぼくだって、ほんとうにデクランなんだろうかと疑問に感じはじめてたところだ。デクランならいいと思った――デクランであってほしかった。それなら、すべてに説明がつく気がしたから。怒りと憎しみをぶつけるのに、もともと怒りと憎しみを感じてる相手なら都合がよかったから。

いまはどうだ？　だれが犯人でもおかしくない。セント・キャサリンの生徒ならだれでもあのギャラリーを使えた。ぼくを傷つけるために、わざわざ。

いったい、だれが？

また通知だ。ため息をついてスマホを手にとる。もう寝るから静かにしてくれ、そうデクランに言おうと思ったら——メッセージが目にはいる。

ラッキー、変に思わないでほしいんだが……きみはおれと同じ学校の生徒なんだろ？　セント・キャサリンの。

ごめんな、変なこときいて。

でも、そんな気がするんだ。きみを知ってる気がする。

きみがだれなのか教えてくれないか。

どうしてかって、いちばんわけがわからないのはそこなんだ。前もって謝っておくよ。

おれ、きみに惚れてるかも。

11

翌朝、学校の前にテストステロンを打ちにいく。二年前からつづけてる二週間に一度の投与だ。ホルモン療法にはいくつか種類があるけど、ぼくにはいまのがいちばん合ってる。いつもどおり、父さんはクリニックに付き添うと言う……これも、ぼくには不可解なことのひとつだ。父さんはあらゆる面ですごく協力的なのに、ぼくを息子として受け入れてはくれない。ぼくはだいじょうぶだと言い、ひとりで駅へ向かう。

座席に腰かけてインスタグラムを開く。けさ起きたとき、grandequeen69から新しいメッセージが来てたけど、こわくてまだ読めてなかった。ぼくはメッセージをタップする。

なんで男のふりしてんの?

だれ? なぜぼくにつきまとう?

男のふりなんかしてない。体の性別と性自認がかならずしも一致しないのをおまえが知らないからって、ぼくがどういう人間かをおまえに決められる筋合いはない。おまえにそんな力はない。ぼくがだれかを決められるのは、ぼくだけだ。

そして、けさのメッセージ。

つきまとってない。真実を教えてるだけ。おまえは女に生まれたんだ。一生女なんだよ。

痛みの火花が散り、怒りが燃えあがる。ぼく以外のだれにも、ぼくという人間の本質やアイデンティティを決める権利はない――でも、なかにはそう思わない人もいる。出生時に割りあてられた性がぼくのアイデンティティであるべきだと考えるのは、世界じゅうでgrandequeen69だけじゃない――その人たちは、自分が安心したいがために、ぼくを箱に閉じこめて支配しようとする。理解できないものを恐れてるから。ぼくがこわいから。

肌の色を理由にぼくを憎む人がいるように、ぼくを知らず、会ったことさえないのに、ぼくを憎み、傷つけたいと思い、ぼくのアイデンティティを消そうとする人たちがいるんだと思うと――耐えがたい怒りを感じるのと同時に、心が痛くなる。ギャラリーの写真を見た瞬間、ぼくの胸をえぐったあのむなしい痛みがまだ消えずに残ってて、体の真ん中のブラックホールみたいに、一秒ごとに大きくなってる気がする。おまけに、ぼくは自分でもアイデンティティを問いなおしてるところだ。罪悪感と羞恥心がふくれあがる。

ほんとうは、メッセージを全部消してgrandequeen69をブロックすべきなんだろう。でも、反論したい、こいつに理解させたい、目を開かせたい衝動が強くなる。

ぼくは女じゃない。おまえが決めることじゃない。おまえにそんな力はないんだ。こんなメッセージを送ってなんになる？

すぐには返事がない。ほっとする半面、つぎのメッセージを待たなきゃならない恐怖もある。

十四丁目駅でおりる。けさは肌寒く、灰色の雲が空を覆い、強風で足をすくわれそうになる。

キャレン・ロード・コミュニティ・ヘルスセンターは、マンハッタンでも高級な地区にある。ブロックに立ち並ぶブラウンストーンの建物はツタで覆われ、窓々にレースのカーテンがかかってる。クィアな人々をあちこちで見かける。堂々と手をつなぐ女同士のカップルのそばを、レインボー柄のプライドシャツを着た男がスケートボードで疾走していく。

キャレン・ロードの曇りガラスの扉を押す。黒ずんだタイル張りのロビーにはいると、壁にプライド月間のイベントのちらしがたくさん貼られてる。処方薬をもらうために奥へ進む。待合室は満杯で、人の列が部屋をぐるりと囲んでる。キャレン・ロードではおなじみの光景だ。LGBTQIA+〔LGBTにQ（クエスチョニング・クィア）、I（インターセックス）、A（アセクシュアル）、それ以外を示す「+」を加えた多様な性的マイノリティの総称〕の人々に特化したクリニックや薬局は、ニューヨーク・シティでも数少ない。きちんとした医療を必死で求める人々が対応しきれないほど詰めかけ、キャレン・ロードは新規患者の受け入れを停止しなくちゃならなかった。ぼくは二年前、ぎりぎりのところで予約をとれた数人の幸運な患者のひとりだ。

列に並び、ほかの人をじろじろ見ないように気をつける。青いビジネススーツを着た白髪の男、スペイン語で話してるふたりの女たち、紫の髪をした背の高い大学生くらいの女の子――ぼくと目が合ってにこっとする――それから、杖をついたおじいさん。いつ来ても、ほんとうにいろんな患者さんがいる。一見なんの共通点もない人たちが、クィアというひとつのアイデンティティでつながってる。そう思うとなんだか感動する。それに、ほかの人たちが少しうらやましくもある。このなかでは、ぼくがいちばん年下だ。みんな何年もかけて自分のアイデンティティを見いだしてきたんだろう。もう自分自身について疑問をいだいたりしないんだろうな。アイデンティティのモヤモヤに悩まされることもない。みんなはどうやって、自分がゲイやトランス女性だと知ったんだろう。どうやって答えにたどり着いたんだろう。

自分の処方薬をつかんでエレベーターに乗り、二階でおりてユースセンターの受付をすませる。奥の部屋に呼ばれる。汗ばんだぼくの手のなかで、処方薬の袋ががさがさと音を立てる。もう二年になるとはいえ、注射のときはいつも緊張する。

担当看護師のソフィアが廊下でぼくを待ってる。「フィリックス、きょうは調子どう？」そう尋ねて、個室のひとつにぼくを案内する。ソフィアは色白で、焦げ茶色の髪をゆるくまるめて束ねてる。ぼくは処方薬の袋を手渡す。

「元気です」ぼくはもごもごと言う。注射してもらうのはいまだに恥ずかしい。ボタンをはずしてジッパーをおろし、ショートデニムを脱いでから椅子にすわる。ぼくが落ち着きなく膝を揺らすあいだ、ソフィアは袋を破って準備を整え、注射器を持って消毒綿でぼくの太腿をぬぐう。

「きょうは寒いね」ソフィアは明るく言う。「いい？」

ぼくは息を止めてうなずく。

ほとんど何も感じないほどなめらかな手つきで、ソフィアがぼくの太腿に針を突き刺し——

ソフィアはだれよりも注射がじょうずだ――テストステロンを注入する。ぼくは太腿にはいっていくそれを見つめる。この黄色い液体がこんなにありがたいなんて不思議だけど、ぼくにとっては魔法の霊薬（エリクサー）みたいなものだ。ぼくの望む変化を――ぼくが他人に見せたい変化を――もたらしてくれる。以前、テストステロンの投与や手術を受けるかどうかで父さんと揉めてたとき、父さんはよく、無人島にいてもやっぱり受けたいのかときいてきた。

「島にたったひとりで、おまえの性別を気にする人がだれもいなかったらどうなんだ」

「でも、だから問題なんだよ」ぼくは答えた。「ここは無人島じゃない。ほかの人にぼくの外見で性別を判断されたくないんだ」

　男性ホルモンのテストステロンが、それを解決してくれる。ぼくは低用量の投与を受けてて、ぼくと同じ年ごろの男の子たちと同じような変化を経験してる。体毛が濃くなる。声が低くなる。それから……付き添いの父さんといっしょにロドリゲス先生の説明を聞くにはあまりにも恥ずかしい、下半身のもろもろの変化を。はじめての診察の日、先生はよく調べ物をしなさいという宿題をぼくに出した――これがほんとうにぼくの望むものなのかをたしかめるためだ。ぼくはタンブラーの投稿をいくつも読み、インスタグラムでトランスの人たちを何人もフォローし、ツイッターでくまなく情報を探した……。

　でも、胸の手術やホルモン療法を受けても――自分が男だと数年にわたり確信してても――こんなに疑問が湧いてくるなんて書いてる人はだれもいなかった。

ソフィアが針を抜き、消毒綿を太腿にあてる。ぼくは教わったとおりに太腿をマッサージし、テストステロンを筋肉に揉みこむ。すでに少し痛い。ソフィアがさっとばんそうこうを貼りつける。

「慣れたもんだね」ソフィアがにっこりして言う。

「質問してもいいですか」ぼくはショートデニムのボタンとジッパーを留めながら尋ねる。

「もちろん」

「ほかの患者さんで」そう切り出したはいいものの、先をつづけるのは気が引ける——こわくさえある。あなたはトランスのふりをしてるだけ、キャレン・ロードにはもう来ないでって言われないかな。ぼくは唾をのみこみ、無理やりことばを押し出す。「ほかの患者さんで、自分がトランスだとわかってからも——アイデンティティに迷いを感じてる人っていますか」

ソフィアはぼくの質問に驚いてないようだけど、たぶん反応しないように訓練を受けてるんだろう。「わたしはふだん、患者さんとアイデンティティの話はしないんだ」ソフィアが言う。「でも、質問があったり、だれかと話したかったりしたら、ユースカウンセラーとの面談を手配できるよ。アイデンティティに関するディスカッショングループもあるし——」

「いや」ぼくは言う。少し早口だったかもしれない。「ありがとうございます。やっぱりだいじょうぶ」

ソフィアは心配そうな顔をする。「ほんとう？」

ぼくはうなずいてドアに向かう。

「ねえ、フィリックス」ぼくがドアノブをつかむ前に、ソフィアが言う。「アイデンティティを問いつづけたっていいと思う。だれかのために答えを出す義務があるわけじゃないんだから」

そして、付け加える。「それにね、移行をはじめてから迷いを感じているのも、あなたひとりじゃないはずだよ。インターネットで調べてみたらどうかな。何か見つかるかも」

ソフィアにお礼とさよならを言って、廊下を歩く。リサーチならもうした――そもそも、それで自分がトランスだと自覚できたんだ。でも、ソフィアの言うとおりかもしれない。ネットで調べつづけても無駄にはならないだろう。きっとどこかに答えがあるはず、だよな？

ブルックリンへは電車ですぐだ。ぼくは太腿をさすりつづけ、テストステロンが魔法の薬のように体にしみこんでいくところを想像する。ばかげてるかもしれないけど、トランスの人たちはスーパーヒーローみたいだと思うことがある。ぼくはたとえば、テストステロンのクモに咬まれて体に魔法の変化が起きるピーター・パーカーだ――それか、実験薬を投与されたキャプテン・アメリカ。リサーチをはじめてすぐのころに読んだあるタンブラーの投稿によると、昔、トランスの人たちはさまざまな文化や宗教で神だと考えられてた。ギリシャ神話のディオニュソスはトランスジェンダーの神だったらしいし、北欧神話のロキは性別を自在に変えられた。いまでも世界には、ぼくたちを魂の導き手として考える地域がある。それってすごくクールだ。

電車が揺れながら駅に着き——ドアが開いて、閉じる——また動きだす。同じ車両にクラスメート数人の姿が見える。ドアのそばに立つリアとタイラー。タイラーは自転車を支えながら笑い、リアは首からさげたカメラをいじってる。リアがぼくに気づいて手を振る。ぼくの数席向こうでは、ワイヤレスイヤフォンをつけたヘイゼルがスマホの写真を眺めてる。隅っこではエリオットがぐっすり眠ってる。

いったいだれが、ギャラリーといやがらせのメッセージを？　だれでもおかしくない。セント・キャサリンの百人の生徒、全員が容疑者だ。

デクランじゃないと判明したいま、事態はかえって悪化してる。

ぼくは頭を振って両手に顔をうずめる。デクラン・キーンじゃなかった。

そうじゃないんだろうと自分でもうすうす察してた。でも、無視した。デクランが犯人であってほしくて、そのときはそれだけが重要だった。いまはもう、写真を展示したのはデクランではないという事実から逃れられない——同じ学校のトランスを嫌悪するほかのだれかが、ぼくに匿名のメッセージを送ってる。あのギャラリーの事件以来、自分のなかで抑えこんでたいろんな感情が、また表面に浮かびあがってくる。

身を起こして椅子にもたれ、大きく息を吐いて地下鉄の窓に頭をもたせかける。

リアが向こう側からぼくに顔をしかめてみせる。「わかる。朝早すぎだよね」

ぼくはスマホを取り出し、メッセージ画面を表示する。

きみがだれなのか、教えてくれないか。

どうしてかって、いちばんわけがわからないのはそこなんだ。前もって謝っておくよ。

おれ、きみに惚れてるかも。

メッセージを凝視する。きのうの夜もそうした。目を細くして、ゆうに三十分間はにらみつづけてた。

だって、なんだよこれ？

心臓があばら骨のなかでぽんぽん跳ねまわってるみたいだ。文字列を読み、また読み返す。

おれ、きみに惚れてるかも。

マジかよ——何がどうなってる？

オーケー、最初の疑問はこうだ。あのデクラン・キーンがだれかに惚れるなんてありえるのか？　エズラを捨てて以来、デクランはさっぱり恋愛してない——体育会系の人気者たちとつるむようになり、興味があるのは自分だけだとはっきり態度で示してた。だから、だれかに惚れてるというデクランの告白は、完全に、百パーセント、衝撃でしかない。

ふたつ目の疑問。デクランのやつ、どうやったら会ったこともない相手に惚れるんだよ？

ひとつたしかなのは、ぼくがラッキーじゃないってこと。つまり、デクランが惚れてるのはぼくじゃない。そりゃあ、ラッキーはひとりでに存在してるわけじゃなくて、ときどきは素の自分になってやりとりすることもあったけど、ぼくがラッキーだと知ったら、デクランはきっと……。

どういう行動に出るか、見当もつかない。

デクランはすでにぼくがきらいだから――きのうの夜、本人も言ってた――その点では特に何も変わらない。ひょっとしたら校長のところへ行って、ぼくに椅子を蹴られたのは事故じゃなかったと報告し、数カ月にわたる懲戒委員会の聴取に耐えてでも、ぼくが退学になってブラウン大学を断念するのを見届けようとするかもしれない。

いや、デクランがどう反応するかは問題じゃない。なぜなら、これだけははっきりしてる。もうあいつに返事する必要はないんだ。

デクランに近づくこと、それが当初の目的だった――デクランの秘密を暴き、デクランがぼくを傷つけたように、ぼくもデクランを傷つけること。デクランがギャラリーの犯人でもいやがらせのメッセージの送り主でもないとわかったいま、この復讐計画をつづけても意味がない。

これ以上、デクランにかまう理由はない。話しかける理由はない。

そのどこが問題かって？　ぼくがデクランにかまいたい、話しかけたいと思ってるってこと。

始業ベルが鳴る数分前、セント・キャサリンに着く。ぼくは足を引きずって歩き、リアとヘイゼルにすれちがいざまうなずく。みんな仲よしのグループで集まり、しゃべったり、笑ったり、スマホでビデオやメッセージを見せ合ったりしてる。デクランを見た瞬間、ぼくの鼓動が――マジで、自分じゃどうしようもない――速さを増す。デクランは木陰でひとりきりだ。デクランは言ってた。学校にほんとうの友だちと呼べる人はいなくて、ジェイムズとマークですらそうじゃないんだって。目の下にくまを作り――ぼくと夜更かししたせいだろう――何かを待ってるかのようにスマホをちらちら見てる。

どきっとする。デクランはラッキーに思いを打ち明けたところで、ラッキーが何かを、なんでもいいから言うのを待ってるんだ。

ものすごく動揺してるにちがいない。ぼくだったらそうだ。もし男に好きだと言って、そいつが返事をくれなかったら。

ああ。悪いことしちゃったかな。

いや、ちがう――マジで悪いことをした。

足もとのコンバースに視線を貼りつけたまま、ぼくはデクランの横を通り過ぎる。うまく息ができない。デクランが顔をあげ、こっちを見て笑ってくれないかと半ば期待するけど――まさか、そんなことあるわけがない。ひと晩じゅう語り明かした相手がぼくだということを、デクランは知らないんだ。

駐車場を横切り、学校の入口へ向かう。ドア近くの煉瓦の壁にエズラがもたれてる。ぼくより先に着いたリアとヘイゼル、ジェイムズとマリソルもいっしょだ。マリはいつもどおり、〈半径二十五フィート以内禁煙〉の看板の横で煙草を吸ってる。それから、オースティン。エズラとメッセージを送り合ってるのは知ってるけど、エズラが新しい相手といっしょにいるのはまだ見慣れない。ぼくの胸の奥には、少し醜い何かもひそんでる。たぶん、嫉妬だ。エズラとエズラの新しい彼氏候補への。

近づいていくと、エズラがぼくに手を振る。ぼくはばつが悪くなる。エズラの言うとおりだったと、デクランは結局ギャラリーの犯人じゃなかったと認めたくない。それに、デクランのメッセージの内容は話さないほうがいい。〝おれ、きみに惚れてるかも〟。エズラはただ肩をすくめて、どうでもいいと言うだろうけど——そして、ほんとうに気にしないかもしれないけど——きっと傷つくんじゃないかな。前に好きだった相手が、自分の親友に告白したと知ったら。

くそっ、めちゃくちゃだ。

みんなのところへ行くと、オースティンがエズラとぼくを交互に見る。オースティンと話すのははじめてじゃないのに——突然、何を言っていいかわからなくなる。

「フィリックス、マルかバツで答えて」リアが言う。「宇宙人は存在する」

「マルだね」ぼくは言う。ヘイゼルとジェイムズがうんざりした顔をする。

「二対五」リアが満面の笑みで言う。

「どうせおまえらは信じてるんだろうと思ったぜ」ジェイムズがスマホをいじりながら、ぼくたちの〝だめ人間ぶり〟をあざけるように言う。

「ちょっと待ってよ」リアが言う。「どうして宇宙人が存在しないって言えるわけ？　全宇宙にわたしたちしかいないと本気で思ってる？」

「証拠があれば信じるよ」ヘイゼルが言う。

「空に浮かぶ球体の動画もあるし、地球のものじゃない宇宙船に追いかけられたって証言してるパイロットもいる。ほかにどんな証拠が必要？」

「本物の宇宙人」

リアがヘイゼルとやり合ってるあいだ、オースティンがぼくを見て微笑む。エズラの特別な友だち候補として、ぼくはいままでより注意深くオースティンを観察する。どことなくゴールデンレトリバーを思わせる、ふにゃふにゃの金髪と青い目の持ち主。アクリル画の授業ではじめて会ったときは、ぱっと見で好きになれなかった。ルックスだけで世界に愛されるタイプだ。クリス・ヘムズワースやクリス・エヴァンスやクリス・パインといった有名人のクリスたち、それからライアン・ゴズリングに人々が夢中になるのと同じだ。そういう人たちは、自分たちはリベラルで、人種差別をしないフェミニストだと言いながら、なぜ白人の男にばかり夢中になるのか、なぜ同じように有色人種の男を好きにならないのかは特に気にしない。ぼくは、自分のブラウンの肌が大好きだ。クィアでトランスの自分が大好きだ。でもときどき、ぼくもオースティンみたいだったら人生どんなに楽だったかなと考えてしまう。

「ポートフォリオは進んでる？」オースティンが尋ねる。「ぼくは壁にぶちあたってる。自分が何をしたいのかさっぱりだよ。同じ風景を描いてばかりなんだ」

「まだブレインストーミング中」ぼくは言う。あながち嘘でもない。

「こういう説があるの、知ってる？」リアが言う。「実は、宇宙人は未来から来た人類なの。過去の自分たちをある種のシミュレーション世界に置いて、実験のために観察してるんだって」

「知らなかった」エズラがゆっくりと言う。「おかげさまで、これから一生その悪夢を見られそうだよ。ありがとう」

「どういたしまして」

ジェイムズはスマホから目をあげない。「おまえら、マジでオタク」

リアが困惑した半笑いを浮かべる。ジェイムズが冗談で言ってるのかどうか判断しかねてるみたいだ。「そういうあんたも、わたしたちとつるんでるわけだから……」

「おまえらとはつるんでない」ジェイムズが言う。「おれはヘイゼルといっしょにいんの。で、ヘイゼルがおまえらとつるんでる」

「それって、備品室でヤるために待ってるわけ？」マリソルがきく。返事を待ってるのだとしたら、その期待は裏切られる。ふたりとも、まばたきひとつしない。

気まずい沈黙が流れる。

「おれ、オタクはカッコいいと思ってた」エズラが沈黙を破る。

「オタクに言わせればそうだね」ヘイゼルが言う。

エズラと一本の煙草を分け合いながら、マリソルがヘイゼルに言う。「あたしの質問に答えてないけど」

「あんたには関係ないからだよ」

何が起きてるかは一目瞭然だ。ヘイゼルはマリソルを嫉妬させたがってて、どうやらそのとおりになってる。

「あんたたちが備品室でヤッてんのはみんな知ってる」マリソルが言う。

「なら、きくまでもないよね？」

ぼくは思わず顔にしわを寄せる。「場所を変えてくれないかな」深く考えずに言う。みんなの視線がぼくに集まり、しまったと思うけど、もう引き返せない。「だって……あそこはキャンバスや筆をしまっておくところだよ」

「おれを非難すんなよ。おれもおまえを非難しねえから」ジェイムズが言う。

ふたたび、微妙な沈黙。

エズラが眉をひそめて言う。「どういう意味だ？　フィリックスを非難する理由があるのか」

ジェイムズは肩をすくめる。相変わらずスマホを手に、インスタグラムの画面をスクロールしてる。

　ぼくの胸に緊張が張りつめる。ジェイムズはいつも意地悪だった。ギャラリーの事件のときは、真っ先にデッドネーミングしてきた。ホモフォビアやトランスフォビアや、なんらかのフォビアを持っていても不思議じゃない。静寂がつづく。

「フィリックスを非難する理由は？」慎重に無表情を装い、エズラがもう一度尋ねる。エズラがぼくをかばうのはいつものことだ。でも、ギャラリーの事件のあと、そしてインスタグラムのいやがらせのことを知ったいまは特に、会話がエスカレートして何か起きたらと気が気じゃない。

　ジェイムズはまた肩をすくめる。「こいつが変人だからだよ」

「変人？」ぼくはおうむ返しする。

「おまえら全員、変人のオタクでいるのが好きなんだろ？」

「どういう意味で言ってるかによるよ」リアが言う。「フィリックスが変人なのは、宇宙人の存在を信じててアニメが好きだから？　それとも、フィリックスが……」リアは口をつぐみ、ばつが悪そうにぼくを見やる。リアの喉につかえてることばなら、言わなくてもわかる。ぼくが黒人で、クィアで、トランスだから。

「そういう意味で言ったんじゃねえよ」ジェイムズがウザそうに言う。

「そういうふうに聞こえたぞ」エズラが言う。

「なんで毎回その話になっちまうんだよ？」ジェイムズがきく。「おまえら、結局その話ばっかだよな」

「頭の悪いやつが無知な発言をしたときにかぎるけどな」エズラが事もなげに言う。

「こいつは変人だと思うって言ってるだけだ」

「ああ。もう聞いた」

「なんだよ、フィリックスを変人だと思うからって、おれは人種差別主義者なのかよ？」

「この際言うけど」リアが言う。「そうかもしれない。その可能性はあるね」

ジェイムズの顔が赤くなる。さっきまでのイライラが、だんだんと怒りに変わりはじめてる。

「なんでおれが人種差別主義者なんだよ？」

リアは引きさがらない。「もしフィリックスが白人で、ストレートで、シスジェンダー〔出生時に割りあてられた性別に違和感のない人〕でも変人だと思う？　それとも、クールだと思う？　フィリックスや自分とはちがう人たちをなぜ変人だと思うのか、あんたは考えてもみない――ただ気に入らないと決めつけて、だれかにそれを指摘されたら弁解するんだよね」

「両方に言えることだろ？」ジェイムズが言う。「おれが白人で、ストレートで、そのなんとか言うわけわかんねえやつだから、おまえはおれがきらいなんだよな」

「シス」ジェイムズを真顔で見据えながら、エズラが言う。「シスジェンダー」

「白人で、ストレートで、シスだからきらいなんじゃないよ」リアが言う。「わたしがあんたをきらいなのは、あんたがレズビアンは存在しないって言ったから――実際は、あんたがわたしたちの存在に気づいてないだけ」

「あれは冗談だった」ジェイムズは小声で言う。「もうなんにも冗談にしちゃいけねえのかよ。ったく」

「あんたにとっては冗談だろうね」マリソルが言う。「あんたはみんなを冗談の種にできる。あたしたちはそうじゃない」

　ジェイムズは辟易した顔でヘイゼルをきっと見る。「そうかよ。楽しい話をどうも。おれ、上行ってるから」

「バーカ」ジェイムズがじゅうぶんに離れたのを見計らい、リアが言う。

「そんなに悪い人じゃないよ」ヘイゼルが言う。

　マリソルがふうっと煙を吐いて煙草を地面に落とし、片方の足で揉み消す。「もっとましなのがいるでしょうよ」

　ヘイゼルが引きつった笑いを漏らす。「だれのこと？　あんた？」

　マリソルは肩をすくめるけど、答えはまちがいなくイエスだ。

「あいつ、ときどきものすごくばかなことを言っては、ほんの冗談のつもりだってとぼけてみせるけど、冗談で言ってない気がするんだよね」リアが言う。

　ヘイゼルが言う。「でも、イケメンだよ」

リアはかぶりを振る。「どうだか。性格が悪いと、イケメン度も最低五十パーセントは落ちるな」

「そう？　あたしは見た目がよければ性格は無視できるけど」

「人柄も見た目に影響すると思わない？」リアがきく。「とびきり賢くて、いろんな雑学を知ってて、詩を暗唱できるような女の子がいたら、どんな外見でもすっごく魅力的だと思う」

「だけど、そんな子めったにいなくない？　出会うまで待ってられる？」

「それだけの価値はあるよ」リアは言う。「少なくとも、ジェイムズみたいなやつを待つよりまし」

ジェイムズにはみんな閉口してる。無神経なことばかり言い、だれかが怒りだすと気にしすぎだと言ってその人を責める。ぼくは、駐車場の向こうの木陰にひとりで立つデクランを見る。ジェイムズみたいなひどいやつと行動するなんて、デクランはよほど孤独なんじゃないのかな。

まさか。ジェイムズ。ぼくはデクランにこだわってばかりで、ギャラリーの犯人がほかにいる可能性を考えてなかった。grandequeen69が送ってきたメッセージは――まさにジェイムズが言いそうな内容じゃないか。〝grandequeen69〟という名前だって、どういう意味かはさておき、いかにもあいつが思いつきそうな幼稚な響きだ。

どいつもこいつもgrandequeen69に見えてくる。無知でトランスフォビックな発言をしたマリソルの可能性もあるけど、ジェイムズがおもしろい〝冗談〟のつもりでやったのだとしたら？

だれもが犯人になりえた状況で、正体を突き止められないまま時間だけが過ぎていき、ぼくの胸の重石がいっそう大きさを増していく。

12

始業ベルが鳴る。ジルがゆったりとした足どりで生徒たちの集まった教室に現れ、毎朝恒例の講義をはじめる（きょうは、新しいことに挑戦して発展と成長をつづけようという話だ）。ぼくは教室をぐるりと見まわす。ギャラリーの事件や容疑者について考えるとき、ほかの生徒たちにはいままで特に目を向けてこなかった――デクランで頭がいっぱいだったから。いま、ひとりひとりの顔を改めて眺めてみる。ぼくと目が合って微笑むリア。いちばん前の席にすわり、ジルのことばを逐一メモしてるハーパー。ナシーラと、そのひそひそ話の相手のタイラー。ノートにスケッチしてるエリオット。ぼくの視線に気がつき、目をぎょろりとさせてまた前を向くジェイムズ。

ジルが講義を終え、ぼくたちはいつもの席でめいめい作業にかかる。エズラはジェイムズのせいでまだ機嫌が悪く、あまりしゃべらない。〝だいじょうぶ？〟ときく許可がおりるのを待ってるみたいに、何度もぼくをちらちら見る。ふたりとも無言のまま数分が経ち、ぼくの喉にあの事実がせりあがってくる。認めたくない、でも、認めないわけにはいかない。

教室のこの隅にはぼくたちしかいないけど、念のためあたりをさっと見まわしてから、エズラに顔を近づけてささやく。「デクランじゃなかった」

エズラは困惑して一瞬眉を寄せ、はっと目をみはる。「え？　なんでわかった？」

「あいつが自分で言ってた。メッセージをやりとりしてるとき。自分ならああいうことは絶対やらないし、ぼくをかわいそうだと思うって」

エズラの目つきが和らぐ。「マジか」

壁沿いにぐるりと視線を移すと、反対側の隅で壁に向かってすわるデクランが見える。「うん。ぼくのことがきらいだとも言ってたから、やっぱりいやなやつにはちがいないけどね」

エズラはため息をつく。「そうか」ぼくたちはそれぞれアクリル絵の具を搾り出し、絵筆を握る。「これからどうする？」エズラが小声で言う。

「わからない。真犯人を探そうかな。どうしたらいいのかさっぱりだけど」

「だな」エズラはぼそりと言う。「マリソルに心あたりがないかきいてみようか。噂か何か耳にしてるかも」

マリソルからは、すでにじゅうぶんダメージを食らってる。この件にはかかわってほしくない。「やめといたほうがいいんじゃないかな」

エズラが顔をしかめる。「マリソルにきいちゃまずいのか」

いまその話はしたくないけど、エズラはぼくを見つめて返事を待ってる。ぼくは肩をすくめる。「別に。ただ……」首をまわし、もう一度教室をさっと見まわす。リアが前のほうでキャンバスにバラの絵を描いてる。

「写真専攻の生徒がやった可能性はあるかな」ぼくはエズラにきく。

エズラは少し考える。「わりとありえそうだな」

ぼくはおずおずと言う。「リアに話すのはどうだろう」

「リアが犯人だと思うのか」

「まさか――絶対にちがうとは言いきれないだろうけど、リアだとは思わない。でも、だれか怪しいやつを知ってるかもしれない。同じクラスのだれかがぼくの悪口を言うのを聞いたとか」

エズラはうなずく。「よし、わかった。授業のあとでつかまえよう」


話があるとぼくに声をかけられて、リアは意外そうな顔をする。当然だ。いっしょに遊んだことならあるけど、ぼくたちは友だちと呼べるほど親しい仲じゃない。リアはいつもやさしく接してくれる。しじゅうにこにこして底抜けに前向きな性格で、ぼくの暗い魂はなかなかなじめない。いままでのぼくは、リアに対してどこかよそよそしかったと思う。いまとなっては後悔してる。

「どうかした?」エズラとぼくを連れて写真科の教室にはいりながら、リアがきく。暗室の入口に黒いカーテンがかかり、壁沿いに張られたワイヤーにモノクロの写真がぶらさがってる。

だれもいない。みんな外でランチ中だ。

「どうもしないよ」ぼくは言う。「その、どうかはしてるけど、きみのせいじゃなくて――というか、きみのせいじゃないならいいなと……」

リアが片方の眉をあげる。エズラが〝要点を話せよ、フィリックス〟と顔で訴えてくる。

「ギャラリーであったこと、知ってるだろ?」ぼくは言う。「あの――ぼくの写真のこと」

リアの顔がさっと青ざめる。背筋を伸ばしてうなずく。

「エズラとぼくは……まあ、ほとんどぼくだけど……写真専攻の生徒がやったんじゃないかって考えてたんだ。ぼくのスマホを乗っとってインスタグラムのアカウントに侵入するのはだれにでもできるけど、写真を引き伸ばしたり、額装してキャプションをつけたりする方法も知ってたわけだから――それで、もしかしたら……」

ばかみたいな気分になってくるけど、リアは真顔のままで言う。「ほんと、あれはひどかったよね。前にも言ったけど――あんなことが起きて、心から気の毒に思ってる」

ぼくは唇の端を噛む。みんなに気の毒と言われるたびに嫌気が差してたけど、リアは真剣だ。

「ありがとう」

「写真専攻のだれかがやったと思うか」エズラが尋ねる。「リアが夏のあいだ写真の授業に出てないのは知ってるけど、日ごろの感じでさ……」

リアは息を吸いこんで目をぱちぱちさせ、考えをめぐらせてる。「そうじゃないといいけど。

ふだんはいい人ばかりだし。でも、そういうのってわからないもんだよね」

特に役立つ情報じゃない。だけど、ぼくは何を期待してた？　リアが〝実はね、ひとりトランスぎらいな生徒がいて……〟と言いだすとでもと思ってたのか。

「だれかが自分のスマホに侵入(クラック)したと思うの？」リアがきく。

「ぼくの写真を入手できた方法はそれしか思いつかないんだ」

「インスタグラムだけ乗っとったのかも」リアが言う。「そういうアプリならたくさんある。想像するよりずっと簡単なんだよ」

エズラとぼくは目配せする。リアが少し恥ずかしそうにする。「わたしはインスタグラムの乗っとりなんかしないけどね。どっちかっていうと、わたしはハッカーなんだ」ぼくたちの困惑した様子に気がつき、リアはつづける。「クラッキングとハッキングは別物なの。クラッキングは違法。お金を盗んだりウイルスをばらまいたりするためにやるもの。わたしがやるハッキングはただの遊び。巨大なパズルを解くのに似てるかな。そんなにむずかしくないよ」いったんことばを切り、思案顔になる。ぼくがおそらくは知らないままでいたい何かを打ち明けようとしてるみたいだ。リアは声をひそめる。「わたしはね、コンピューターやスマホをハックして、目につくところにポジティブなしるしを残しておくのが好きなんだ」

どう返せばいいのかわからない。エズラはぽかんとしてリアを見てる。

「それって――ええと――すごいね」ぼくは言う。

リアは肩をすくめ、にやつきたいのを我慢するような顔をする。「たいしたことじゃないよ。けっこうみんなやってる」

人のスマホに遊びで侵入してると同級生に言われて、ほかに言うべきことが見つからない。エズラがランチをどこでとるのかときくと、リアはいつもどおり〈ホワイト・キャッスル〉〔アメリカのバーガーチェーン店〕に行くつもりだと答える。教室のドアに向かいながら、ぼくはふと思いつく。ずいぶんばかげた案ではあるけど、ギャラリーといやがらせのメッセージの犯人を突き止めるには、こうするしか……。

「あのさ、リア」ぼくはゆっくりと立ち止まって言う。リアとエズラがぼくに振り向く。「きみは――ほかの生徒のスマホをハックして、ギャラリーの犯人を見つけられる?」

リアが即座に言う。「クラック」

「え?」

「スマホに侵入して個人情報を盗むのは、ハッキングじゃない。クラッキングだよ」

「ああ。そうなんだ」

「質問の答えは、イエスだね」リアは付け加える。「可能ではある。最近じゃプログラムがたくさんあるし」

エズラは乗り気じゃなさそうだ。これこそ退学ものだし、法的に問題ありなのは言うまでもない。でも、リアはまんざらでもないらしい。

「いい考えかもね」リアが言う。「クラッキングの形跡は簡単に調べられるし――専用のプログラムをダウンロードした跡とか、スマホにまだ保存してある写真が見つかるかも……」

ぼくはおそるおそる言う。「犯人はぼくのインスタグラムにもメッセージを送ってきてる」

「なおさら好都合だよ」リアが言う。「インスタグラムのメッセージの履歴なら、まちがいなく調べられる」

ぼくは頭をかく。「その――あまりお金がなくて……」

「やだ、いいよ」リアは憤慨したように言う。「お金はもらわない。その最低野郎を取っ捕まえるために、わたしにできることなら喜んでやる」リアはにやりとする。「悪を成敗するワルなヒーローになってみたかったんだ」

エズラが眉毛を吊りあげ、恐れ入ったと言わんばかりにぼくを見る。

リアはにっこりする。「お昼に〈ホワイト・キャッスル〉のスライダー〔ミニサイズのハンバーガー〕ならおごってくれてもいいよ」

「決まりだな」エズが言う。

ドアに向かって歩きながら、ふたりはさっそく容疑者を洗い出しはじめる。デクランにかけていた疑いが晴れるまでをエズラがざっと説明し、ジェイムズとマークを調べるのはどうかと提案する。あいつらはデクランと仲がいいし、ジェイムズはばかな言動をやらかすから。でも、ぼくはだまりこむ。エズラとリアは盛りあがってるけど、この方法でギャラリーの犯人を突き止められる可能性はかなり低そうだ。ぼくの顔に浮かぶ絶望に気づいたんだろう。エズラがこっちにもどってきてぼくの肩に腕をまわし、あいてるほうの手で髪をぐしゃぐしゃにする。

「絶対に突き止めるから。おれが約束する」

慰めてくれてるのはわかるけど、エズラは事の全貌を知らない――ぼくの気持ちがざわついてるほんとうの理由を。

外の駐車場へ出ると、デクランとジェイムズとマークがベンチでだべってる。ぼくの目はついデクランに向かう。駐車場をはさんだ向かい側でランチを食べてるときも、廊下を通り教室へもどるときも、午後の卒業制作の時間も、ずっと。けさのデクランは百万回くらいスマホをチェックしてたけど、午後になってあきらめたんだろう。眉間にしわを寄せ、ぼんやりした目つきで作品の前にすわってる。

デクランは、ラッキーに惚れてるかもしれないと言った。ぼくは混乱し、まさかそんなことあるわけないと思う一方で、無視できないときめきを胸に感じてる。ぼくに恋心を寄せる人がはじめて現れた。それがたとえ、オンライン上の偽者のぼくに対してでも。このときめきはこわくもある――一瞬でも浮ついた気持ちになったら、デクランからラッキーにメッセージが届き、やっぱり気が変わった、好きだと思ったのは勘ちがいだったと言われそうな気がする。

制作に集中しないといけないのに、目の前のキャンバスは例によって白いままだ。スマホを取り出し、デクランが送ってきたメッセージを見る。

返事するべき？

いったいなんて言えば？

そのとき、インスタグラムの通知が画面に表示される。ぼくは息をのむ。grandequeen69 からの新しいメッセージだ。

なんで男のふりしてんの？

だれ？　なぜぼくにつきまとう？

男のふりなんかしてない。体の性別と性自認がかならずしも一致しないのをおまえが知らないからって、ぼくがどういう人間かをおまえに決められる筋合いはない。おまえにそんな力はない。ぼくがだれかを決められるのは、ぼくだけだ。

つきまとってない。真実を教えてるだけ。おまえは女に生まれたんだ。一生女なんだよ。

ぼくは女じゃない。おまえが決めることじゃない。おまえにそんな力はないんだ。こんなメッセージを送ってなんになる？

そして……。

おまえにほんとうのことを教えてやると気分がいい。

心臓が喉に詰まる。画面の文字列をじっと見つめ、どうにか解読してこれを書いた人間を突き止めたいと思う。教室を見まわす。メッセージを送ってきたやつは、いまこの瞬間、この場所にいるかもしれないんだ。

立ちあがり、散歩してくるとエズラに告げる。どこに向かってるのか、いまどこにいるのかもわからないまま、ぶらぶらと廊下をうろつく——虚無感が這うように体を支配しはじめるなか、ただ物思いに沈む。顔をあげると、しんと静まり返ったアクリル画の教室にいる。体が勝手に歩き慣れた廊下を通ってドアをあけ、ぼくをここへ連れてきたみたいだ。だれもいない教室は妙な感じがする。何も置いてないテーブル、だれもすわってないスツールとピンクのコーデュロイのソファ。備品室へ向かう。心を落ち着かせなきゃ。変わってるかもしれないけど、キャンバスの準備をするといつもほっとする。スマホを尻のポケットに突っこみ、仕事にかかる。巻いてあるキャンバスをつかんで裁断し、縦二フィートの木枠を叩いて組み立て、キャンバスを引っ張って留める。何度も何度も、一枚、また一枚。スツールを脇に押しのけて教室の真ん中に陣どり、黙々と作業してるうちに、完成した七枚のキャンバスが床に並ぶ。

背後で靴がきゅっと鳴る。ぼくはぎくりとし、跳びあがって振り向く。ジルが紙のコーヒーカップを片手に立ってる。

「フィリックス」ジルが驚いて言う。

「ごめんなさい」ぼくはすぐさま言う。何に謝ってるのかよくわからないけど。

「鍵を忘れたんだ」ジルはゆっくりと言い、ぼくの謝罪は無視して、自分の教室の半分近くを占領してるキャンバスに探るような視線を向ける。眉をあげてふたたびぼくを見る。「これから使うつもりなんだよね？」

　ぼくは口ごもる。絵を描かなきゃキャンバスが大量に無駄になることまで頭がまわってなかった。「あー」とりあえず、うなずく。「もちろんです」

　ジルは秘密を共有するかのように微笑む――〝いいえ、そういうつもりじゃなかったけど、こうなったら使うしかありません〟。ピンク色のソファの横にある机へ向かい、引き出しをあけると、鍵を探してがさごそとなかを引っかきまわす。「あのね、フィリックス」ジルが言う。「あなたには才能があるけど、あなたの絵はどれも……まあ、たしかにじょうずではある」

　ぼくは顔をしかめる。グサッとくる批評だ。作品をじょうずと言われて喜ぶアーティストはいない。鍵が見つかったのか、ジルの手のなかで金属音が鳴る。ジルが引き出しを閉める。

「率直に言うと、あなたはこの学校でも一、二を争う優秀なアーティストだよ」ジルは言う。「すぐれた目、想像力、独創性を持っているのはまちがいない……だけど、あなたはまだ全力を出していない」

「ぼくは全力です」

　ジルはぼくの目をのぞきこむ。「ポートフォリオをどうするかは決めた？」

　ジルはその答えを知ってる。ぼくはいったん腕組みをするものの、ずいぶん意地を張ってるように見える気がして体の横に腕をおろし、これじゃ挙動不審だと思ってやっぱり腕組みなおす。

「いいえ」ぼくはしぶしぶ認める。「まだです」

「どうして？」ジルの口調は穏やかだ。ぼくの力になろうとしてくれてる。

肩をすくめてみせるけど、ジルはぼくのちゃんとした答えを待ってる。「ただ――むずかしいんです。たぶん、プレッシャーなんだと思います。完璧なポートフォリオを作って、ブラウン大学に合格して、奨学金ももらわなきゃって。それなのに、スランプから抜け出せなくて、何をすればいいか全然わからなくて、ただ……むずかしくて」ぼくは繰り返す。

「簡単だからアーティストになろうという人はいないよね。もしいたら、現実を知ってショックを受けるはず」ジルはそう言ってにっこりし、しばらくだまりこむ。言いたいことがほかにもあって、慎重にことばを選んでるみたいだ。「フィリックス、あなたの描くポートレートにはいつも驚かされる。モデルの魂や本質を巧みにとらえているから。でもね、あなたの作品を見るたびに、もっと高みを目指せるんじゃないかという感覚が残るの」ジルの手が鍵の束をいじり、指がリングをくるくるとまわしてる。「いつも同じことの繰り返しでしょう。エズラやほかの同級生のポートレートを描いている」

「それじゃだめなんですか」ぼくは尋ねる。意地ならまだ張ってるけど、少しだけだ。

「ううん、だめではない。ただね、あなたはほかにどんな可能性を秘めてるんだろうって思ったの。自分を追いこんで、新しい挑戦をしたことがあるのかなって。あなたは自分の絵は描かないよね。なぜ？」

ぼくはその質問に驚く――ジルにきかれたからというより、いままで考えたことがなかったから。セルフポートレートを描くという選択肢すら、自分のなかになかったんだと思う。なんだかナルシストっぽい感じで、ぼくは一日じゅう自分の顔を眺めてたいタイプじゃないし、そもそもそんなことできそうにない。自撮りもしなければ、鏡で自分を見るのも全然好きじゃない。その大きな原因は、性別違和（割りあてられた性と自認する性の不一致により違和感や不快感を覚えること）だ。自分を見て、ほんとうはこんな姿じゃないのにと思うときのぼくの感情を、ロドリゲス先生はそう呼んだ――長い髪や平らじゃない胸に対し、ぼくがかかえてた不快感。幸運なことに、ぼくは自分の望む体の変化をほとんど実現できた。それでも、いまも男子生徒のなかでいちばん背が低いままだし、ぼくが男なのか女なのか決めかねてる人たちの視線を感じることもときどきある。

「セルフポートレートは、描く人に力を与えてくれるものなの」ジルが言う。「ただ鏡を見ているときや、スマホで写真を撮るときとはちがう視点で自分を見つめなくてはいけない。セルフポートレートを描くということは、外側からも内側からも自分を理解し、受け入れること――自分の美しさ、複雑さ、そして欠点でさえもね。けっして簡単ではないけれど」肩をすくめる。「自分の姿を――ほんとうの自分を――さらけ出すのに、簡単な方法なんてないよね」

ジルは鍵を持ちあげてみせる。「ただそう思っただけ。あとはあなたに任せる。終わったら、きちんと備品を片づけておいてね」

ジルが教室を出ていき、ドアがぱたんと閉まる。

ほんとうの、自分？

アクリル絵の具、乾いてはがれかけた絵の具まみれのパレット、よれたのや固まったのが交じってるいろんな種類の筆の束を取り出し、一枚のまっさらなキャンバスに向かう。さっきの〝じょうず〟がまだちくりとするけど、セント・キャサリンで過ごしたこの数年間で、ぼくは批評を吸収して吐き出す術（すべ）を学んだ。それに、ぼくもどこかでジルのことばに納得してる。

ほんとうの自分。

深呼吸し、スマホで自分の写真を撮る。写った自分を見ると、胃のなかで羞恥心がぱっと燃えあがる。ニキビがぶつぶつして、鼻と目と口は大きすぎ、顎はぼくが望むほど角張ってない——そして、目には恐怖が浮かんでる。こうして自分と対峙すること——美を探し、欠点を受け入れることに怯えてる。テーブルの脚にスマホを立てかけ、床に膝をつき、筆に絵の具を含ませて、キャンバスの隅に簡単な赤い線を引きはじめる。黄色を加えると、筋のなかで混じり合った絵の具が太陽のようなオレンジになり、ぼくの肌を染める。つぎに緑、それから青を口のまわりに塗る。目のなかでまばゆい花火がはじけ、青と紫が煙のように渦を巻いて鼻に影を落とし、頬には緑の筋が——

スマホが振動し、メッセージが一瞬現れて消える。色彩、混ざり合った絵の具、質感——ぼくはキャンバスの絵に身を委ね、自分のイメージに没頭する。雲のような白が跳ねまわり、その中心にある赤い点でぼくの心臓が――

またスマホが振動する。ため息をついて立ちあがり、濁った水のはいったメイソンジャーに筆を入れてから、ジーンズで両手を拭いて床のスマホを拾いあげる。またgrandequeen69かと思いきや、エズラからだった。ぼくがどこにいるのか、トラブルに巻きこまれていないか知りたがってる。画面の隅で時間をたしかめる。四時。もう、四時。三時間もここにいたのか。

キャンバスから一歩後ろにさがる。まだ半分も埋まってないけど、目の前にある絵は……。美しい。自分で言うなんてえらそうだけど、ほんとうだ。ぼくがじゃなくて――ぼくが美しいとは思わない――この絵そのものが。赤と金の粒子に覆われたぼくの肌は、まるで燃えているみたいだ。色彩はひとつの銀河のようで、暗闇に点々と咲く光がねじり合わさってる。目には恐れや怯えだけでなく、自分では気づかなかった強さ、激しさ、決意も浮かんでる。

スマホをつかみ、エズラとの会話をなんとなく飛ばして、デクランの最後のメッセージを表示する。

きみがだれなのか、教えてくれないか。

どうしてかって、いちばんわけがわからないのはそこなんだ。前もって謝っておくよ。

おれ、きみに惚れてるかも。

唇を噛んだままメッセージを見つめ、息を吸いこむ――文字を打ち、送信する。

だれなのかは言えない。

ぼくがデクランなら、一日じゅう放置された仕返しに最低でも五時間は無視するけど、デクランはそんなことおかまいなしだ――すぐに返事が来る。

わかった。無理強いはしない。

デクランが返事を打ってるところを想像する――たぶん家にいて、テレビの前のソファでまるくなってるのかな。それか、ジェイムズとマークといっしょにいて、スマホを見られないようにこそこそしてるのかも。ぼくから返事が来て驚いてる？　ほっとしてる？　ぼくは迷いながら文字を打つ。**惚れてるって言うけど、知らない相手をどうして好きになれる？**

つぎの返事はしばらく経ってから来る。**おかしいのはわかってる。きみがだれなのか見当もつかないんだもんな。一日じゅう気が変になりそうだったよ。まわりのみんなを見て、きみがこのなかにいるのかって考えて。そもそも、きみがセント・キャサリンの生徒かどうかもわからないのにさ。**

ぼくと同じだ――まわりをきょろきょろ見て、ギャラリーの犯人といやがらせのメッセージの送り主がだれなのか考えてる。なんだか後ろめたくなる。デクランの気持ちがわかるから。

ぼくはキャンバスの横であぐらをかく。**正体を明かさないこと、怒ってる？**

いいや。少し不満だけどね。きみと直接話したいと思うから。

ぼくは返事をしない。またメッセージが来る。

返事をくれてほんとうにうれしい。こわがらせたんじゃないかと心配だった。

正直言うと、それもあるよ。

ごめん……きみがだれかもわからないのに惚れるなんて、変なのはわかってる。でも、きみと話すのがすごく好きなんだ。

ぼくもそうだと認めるのは恥ずかしい。なんでそう思うのか、さっぱりわからない。こちらこそ。

これからも連絡していいか？　きみに妙な片思いをしてても？

頬がゆるみそうになる。うん。いいんじゃないかな。

13

母さんへ

こんな経験、ある？　人生がありえないほどわけわからないとき、少なくともこれ以上はひどくならないぞと思ってたのに、人生のほうはせせら笑ってこう言うんだ――〝へえ、ほんとうにそうかい〟。そして、ぼくのまちがいを証明するためだけに、何もかもをいっそう謎だらけにしてしまう。ぼくの人生はすっかり迷宮入りしてる――知りたいことが山ほどあるのに、答えはひとつも見つからない。

オーケー。大げさに言いすぎたかも。

……いや、そうでもない？

こんなにたくさんの疑問に直面したのは生まれてはじめてだ。ギャラリーはデクランのしわざじゃなかった。ぼくが知りたいひとつ目の疑問はこれだ――犯人はいったいだれ？　リアが手を貸してくれてる。セント・キャサリンにＦＢＩが来ると困るから、何をしてるかはたぶんここに書くべきじゃないけど……この計画がうまくいくとは思えない。

デクランは案外いいやつで、おもしろくて、頭がよくて、楽しくて……そのうえ、ぼくに惚れてるって言うんだ。そこで、ふたつ目の疑問――ぼくはデクランをどう思ってる？

絶対にありえないはずなのに——実は——ぼくもデクランが好きになりかけてる気がする。わからない。ぼくを好きだと言ってくれたのはデクランがはじめてで、すばらしい気持ちなんだ。みんなに自慢したくなるくらい。わかった？　ぼくを愛したいと思う人がいるんだよ、母さんがそうじゃなくてもね。

三つ目の疑問——エズラはこの展開をどう思うだろう？　ぼくならすごく怒るかもしれない——怒って、傷つく。デクランと話しつづけるなんて、ぼくはどうかしてる？（疑問がふたつになったけど、まあいいや）

四つ目の疑問は、前の三つとまったく関係ないようで、意外にそうでもない。これが何よりいちばん重要だから——ぼくのアイデンティティはいったい何？

いろんな用語を調べたけど、どの定義を——どの分類を——見ても、ますます混乱するだけだ。世の中には多種多様なアイデンティティがある……それなのに、どれも自分にしっくりこないのはなぜ？　アイデンティティがない人もいる？　自分がどういう人間で、どういう人間じゃないかを示すラベルなしに、存在できる？　それがいいと言う人もいるだろうけど、ぼくは根無し草みたいな気分になりそうだ。ぼくの感情がリアルなのか——ぼくのでっちあげなのか、ほかの人も感じてるのか——だれにも教えてもらえないまま漂流してる感じ。

ついでに母さんにききたいことがある。どうせこのメールは送らないんだしね。

どうして、家を出ていったの？

父さんはその話をしたがらない。〝恋は冷めることもある〟って言うだけだ。

たぶん、母さんはもう父さんを愛してなかったんだよね。きっと、出ていく前に父さんにそう伝えたんだ。母さんはどんなふうに考えてたのかな。ほんとうに、気持ちを整理するためにただ旅行するつもりだった？　それとも、もうもどらないと決めてた？　そこで新しい夫に出会ったのはほんとうに偶然？　それとも、そのころにはとっくに知り合いで、父さんに隠れて浮気してた？　旅を延ばしつづけてたとき、日に日に電話の回数が減っていくのに気づいてた？　ぼくが電話をかけたときは、決まって新しい子どものサッカーやら宿題やらピアノのレッスンやらがあって、ぼくと話す暇はなかったよね？　かけなおすと言いながら、実際にそうしてくれたことは一度もなかった……。

最後にもうひとつ――もうぼくを愛してない？

あなたの息子／子ども／アイデンティティは未定
フィリックス

ソファであぐらをかくぼくの横で、キャプテンがまるくなってる。父さんはいつもの昼寝中。

エズラから、マリソルに誘われたというプライドのパーティーについてメッセージが来てるけど、ぼくはスマホの通知を止める。唇を噛み、グーグルを開く。なんて検索すればいいのかわからずに——考えこむ。〝ぼくはトランスジェンダー?〟じゃ、おかしいよな。〝男〟のラベルがしっくりこなくても、トランスジェンダーなのはまちがいないんだから。自分が女じゃないのはわかってる。はっきりしてるのはそれだけだ。

トランスジェンダーだけど、男でも女でもない気がする。

大量の検索結果が表示される。移行に関する医学論文。ラヴァーン・コックス〔アメリカの俳優。トランスジェンダー女性〕とジャネット・モック〔アメリカの作家、テレビ司会者。トランスジェンダー女性〕に関するエンタメ系サイト。〝#transformationtuesday（トランスフォーメーションチューズデー）〟のハッシュタグつきでインスタグラムに投稿された、数年前と現在の自分の姿を比べる人々の写真。タンブラーのある記事では、ぼくの知らなかったトランスジェンダーの用語やラベルがたくさん——何百もありそうなほど——見つかる。

検索結果のひとつから、フェイスブックに作成されたLGBT・コミュニティ・センターのイベントページに飛ぶ。ジェンダーアイデンティティがテーマのディスカッショングループだ。今夜八時からということは、約三時間後。偶然にしてはできすぎだよな? ぼくは〝参加予定〟をクリックする。

センターには前に一度だけ、自分のアイデンティティに疑問を持ちはじめたばかりのころに行ったことがある。何かのグループに参加したわけじゃない。それどころか、だれとも口をきかなかった。ただ入口の階段をあがって受付まで行き、緊張のあまりまわれ右して帰ったんだ。

いま、ふたたび受付まで歩いていく。前に来たときとあまり変わらない。白い壁に白いベンチ。ぼくより年上の人たちがカフェエリアにすわり、小声で談笑してる。そのそばで、ぼくと同い年くらいのふたりのティーンが、ワイヤレスイヤフォンをひとつずつはめて頭をくっつけてる。

受付の女の人にディスカッショングループの開催場所を尋ね、二階の蒸し暑い部屋にはいる。木の床、色あせたピーチ色の壁、あけ放たれた大きな窓。扇風機がぶうんと音を立てて暑い空気をかきまわしてる。金属の折りたたみ椅子が円形に並べてある。すでに何人か来てる。脚を組んで新聞を読んでるおじいさん。茶色い髪で真っ赤な口紅を塗った背の高い女の人。ドアのそばでは、受付表を手にしたピンクの髪の人がにこにこして待ってる。名札には〝ベックス〟とあり、その下に〝they/them〟のプロナウンが走り書きしてある。

自分はトランスなのかと思いはじめてオンラインで情報を探してたとき、ノンバイナリーというアイデンティティについて読んだのを覚えてる。〝they/them〟のプロナウンを使う人たちの多くは、自分を男とも女とも思ってない。ひょっとすると、ぼくのモヤモヤ――まわりに女として見られるのは絶対にちがうけど、完全に男でもない感覚――も、それで説明がつくのかもしれない。一方で、自分は男でしかありえない、あのモヤモヤや迷いや混乱は気のせいだったんだ、と感じるときもある。日によっては男を自認してるのに、ノンバイナリーを名乗るのってどうなんだろう。かといって、ノンバイナリーでも男でもなく、それでいてまったく女でもないなら、ぼくはいったい何？　答えを求めてここへ来たはずが、もう疑問がふくれあがってる。

名札に名前だけを書き、プロナウンは空白のままにして、みんなからいちばん離れた席にすわる。自分の両肩に腕をまわして脚を組み、膝を小刻みに揺する。なぜだか、ものすごく落ち着かない。だれかがこの部屋へ来てぼくを指さし、〝インチキ！〟と叫んで外に連行していきそうな気がする。

もう数人がはいってくる。年齢も人種もばらばら――だけど、ぼくがみんなよりずっと年下なのはまちがいなさそうだ。ベックスだけは大学生くらいかも。あとは全員、大人だ。十八歳未満は参加しちゃいけないんじゃないかと不安になってくる。ぼくは若すぎるから出ていくように言われないかな。

時間の経つのが苦痛なくらい遅い。ようやくベックスが手を叩き、円の中心に立つ。

「ＬＧＢＴセンターのジェンダーアイデンティティ・ディスカッショングループへようこそ。まずは順番に自己紹介からはじめましょう。名前と、プロナウンと、どこから来たかを教えてください。わたしからはじめます。わたしはベックスで、プロナウンは〝they/them〟、ブロンクスから来ました」

ほかの参加者は四人。おじいさん――名前はトム――は、新聞を半分に折って横のだれもいない席に置いてる。真っ赤な口紅の女の人はサラで、その隣の、顔にニキビの痕がある女の人はゼルダ。〈ファイナルファンタジー〉のシャツを着たまだらなひげの男の人はウォリー。ぼくの番になり、心臓がばくばくして声が震える。

「フィリックスです。えー。プロナウンは、いまはよくわかりません」いったんことばを切り、だれかに出ていけと言われないか反応をうかがうけど、みんなまばたきひとつせずにこっちを見てる。「ブルックリン――あ、ちがった――引っ越したんです。いまはハーレムに住んでます」

ベックスがぼくを安心させるかのようににっこりする。

ぼくは最初から何も話さないと決めてる。ただ話を聞くためだけに来たんだ――みんなの話を聞いて、学んで、ぼくの疑問への答えを探すために。

「押しつけられる性役割（ジェンダーロール）〔性別により社会的に期待される役割〕が多すぎるよね。トランスジェンダーのコミュニティでさえそう。男だと証明するには、攻撃的にふるまわなきゃならない。女だと証明するには、受け身にならなきゃならない」サラが胸を張って言う。「あたしは攻撃的に生きる女なの。それが悪いなんて全然思わない」

「伝統的な性役割に基づいて自分のアイデンティティを定義するからって、その人たちを責められないでしょ」ゼルダが言う。

「そんなことない。もし、その伝統的な性役割に害があるならね」サラが言う。

「何がいちばん重要なのかを決める必要があると思う」ウォリーが口をはさむ。「伝統的な性役割に基づく承認か、その概念を覆すのか」

「そもそも、そういう役割があるせいで、あたしたちは厄介な家父長制に直面してるんじゃないの」サラが言う。

「だったら、いっそ性別をなくせばいいんじゃない？」ゼルダがきく。

トムがはじめて口を開く。全員がしんとして耳を澄ますところを見ると、ここでとても尊敬されてる人らしい。「性別を持たない人だっているさ」トムのことばにベックスが微笑む。

「じゃ、それが答えなの？」ゼルダがきく。「それが、家父長制とミソジニーをなくす方法？性別をなくせばいい？」

「だれもそうは言っていないと思うがね」トムが言う。「一部の人にとってはそれが答えでも、全員にとってそうである必要はない。自分がだれであるかは自分ではどうしようもないのだから。自分たちのコミュニティを批判しても意味がない。コミュニティの外から受ける批判だけでじゅうぶんだ」

みんなうなずく。

ききたいことがたくさんある。いろんな考えが頭のなかであふれ返ってる。心臓が喉を通り越して口から出てきそうだ。膝は震えっぱなしだし、暑さと緊張で汗が噴き出て、シャツが背中にへばりついてる。ベックスがぼくを見る。ぼくは目をそらしたのに、名前を呼ばれる。

「何か言いたいことはある？」ぼくが喉をごくりと鳴らし、まばたきしてだまっていると、ベックスはつづける。「それか、ほかに話したいことは？」

みんなが退屈そうな視線をぼくに向ける。ゼルダは自分の爪をチェックする。ウォリーはひげをぼりぼりとかく。話したいことなら——ききたいことも——たくさんあるけど、ことばと感情が頭のなかでこんがらがり、どう言えばいいのかわからない。膨張する沈黙で頭がぐらぐらし、口をぽかんとあけて何も言えないでいるうちに、みんなはますます退屈して、ぼくを見つめながらいったいこいつはどうしたんだろうかと——

「ごめんなさい」やっとの思いでひび割れた声を出す。「行かなきゃ」

だれも何も言わないなか、ぼくは椅子を後ろに押して立ちあがり、ドアから出る。急いで廊下を歩くうちに、恥ずかしさが胸から喉にこみあげて、目にしみてくる。泣きそうだ。ＬＧＢＴセンターのロビーから外に走り出る。夏の暑さは、悪化する胸の息苦しさを和らげてはくれない。〝インチキ！〟とはだれも叫んでこなかった——自分で自分を追い出したようなものだ。

一ブロックも行かないうちに、だれかに名前を呼ばれる。ぱっと振り返る。ベックスがぼくを追いかけてきたんだ。

「まいった、きみ、足が速いんだね」ベックスが歩みをゆるめ、軽く息を切らして言う。

どうしよう。目を合わせられない。

「だいじょうぶ?」ベックスが尋ねる。

地面を見つめたまま、ぼくは唾をのんでうなずく。舗装の裂け目から雑草が顔を出してる。

「ごめん。きみを困らせるつもりはなかったんだ。歓迎されていると感じてほしかった。ほんとうだよ。きみは歓迎されている」ベックスはにっこりする。「自分も十代のころはつらかった。物知り顔の大人たちに囲まれて、無視されて……」

ぼくはそわそわしてタンクトップの裾を引っ張る。

「もどらなきゃ」ベックスが言う。「いつでも好きなときにまたもどっておいでよ。毎週水曜日の夜八時からだから。質問してもいいし、ただすわって聞いているだけでもいい――好きに過ごしてくれていいんだ。ね?」

視線をあげてベックスの目をちらりと見る。本気で言ってるのが伝わってくる。ぼくにもどってきて、もう一度試してみてほしいと思ってるんだ。心がまだ少し死んでるけど――すごくありがたいと思う。

ぼくはうなずく。「うん」

時刻は九時近く、陽が落ちて暗くなってきてる。うちに帰ろうと、すれちがう人全員にぶつからながらA線の駅に向かってるとき、手のなかでスマホが振動する。インスタグラムの新しいメッセージだ。grandequeen69には返信してないけど――あっちはそんなの関係なく、また送りつけることにしたらしい。

トランスジェンダーになるのはカッコいいし流行ってると思ってるんだろ。トランスなんて存在しない。おまえは一生、女だ。

きつすぎる。ディスカッショングループのつぎはこれかよ。涙が勝手に出てきて目にしみる。

「くそっ！」ぼくは叫ぶ。数人がぎょっとしてぼくに振り向く。目と鼻をぬぐう。

トランスにいやがらせをしてなんになる？　ただ自分として生きてる人をけなして、いい気分になってるのかよ？　他人を攻撃して、孤独に陥れて、さぞかし強くなった気でいるんだろうな。でも、ぼくは自分を知ってる。ぼくはトランスだ。トランスジェンダーはずっと昔から存在してる。たとえ社会が排除しようとしても、どの時代にもかならずいるんだ。ぼくたちは流行りじゃない。おまえがそう思いこみたくてもちがう。ぼくは女じゃない。ぼくがどういう人間なのか、おまえにどうこう言う権利はない。ぼくにかかわるな。

激しく呼吸しながら〝送信〟を押す。涙がじわじわとこみあげてきて、まつ毛から落ちそうだ。手のなかでスマホがふたたび震え、跳びあがりそうになる――また grandequeen69 だろうと戦慄（せんりつ）したら、こんどの送り主はエズラだ。

おい、いったいどこにいるんだよ？？？　パピ・ジュース〔有色人種のクィアとトランスのための

［アートコレクティブ］主催のプライドパーティーがウェアハウスである。来いよおおおおおおおおおおおお。

パーティーのこと、忘れてた。もうくたくただ——LGBTセンターでの大失態に、脳内で果てしなく渦を巻く疑問の数々、おまけにgrandequeen69のさっきのメッセージにやられて、気持ちがぺしゃんこになってる。それなのに、ぼくが返事をする間もなく、エズラがきっかり三秒後に電話をかけてくる。

「フィリックス！」エズラが叫ぶ。周囲の雑音と音楽が聞こえる。マリソルとリアの笑い声も。「フィリックス、来いよ！」

はあ、もう酔っぱらってるな。「うーん。ちょっと疲れてるんだよね」

エズラは不満げな声を漏らす。「なんだよ、来いよ。そんなつまんないこと言わないでさ。おまえは十七歳なんだぞ。あと何回十七歳になれると思うんだ、フィリックス？ ええ？ あと何回だよ？」

ぼくはため息をつく。パーティーの気分じゃ——これっぽっちも——ないけど、こんな考え事や、疑問や、grandequeen69のいやがらせや、デクランの言ったことで頭がいっぱいのまま、うちへ帰る気にもなれない。

「どこへ行けばいい？」

14

エズラに聞いた住所のあるグリーンポイントへ向かい、閉店後の食料品店やベーカリーを通り過ぎて、街灯の点滅する道や、ひとりで行くなといつも注意される類いの薄暗い路地を進む。百パーセント幽霊が出るとしか思えない煉瓦造りの工場が、点々と姿を現す。現在地を示すGPSの青い点が行ったり来たりし、パーティー会場のある通りがどこだかわからない。いますぐエズラをとっちめたい。こういう怪しい界隈は、ぼくみたいな人にとっては余計に危険なんだ。

角を曲がると、壁沿いに人の列ができてる。短いスカート、フィッシュネットの服、タンクトップを身につけた人たちがウェアハウスのひとつにはいっていく。車は一台も走ってないけど、ぼくは左右を確認し、走って通りを渡る。最後尾に並び、警備員に偽造IDを見せてから、重い金属の扉の隙間に体を滑りこませる。

階段が暗闇へ伸び、くぐもった音楽が聞こえる。手すりにつかまり、体を支えながら急な階段をあがる。

階段をのぼりきったところの両開きのドアをあける——その瞬間、爆音の音楽が耳をつんざいてひっくり返りそうになる。暗闇に赤い光線が幾筋も走り、人々の顔や宙に振りあげられた手を浮かびあがらせてる。重低音のビートが床を震わせ、ぼくのすねまで伝わってくる。群衆が——ひとつの部屋に収まるとは思えないほどおおぜいが——ひとつになって体を動かしてる。じっと突っ立ってるのはぼくだけかもしれない。全員がお互いに向かって、壁に向かって、バーに向かって、スピーカーに向かって踊りまくってるところは、死ぬまで踊りつづける呪いにかかってるみたいだ。

エズラの姿は見あたらない。人混みをかき分けてダンスフロアを横切り、もうひとつのドアへ向かう。勢いよく向こう側へ出て、深々と息を吸いこむ。屋上だ。広々とした空間で、数十人が立ったまま会話したり煙草を吸ったりしてる。手すり壁は腰くらいの高さしかない。足が滑ったら簡単に落ちてしまいそうだ。冷たいそよ風が舞いこみ、ウェアハウスと工場の立ち並ぶスカイラインが夜の闇に黄色く輝いてる。

屋上にいる、とエズにメッセージで知らせる。知らない人がおおぜいいるところでは、いつも少し緊張する。いくつかのグループのあいだを通って知り合いがいないかたしかめながら、エズラの返事はまだかと何度もスマホを見る。二本の腕が背後からぼくを引っ張り、きつく抱きしめる。エズラがぼくの耳もとで笑う。

「遅いじゃないか」エズラがすねたように言う。

「ごめん」ぼくは言う。「うっかりしてた」

オースティンがエズラの横に顔を出す。ぼくは軽い落胆を覚える。疲れてはいるけど、エズラとふたりで過ごすのを楽しみにしてたから。エズラの〝ますます有力そうな彼氏候補〟に付き合う気分じゃない。

「やあ！」オースティンがビートに合わせて頭を揺らしながら言う。

ぼくはうなずいて苦笑いする。たっぷり五秒間、立ったままお互いに顔を見合わせる。めちゃくちゃ微妙な空気だ。ぼくとエズラとデクランのときは——三人でいるのが自然だった。おしゃべりと笑いが尽きなかった。やきもちを焼いたり、仲間はずれにされてると感じたりしたことは一度もなかった。デクランがエズを振る前、ぼくたちは全員友だち同士だったんだ。そしていま、エズラとオースティンがふたりそろってぼくを見てる。また同じ関係を——ぼくがオースティンと仲よくなり、ぼくたちの輪に迎え入れるのを——期待するかのように。

新しい曲がかかる。聴いたことのない知らない人の曲だ。マリソルが歓声をあげながら駆け寄り、エズラの手をつかんでダンスフロアへ引っ張っていく。エズラは笑顔で振り向きつつ屋上をあとにし、オースティンとぼくをふたりきりにする。ぼくは身じろぎする。オースティンが気まずそうに笑う。

「マリソルってイケてるよね」

「だね」嘘だけど。

「実はさ、エズラと仲よくなる前から、学校できみとエズラとマリソルがいっしょにいるのをよく目にしてたんだ。きみたちはカッコいいし、授業中も頭のいいことを言うし、才能まであたんだよね」

るすごい人たちだなって。けど、学校じゃ派閥ができあがってる感じで、声をかけられなかっ

ぼくは戸惑い、いくらか罪悪感をいだく。「声をかけるのがこわかった？」
「うん、まあね」オースティンが言う。「ちょっとビビってたのかな。だって、きみの絵は
――うわあ、ヤバいってくらい最高によくて、ぼくは絶対あの域には行けないとわかってたか
ら。それに、きみってタフなヒーローみたいだろ？　だれにも悪びれず、自分らしく堂々とし
てる。ぼくは一年くらい前からエズラが好きなんだ。エズラはおもしろくて……モデルになれ
そうなくらい魅力的だ。好きになってしばらく経っても、どう近づいて話しかければいいのか
わからなかった。エズラはきみと付き合ってるとずっと思ってたしね」
ぼくは片方の眉をあげる。「ぼく？」
「そんなに驚くことでもないだろ？　いつもふたりでいるんだから」
「ああ。親友だからね」
オースティンは肩をすくめる。「てっきり恋人同士だと思ったんだよ。でも、そうじゃない
とわかって、決めたんだ。ようし、あたって砕けようって。失うものは何もない。ぼくのプラ
イド以外にはね」軽く笑ってみせる。「それで、エズラに好きだと告白して、そしたら……」
オースティンは顔を真っ赤にして口ごもる。
うっとうしいやつだなと思いつつ、胸がわずかにあたたかくなる。オースティンはエズラが

本気で好きなんだ。デクランと別れてさんざんな思いをしたあとだし——エズラにはいっしょにいてくれる相手が必要だろう。オースティンをきらいだとはなから決めつけたりして、悪かったと思う。

また曲が変わる。ベースの重低音で床が震える。「うれしいよ」ぼくは音楽に負けじと声を張りあげる。「ふたりとも、おめでとう」いつもならもっと嫉妬するところなのに、いまはほんの少しのうらやましさしか感じない。エズラとオースティンを心から祝福できそうな気がする——ぼくもついに、人を好きになるすばらしい気持ちを理解しはじめていて、ふたりも同じように感じてるのがわかるから。

「ありがとう」オースティンが言う。「フィリックスと話すと緊張するよ。エズラはきみの意見をすごく尊重してるから、ぼくはきみに気に入ってもらいたいんだ。そうじゃなくても、クールで才能があるきみに好かれたらうれしいしね」

ぼくは思わず微笑む。「心配するなよ。オースティンのこと、褒めておくから」

オースティンはうれしそうな笑顔になる。「みんなを探さなきゃ。リアに一杯おごる約束なんだ。来る？」

ぼくは首を横に振り、オースティンがドアの向こうの人混みに消えるのを見守る。壁にもたれて、スマホを取り出す。

自分はいつも傍観してるだけだと感じることある？　デクランに尋ねる。**自分は輪に加わら**

ない。行動しない。ただ眺めてるだけだって。

返事はない。ぼくは床にすわりこむ。忙しいのかどうか気になって、デクランのインスタグラムをチェックする。ジェイムズとマークと遊んでて、うまく忍びこめたバーの写真でも撮ってるかも——でも、きのうから新しい投稿はない。人影が横切るのを感じて顔をあげると、エズラが腰を落としてぼくの隣にすわる。ぼくの肩に頭を載せる。

「ひとりで何してんだよ」エズラがきく。

「踊りたい気分じゃない」

ぼくの肩に頭をあずけたまま、エズラはぼくを見あげる。「で？　どう思う？」

「オースティンのこと？」ぼくは肩をすくめる。「いい人そうだね。エズラが大好きでたまらないみたいだ」

エズラは目をそむける。「そう思うか」

「そう思わないの？」

「そりゃ、思うよ」

スマホが振動する。デクランだ。**いつも傍観してる？　きみのあの写真みたいに？**

うん。眺めるのをやめて輪に加わりたくても、どうしてもできない。

エズラが目を閉じてうめく。「飲みすぎた」

ぼくはエズラをちらりと見る。「だいじょうぶ？」

どうしてだと思う？　デクランがきく。

エズラが肩をすくめる。「ああ。両親に会うとどうしても飲んじゃってさ」

さあ。たぶん……こわいのかな。

エズラが頭を壁にもたせかける。「このあいだの夜、おまえに言われたことをよく考えたんだ。おまえの言うとおりだよ。おれは両親にすべてをもらってる。恵まれてる。恵まれてるなんてもんじゃない。とてつもない特権を手にしてる」

ぼくは唇の端を噛んで目をそらす。エズラの両親や裕福な環境をうらやましく思う気持ちに変わりはない。ぼくはいやな人間かな。ひどい友だち？

「おまえの言うとおりだ」エズラは繰り返す。「文句を言うなんてばかげてる」

心のどこか――ぼくの醜く嫉妬深い部分――では、そのとおりだと思いたがってる。だけど……「物やお金をたくさんくれるからって、かならずしも……あの……」

「いい親とはかぎらない？」

「そういう言い方はしたくなかったけど」

こわい気持ちはわかる。おれだって、いつもビビってる。と、デクラン。

「そうだよ」エズラが言う。「いい親じゃない」

ぼくは少し眉根を寄せる。**何にビビってる？**

いろいろ。自分の可能性を生かしきれてないんじゃないかとか。やるべきことがもっとほか

にあるのに人生を無駄にしてるんじゃないかとか……。

　エズがため息をつき、ぼくに寄りかかりながら片手で髪をかきあげる。「いつも両親の城にひとりで放置されてる気がしてた。あの人たちにとっておれはおもちゃのポメラニアンで、世話はしたくないけど、写真に撮って見せびらかすのを楽しんでるんじゃないかって。それも、おれがかわいい子どもだったころの話だけどな。不機嫌なティーンエイジャーになったいまじゃ、晩餐会にふさわしいとは言えない。もうおれに参加してほしくないのかと思うときもあるけど、おれが顔を出さずに体裁が悪くなるのもいやなんだ」

「わかる気がするよ」状況はちがえど、親に見捨てられる気持ちならぼくも知ってる。

「でも、文句言うのをやめて自分で人生の舵をとるかどうかは、おれしだいなんだ。だろ？　だから、おれはそうする。何をするかはまだわからないけど――おまえが正しかった。これからどうすべきか計画を立てて、目標を持つ。自分の人生でやりたいことをやって、両親から独立するために」

　ぼくは驚いて目をみはる。思わず笑顔になる。「すごいよ、エズ。それって――こんなに最高なことってないよ」

　エズラは小さく笑う。ごろごろした低い笑い声で、エズラの肌からぼくの肌に震えが伝わってくる。「おまえのおかげだ」

「ぼくだけじゃない。自分で見つけた答えだよ」

スマホが振動し、デクランのメッセージが表示される。ビビってばかりじゃ何もしなくなって、**ちゃんと人生を生きられないと思うんだ。**

ぼくは唾をのむ。**そうだね。でも、どうすれば恐怖に打ち勝てるんだろう。頭で考えてもだめなのかもしれない。こわくて挑戦できずにいることがあるなら、ただ行動すべきなんじゃないか。とにかくやるんだ。イエスと言うんだよ。**

エズラがぼくのスマホを見て顔をしかめる。「だれと話してる？」

ぼくは口ごもる。デクランとまだ話してることは知られたくない。デクランにかまう理由はもうないんだから、何か説明を――嘘を――考えないと。ぼくがデクランを好きになりかけてると……そのうえ、デクランがぼくに惚れてると告げずにすむように。「だれでもない」

エズラはぼくを見ずに頬をぽりぽりとかく。「言いたくないなら言わなくてもいいけどさ。嘘つかなくたっていいだろ」

「嘘じゃない」ぼくは言う。エズラはだまってる。「わかったよ。言いたくないんだ」

言わなくてもいいと言ったのに、エズラは顎に力を入れて軽く背筋を伸ばす。めずらしくぼくに隠し事をされて、むっとしてるんだ。

「好きな人？」エズラが尋ねる。

「なんできくの」

「それ以外に言いたくない理由が思いつかない」

ぼくは躊躇し、手のなかでスマホを回転させる。「デクランだよ」

エズラがぱっと顔をあげる。「は？　まだデクランと話してんのか？」

「うん」

「まさか、まだあの計画を――」

「ちがう、そうじゃない。あれはもうやらないよ」

「なら、なんでまだ話してる？」

ぼくは軽く肩をすくめる。「なんとなく。話すのが習慣になったからかな」

「だけど、あいつは――デクランだ。デクラン・キーンだぞ」

「わかってる。でも……」軽く唇を噛む。「エズラも言ってたよね。ぼくたちはあいつのすべてを知ってるわけじゃないのかもって。それに、デクランは――いやなところもあるけど、クールなときもあるんだ」

ぽかんとあいてたエズラの口がきつく結ばれる。ヤバい。いまのはまずかった――エズラに向かって、ぼくたちをさんざんな目に遭わせてきた元カレのデクランを〝クールなときもある〟だなんて。

「その――クールじゃないけど、ただ……」

「わかった」エズラが言う。「いいんだ。わかったよ」

ぼくは首の後ろをさする。「ごめん。こんなこと言うべきじゃなかった」

エズラが何か言う前に、はしゃいだ顔をしたマリソルがどこからともなく駆け寄ってくる。オースティンとリアがその後ろにつづく。リアはどこからどう見ても酔っぱらいだ。すぐさまぼくの隣にしゃがみこみ、肩に頭を載せてくる。「やっほう、すばらしきわが友よ」

「コニーアイランドに日の出を見にいくの」マリソルが大声で言う。「いっしょに行かない?」ぼくはエズラをちらりと見る。エズラはぼくを見ずに、マリに向かって笑顔を作る。「もちろん。いつ出る?」

「うーんと、いますぐ」マリソルが言う。

オースティンがにっこりしてぼくに言う。「フィリックスも来る?」

ぼくは息を吐き、スマホをもう一度見る。デクランのメッセージが画面で光を放ってる。

とにかくやるんだ。イエスと言うんだよ。

15

コニーアイランドは遠い。旅の一行は、ぼく、エズラ、マリソル、オースティン、リアの五人。いま知ったけど、リアとオースティンははとこ同士なんだそうだ。凍えそうに冷えた地下鉄の車両の隅っこで、エズラ、マリソル、オースティンがミュージカル〈RENT〉の歌を高らかに熱唱し、エズラがくるくると回転するなか、リアとぼくは笑う。やがて到着したコニーアイランドは、朝の五時にしてはずいぶん人が多い。塩と砂で傷んだボードウォークの上で、笑ったりよろめいたりしてる酔っぱらいの男たち。手すりのそばで、ぼくの胸が痛くなるほどやさしいキスをしてるカップル。犬を散歩させてるおばあさん。ぼくたちはスニーカーを脱いで手に持つと、手すりを跳び越えて冷たい砂の上に着地する。エズラ、マリ、オースティンが歓声をあげて海へ走っていく。その姿を見つめながら、リアが軽く頭を振る。

「あの子たち、みんなお互いのために生まれてきたみたい」

胃がきゅっと痛む。デクランとエズラのお邪魔虫でいたころ、ぼくは一度も嫉妬しなかった——ふたりが別れるまで、三人とも友だちとしてうまくやってた。エズラがオースティンの彼氏になったら、ほかの友情と同じように、ぼくとエズラの友情も変化するんだろうか。いまほど近い関係じゃいられなくなる？

灰色の水際、冷たい砂浜にみんなですわる。リアがぼくに身を寄せてささやく。「ねえ、ジェイムズのスマホを調べたよ。インスタグラムにはケンダル・ジェンナー宛てのメッセージしかなかった」笑いを噛み殺すように言う。「DMで口説こうとしてるみたい」

かすかな落胆を感じる。当然の結果だ。ギャラリーといやがらせのメッセージの犯人がそう簡単に見つかるはずないことくらい、わかってる。

「心配しないで」リアが言う。「マークのスマホも調べてるから。でも、マークでもなかったら、ほかに心あたりはある？」

ぼくは口ごもる。「いや。わからない」

がっかりしてるのが顔に出てたんだろう。「そっか」リアが言う。「だいじょうぶ。絶対に見つけるから。ね？」

ぼくは軽くうなずく。いままでリアにそっけない態度をとってた自分が信じられない。「うん。ありがとう。ほんとうに。恩に着るよ」

リアが体をすり寄せて、ぼくの肩に頭を載せる。オースティンとエズラがキスしだす。電車に乗ってるあいだずっと、みんなで笑って歌ってるときでさえ、エズラは一度もぼくの目を見なかった――ぼくがデクランとまだ話してるのを、予想以上に怒ってる。それなのに、いまはオースティンとキスしながら、ぼくをじっと見て目をそらさない。ぼくは赤面し、うつむいて両手を見つめる。

「サイコーーーーーー」マリが仰向けに寝転がって言う。空はまだ紺色で夜明けにはほど遠いのに、サングラスをかけてる。「これこれ、これを求めてたんだよね」

オースティンがエズラの首もとで笑う。リアが吹きつける冷たい潮風から顔をそむけ、カールした赤毛を宙で躍らせながら、巻いたハッパに火をつける。寒さに頬をピンクに染め、ひと口深く吸いこんでからぼくに手渡す。「あのふたり、すごくキュートだよね?」

「うん」ぼくはハッパを思いきり吸いこみ、喉を焦がして咳をする。リアがぼくの背中を叩き、ハッパを取りあげてマリソルに渡す。

「はあ、セックスしたい」マリソルが言う。

「わたしが身を捧げましょうか」リアがすかさず言う。

マリソルはハッパをエズラにまわし、煙の雲を吐き出す。「もう経験済みだからいい」

リアは不服そうな声をあげてうつぶせになり、砂をいじる。「ここにいる全員とセックスしたわけ?」

マリソルはぼくたちを見まわす。「全員じゃないよ。オースティンとはしてない。フィリックスとも」

おいおい。「待って。エズラとも寝たの?」

エズラは仰向けに寝転がってる。眉間にしわを寄せてハッパをオースティンにまわす。

「〝セックス〟の定義による」

「酔っぱらった夜にじゃれ合っただけだよ、よくあること」マリソルが手を振りながら言う。

「女の子としか付き合わないって決める前の話だけどね。もちろん」

「別に何もしなかった」エズラが言う。「ただ――ええと――少しさわり合っただけだ。で、すぐに後悔した」

「同じく」マリソルがぼくに向かって不敵な笑みを浮かべる。「あんたも別れる前にあたしと楽しいことしたかったんじゃない？」

オースティンがエズラに身を寄せて何かささやき、エズが声をあげて笑う。嫉妬が腹の奥から湧きあがる。

リアがぼくに微笑んで言う。「ねえ、フィリックス。いつ気づいたの、自分が――アレだって」

リアの言いたいことはわかるけど、マリソルにばかにされたせいでひねくれた気分になってる。マリソルは相変わらず、自分に熱をあげたぼくをただの冗談みたいに笑ってる。

灰色の鋼の水が浜辺に打ちあがるのを眺める。「何に気づいたって？」

リアは口ごもる。きいてもいい質問なのかどうか迷ってるみたいだけど――正直、微妙だと思う。き
かれてかまわない人もいるだろうけど、ぼくもそうだとわかるほど、リアはぼくと仲がいいわけじゃない。オースティンはどうせ知ってるんだろうけど――もし、知らなかったら？　リアの質問がアウティングになってた可能性もある。

「自分が――その――男だって、いつ気づいた?」リアはもう一度、慎重に尋ねる――そう、リアは少なくとも、ぼくを傷つけまいと努力してる。たとえ完璧でなくても、リアは悪者じゃない。

「わりと時間がかかったよ」ぼくは胸の締めつけを無視して言う。ほんとうに自分を理解できたのかどうか、どうしても考えてしまう。「子宮にいるころから自分の性を自認してた人たちも多いらしいから、それに比べたら、だけど」

まばらな笑いが起きる。

「フィリックスはすごく勇敢だね」リアが言う。

「そう、かな? ただ自分でいるだけだ。それ自体は勇敢でもなんでもない」

オースティンがうなずく。「ぼくの家族の友人で、大人になってから自分が女だと気づいた人がいるよ。二年前にカミングアウトしたんだ。その人は会うたびにぼくをすわらせて、いまの時代にティーンエイジャーでいられるのがどんなに幸運かって話をする。自分の若いときとちがって偏見がないからって」

マリソルがぼくたちを見ずに言う。「何よそれ。問題ならまだ山積みじゃないの」

「まあ」リアが言う。「たしかに、昔に比べたらさ……」

「どこの話なんだ?」エズラが言う。まだぼくの目をまっすぐ見てる。「おれたちはブルックリンという安全地帯(バブル)にいる。一歩外へ出たら偏見の嵐だぞ」

「それに、ニューヨークだって完璧なわけじゃない」オースティンが言う。「両親にカミングアウトするのを恐れてる人たちがいまだにいる。虐待されて、家から追い出された人たちも」

「まだまだ長い道のりだよ」マリソルがようやくサングラスを持ちあげ、反論は許さないと言わんばかりに、仰向けのまま逆さにぼくたちを見あげる——そりゃあ、マリソルの言い分は理解できるけど、ぼくを振って〝ミソジニスト〟と呼んでおきながら、ぼくたちに講釈を垂れるなんて。「この国はめちゃくちゃ。クィアに対する偏見がなくなったと言えるようになるまでには、まだ変わらなきゃいけないことがたくさんある」

「まずは自分たちから変わるべきだと思わない？」ぼくはきく。ずいぶんいやみっぽい口調になってしまった。マリソルは顔をぎゅっとゆがめてリアと視線を交わす。

「なんなの、その質問？」サングラスを目の上にもどし、砂の上でふたたびくつろぎだす。「まずは自分たちからって、なんか言いたいことでもあんの？」

「いや、別に」ぼくは言う。大アリだ。

エズラは怪訝な顔をするものの、めずらしくだまったままでいる。オースティンがぼくとマリソルを交互に見る。リアがぼくにそっと身を寄せる。「フィリックス、だいじょうぶ？」

「うん」

だいじょうぶじゃない。腹が立ってる。なんだろう——とにかくやってみろとデクランに言われたからか、いやがらせの犯人に反論したせいなのか、自分のなかの何かに火がついた。以前からくすぶってたマリソルへの怒りが、表面にふつふつと湧きあがってくる。気にしないで流せばいいと自分に言い聞かせてたけど、それでだれのためになるんだろう。少なくとも、自分のためにはならない。振られたあと、ぼくはマリソルにわかってほしかった。マリソルがぼくについて言ったことはまちがってる——ぼくだってマリソルの尊敬と愛に値するんだと。でも、マリソルのぼくに対する扱いは度を越してる。だれに対してもあっちゃいけないことだ。

「何よ?」ぼくが何を言おうとどうでもいいかのように、マリソルが不機嫌に言う。

ぼくは歯を食いしばる。エズラ、オースティン、リアがぼくを見て、何か言うのを待ってる。たぶん、こういう話はみんなの前じゃなく、先にマリソルとふたりでしておくべきだった。ぼくの勢いがしぼんでいく。

「いや。なんでもない」

マリソルはふんと鼻を鳴らす。「フィリックスはいつもそう。過剰に反応しちゃってさ」

ぼくは立ちあがり、足の裏についた砂粒を払う。スニーカーを拾いあげて手に持ったまま、灰色の砂に足を沈めて歩きだす。どこへ行くのか、自分でもわからない。駅? 手すりを乗り越えてボードウォークにおりたとたん、後ろで重い足音が聞こえる。

「いったいどうしたんだよ」エズラが息を切らして言い、ぼくの横を歩く。

追いかけてくると思わなかった。「なんでもない」

「なんでもないわけないだろ。フィリックス、おまえ最近おかしいぞ」グサッ。明らかに、ぼくがデクランとまだ話してることに対する一撃だ。

　ぼくは立ち止まり、手で頭をさする。「ぼくたちが別れた理由、マリソルから聞いてないだろ？」

　エズラは顔をしかめて肩をすくめる。「うまくいかなかったって、それだけ」

　ぼくは口を開き、ことばを声にしようともがく。そして、気がつく――これが、ぼくを抑えつけるマリソルの力なんだ。マリソルはただのいじめっ子じゃないか。「男に移行したぼくはミソジニストだって言われたんだ」

　数秒間、エズラは無表情でぼくを見る。「何？」

「ぼくはミソジニストだから女をやめることにしたんだって」

「おい――なんだって？」

　エズラはぼくの返事を待たない。すぐさま手すりを跳び越え、マリソルとみんなのもとへ引き返していく。まずい――エズラが怒るのはわかってたけど、このことでマリソルとけんかしてほしくはない。しかも、このタイミングで。エズラにつづいて手すりを跳び越え、砂に足をとられながら名前を呼ぶけど、エズラは先に行ってしまう。

「マリソル、なんなんだよ？」エズラが怒鳴る。みんながぱっと振り向いて目を見開く。マリソルがサングラスをとる。

　面食らった顔で、ぼくとエズラを交互に見てる。

「フィリックスにミソジニストだって言ったのか」

マリソルの視線がぼくに移る。そのとき、ぼくははっきりと理解する——マリソルは、まさかぼくがエズラに言うとは思っていなかった。ぼくが自分の支配下にあると知ってたから。ぼくが何も言わず、自分を責めて恥じ入り、マリソルの言うとおりかもしれないとびくついて過ごすのがわかってたから。

マリソルがエズラに視線をもどす。「だって——ほんとのことでしょ?」リアが顔に驚きを浮かべてゆっくりと言う。「トランスジェンダーになろうと思ってなる人はいないよ」

「それは知ってるけど——」

「冗談だよな」エズラが言う。別次元の怒りだ。その表情が、マリソルとの友情の終わりを告げてる。マリソルは取り返しのつかない発言をしたんだ。やましい気持ちになる。マリソルに対してここまでエズラを怒らせたのは、ぼくじゃないか。いや、ちがう——そうじゃない。自分に言い聞かせる。ぼくがマリソルに無理やり言わせたわけじゃない。

「フィリックスやトランスの人たちに異を唱えてるんじゃないよ」マリソルが言う。「けど、もう女でいたくないって思うんなら、その人は根っから女をきらってるってことでしょ——」

「だったら、トランス女性は男ぎらいなのかよ」

「逆の場合はちがうよ」マリソルが震える声で言う——まずい状況だと理解してるんだろう。

それか、単に発言がばれたからというだけかもしれない。「男は――家父長制があるから、その権力を放棄して女になるなら――」

「大ばか者の言うことにしか聞こえないな」エズラが言う。

「トランスだってフェミニストになれる」ぼくは言う。弱々しい声だけど、みんながぼくを見て耳を澄ます。心臓が激しく胸を打ち、いまにも泣きそうなのをこらえる――いまここで、マリソルの前で泣くわけにはいかない。「ぼくは女性が好きだ。女性を尊重する。移行する前は、自分が女の子であることを誇りに思ってた――ただ、それはほんとうの自分じゃないと気づいたんだ。男になったいまでも、女性に対する愛と敬意をなくしたわけじゃない」

マリソルはあきれたように軽く上を見てまばたきする。泣くのをこらえてるんだ。「で、みんなの前であたしを非難して恥をかかせるのが、あんたの考える女性への愛と敬意ってわけ？」

謝りそうになるのを我慢する。マリソルはたぶん正しい――ほんとうはふたりきりで話し合うべきだった。だけど、相手がぼくひとりなら、マリソルは巧みにぼくを操り、過剰反応するほうがどうかしてると思いこませていただろう。エズラがそばにいてくれて感謝してる。エズラだってぼくに怒ってるはずなのに。

「自分で招いた恥だろ」エズラが言う。「フィリックスに謝れ」

マリソルは唇をぎゅっと結ぶ。「謝らないよ。あたしは何もまちがってない」

「おまえはトランスフォビックな愚か者だ」エズラが鋭い声で言う。「それがまちがってない？」

「あたしはトランスフォビックでも愚か者でもない」

「ちょっと、マリ」リアがささやく。「謝んなよ」

「やだよ。絶対いや」

〝トランスフォビック〟と聞いて、ぼくはふと思う。前にも考えたことだけど、マリソルがギャラリーの犯人の可能性がいっそう濃厚になった気がする。ぼくに屈辱を与えるために喜んでやったんじゃないか。ぼくに対してこういう考えを持ってるなら、あのギャラリーを仕掛けない理由がないくらいだ。

ぼくはきく。「ギャラリーもきみが？」

マリソルは一気に泣きだす。ぼくが何を言ってるか、わかってるんだ。「ちがう。あたしじゃない」

ぼくは信じない。「ほんとに？」

マリソルは両手をあげる。「みんなとっくに、あたしを無知な大ばか野郎だと思ってる。あたしがあのギャラリーをやったんなら、いまさら隠す意味ないでしょ」

「だれがやったのか知ってる？」

「知るわけない。でもさ、いい気味だよ。よくやってくれたと思う」

エズラがかぶりを振り、ぼくの手をつかんで引っ張っていく。「おまえとは金輪際かかわらないからな、マリソル。おれを見るのも、おれに話しかけるのも、おれの友だちのふりをするのもなしだ。もう終わりだよ」

「こっちこそ願いさげだよ、バーカ」ぼくたちの背後でマリソルが叫ぶ。エズラは無言で中指を立てる。

手すりを越えてボードウォークへもどる。リアとマリソルが言い争い、オースティンがリアの腕に手を置いてるのが見える。最悪だ。こんな騒ぎは避けたかったのに、目の前で爆発してる。みんなからじゅうぶん離れたところまで来て、ぼくはようやく涙をこぼす。エズラに見られたくないけど、もちろんそうはいかない。エズラが腕を伸ばしてぼくの肩を引き寄せる。エズラに体がぶつかって、ぼくはまっすぐに歩けない。エズラは何も言わない。ただぼくの額にキスをする。

「ごめん」ぼくはぼそっと言い、両手で顔を隠す。

「おい。自分のせいでもないのに謝るなよ。おまえは何も悪くない」

ほかにことばが見つからず、ぼくはとりあえずうなずく。

「ひどいやつだな」エズラは言う。「おまえにあんなこと言ったなんて信じられない。なんでおれに言わなかった?」

なんでだろう。「恥ずかしかったからかな」ぼくはぼそりと言う。「マリソルが正しいんじゃないかと不安だった」

「あいつは正しくない。いいな？　真面目に言うけどさ、フィリックス。あんなたわごとに惑わされちゃだめだ。わかったか？」

「うん。わかった」

「ああ、なんてひどいやつなんだろう。まったく」エズラは首を左右に振り、片手でシャツの裾をつかんで顔をぬぐう。「おれはあいつを信じない。ギャラリーもあいつがやったに決まってる」

そう――ギャラリーはおそらくマリソルのしわざで、もしそうじゃなくても犯人の正体を知ってそうだ。だけど突然、どっと疲れを感じる。この騒動に疲れた。怒るのに疲れた。ギャラリーの犯人を突き止めて復讐したかった――事件にけりをつけたかった――けど、そんなのほんとうに必要だろうかと思いはじめる。もうあきらめるべきなのかも。それがたとえ、マリソルやgrandequeen69のような人たちの勝利を意味するとしても。

「ごめん」ぼくは言う。

「だから謝るなって」

「いや――そうじゃなくて。デクランとまだ話してて、ごめん」

エズラはまばたきし、足もとのボードウォークを見つめながら顎をやや横にずらす。「もう話すなとは言えない。けど――なんだよ、なんでまだあいつと話してるんだ？」

「ただ……気持ちがつながったっていうか」デクランがぼくに惚れてるなんて、エズラには言えない。エズラがこれ以上怒ったら、どんな言動に出るのか想像もつかない。

「おれからやめろと言うわけにいかないけどさ」エズラが言う。「少し嫉妬を感じるのは、おれが悪いのか」

「そういうものなんじゃないかな、たぶん」ぼくはためらいつつ言う。「ぼくもさっき嫉妬したよ」

「は？」

「オースティンとさ」

「いや、はあ？」

あーあ。気まずい会話の堂々めぐりだ。

「おれに嫉妬？」エズラが言う。「それとも、オースティンに嫉妬？」

「そういうんじゃなくて」ぼくは言う。「その——お互いに好き合っててうらやましいなって」

エズラにとってはなんでもないことなんだろうか。ひとりの男からつぎの男へ、恋人からつぎの恋人へ。恋に落ちて、恋に冷めてを繰り返す。そのあいだずっと、ぼくは脇から眺めてるだけ。デクランとのコレがなんであれ、こんな結びつきははじめて経験した——はじめて、希望を感じた。はじめてちゃんとした恋人ができて、はじめてのキスをして、はじめて人を愛せるかもって。コレは、とてもはかなくて——まるで水のように、ぼくの指の隙間から足もとにこぼれ落ちていきそうだ。

「デクランと話すの、やめるのか」エズラがぼくをちらりと見てきく。

ぼくは唇を噛む。「たぶん、やめない」

エズラは大きく息を吐き、ぼくの巻き毛をなでつける。「いまもあいつよりおれのほうが好きだよな？」

ぼくはあきれた顔をしてみせる。「あたりまえだろ、エズ。きみはぼくの親友だ」

ボードウォークをはずれて駅へ向かいながら、エズラの笑顔はまだこわばってる。

16

エズラのアパートメントに着くころには、太陽が高くのぼってる――はずだけど、その姿は見えない。黒い雲が垂れこめ、空を暗闇で覆い隠してる。じりじりとシティを焦がしてた熱波が途切れ、紫の稲妻が宙で裂けると、雷鳴がとどろいてエズラのアパートメント全体を揺らす。雷が落ちるたび、部屋がぱっと明るくなる。

「おれ、雷雨大好き」エズラが言う。

ぼくはきらいだ。まったく予測不可能で、運命がひと握りの分子の気まぐれに委ねられてる気がするから。

「雲の上には神さまが住んでるって、古代人たちが思ったのもうなずける」エズラが言う。また雷が落ち、バリバリという音にぼくは身を縮める。エズラがにやりとする。「まさか、こわいのか」

「うるさい」

「こわがってもいいんだぞ」エズラが言う。「おれが守る」

ぼくは両膝を引き寄せてかかえる。「最近、エズラはそれしかしてないよね」

エズラは肩をすくめてぼくを見る。「それが友だちってもんだろ」

雷雨は授業をサボるのに申し分ない口実だと言うエズラに、ぼくも賛成する。でも内心、雨のなかを走ってセント・キャサリンに行きたい気持ちもある。ポートフォリオの制作が楽しみだった。自分のために立ちあがったいま、どんなセルフポートレートが描けるか見てみたい。ぼくの肌は、外の稲妻のような紫色？　ぼくの目は、灰色の砂浜と海のように暗い色？

エズラが毛布をかぶってぼくの隣にすり寄る。雷が鳴り、雨が激しく窓を打ちつけるのもかまわず、エズラはたちまち眠りに落ちる。ぼくはまぶたの重みを感じながら、スマホを取り出してデクランの最後のメッセージを開く。

頭で考えてもだめなのかもしれない。こわくて挑戦できずにいることがあるなら、ただ行動すべきなんじゃないか。とにかくやるんだ。イエスと言うんだよ。

返事を打つ。**イエスと言ったよ。**

デクランはすぐに反応する。ひと晩じゅうぼくの連絡を待ってたみたいだ。**それで、どうだった？**

コニーアイランドに行った。わりと修羅場だったよ。

なんだ。マジか。申し訳ないことしたな。

気にしないで。とっくに片づいてなきゃいけないことだったんだ。

行って後悔してる？

ううん。あの対決は必要だった。

しばらく返事が来ない。ぼくはエズラを見おろす。口をあけたままぼくの脚にくっついて眠り、顔が半分髪の毛で隠れてる。ぼくは画面の上で指を動かし――迷い、消し、打ちなおしてから、〝送信〟をタップする。

元カレの話をしてたの、覚えてる？　いまはきみをきらってるって言ってた。

ああ。

何があったの？

デクランはこんどもすぐに返事をしない。一瞬、目に見えない一線を越えたんじゃないかと不安になる。稲妻が光り、一陣の風が窓をがたがたと揺らす。デクランの返事がぼくの手のなかで振動する。

よくあるパターンさ。簡単に言うと、失恋したんだ。

胸が痛む。デクランが失恋？　ぼくに言わせれば、突然関係を断ち切ってわれらが愛すべきくそ野郎になったのは、デクランのほうだ。

どうして？

きょうは妙に興味津々なんだな。

ごめん。いやなら言わなくていい。

いいんだ。詳細を思い返すのはあんまり楽しくないってだけだから。手短に言うと、そいつがおれを振るのは目に見えてたんだ。

ぼくは顔をしかめて首をかしげる。デクランはなぜそう思った？　エズラとの仲はすべて順調だったはずなのに。エズラは幸せだった。

おれから終わりにすることにした。情けない話なんだが、自分が傷つくのが耐えられなくて、おれからあいつを追い払ったんだ。

追い払った？

あいつに対してひどい態度だったと思う。たぶん、いまもそうだ。

スマホを握って画面を見つめる。そうだったのか——デクランのエズラとぼくに対する扱いを許すわけじゃないけど、少なくとも理由はわかった。

またメッセージが来る。**ああいう別れ方をしたのは自慢できることじゃないし、いまならちがう方法を考えると思うけど、もう遅い。ただ、あいつがおれを拒絶する前に、あいつとあいつに関するすべてを拒絶したかった。**

ぼくは頭を振る。**でも、どうしてエズラに振られると思ったの？**

送信した約三秒後、自分の失敗に気がつく。「ヤバい！」

エズラが寝返りを打ってぼくから体を離す。

デクランのメッセージが届く。**やっぱり、セント・キャサリンに行ってるんだ？**

「ヤバい。ああ、どうしよう」**なんでそう思うの？**

エズラ・パテルを知ってるんだろ。

「くそっ、ぼくは大ばか野郎だ」

エズラがうっすらと片方の目をあけてうなり声をあげる。「なんだ？　どうかしたのか」

ぼくは手で顔をさする。「なんでもない――ごめん、寝てていいよ」

説得する必要はない。エズラは何も言わず、毛布を引っ張って頭までかぶる。

ぼくはため息をつき、返事を打つ。**うん、そうだよ。エズラを知ってる。**

それできみは、おれたちの痴話げんかの詳細を聞き出してゴシップをひろめるつもりか。

え？　まさか、ちがうよ。

ふたたび、沈黙。そして――**おまえ、エズラか？**

思わず笑う。とはいえ、真実からそう遠いわけでもない。**ちがう、エズラじゃない。がっかりした？**

あんまり。もう前進したから。一瞬の、間。**もちろん、相手はきみだ。**

ぼくは片方の眉をあげる。**だれだか知りもしないのに。信用できない相手だよ。それでも好きだと思う？**

心の赴くまま、って言うだろ？

うーん、そうかな？　自分にはわからないけど。

なんで？

人を愛したことがないから。

だれも好きになったことがない？

どうだろう。ひどいトランスぎらいだとわかる前は、マリソルに熱をあげてた。すてきだなとか、おもしろいなと思った人たちもいたけど……どういう意味の好きかによる。恋したことならあるけど、本気で愛したことはないんだ。何かに取り憑かれでもしたのか、メッセージを打つ手が止まらない。だれかを愛してみたいんだよ。その感覚を味わってみたいとずっと思ってる。だれかを愛し、その相手からも愛されるってどんな感じ？　友情とはレベルがちがうの？　相手を信頼して、弱さをさらけ出して、自分の考えや気持ちをつねに伝えて、どんな些細なことでも共有して、ふたりでひとりの人間と言えるくらい息ぴったりになる？　会うたびに心臓が暴れだして、喜びのあまり頭がぼうっとする？　会えないときは、自分の一部が欠けた感じがする？　だれかに愛されてると思うと自信が湧いてくる？　自分が愛される存在なんだとわかるから？　それに、愛してる人と別れるってどんな感じ？　また別のだれかと出会って、その人をもう一度愛するってどんな感じ？　傷つくかもしれないのに、そのチャンスをつかむのって？　わからない。でも、それがしたいんだ。

デクランはしばらく返事をしない――一分、また一分、さらに一分が経つ。恐れと不安、ごくわずかな安堵を感じる――こんどこそ終わりだ。デクランはぎょっとして逃げたんだ。そのとき、スマホが振動する。そうしない理由は？

別に理由はないよ。ただ、ぼくを愛してくれる相手が必要ってだけで。

相手がいなくたって人を愛することはできるんじゃないか？ それは、もちろん。けど、片思いでも愛って成立するのかな。それって憧れや、遠くから寄せる恋心じゃなくて？ ていうかそもそも、だれも自分を好きにならないと思うんだ。

デクランはふたたび静かになる。まぶたがすっかり重くなり、目をあけているのがつらい。雷雨がようやく収まりつつあるけど――世界の終わりかのような轟音は聞こえないし、雨脚も弱まってる――まだときおり稲光が見える。横になろうとしたとき、スマホがブーンと鳴り――そのまま鳴りつづける。

デクランから電話だ。

パニック。ぼくはスマホを落とし、マットレスの上で振動するのを凝視する。留守電に切り替わるのを待とう。たぶん、まちがって電話してきたか、それか……。

何が信じられないかって？ ぼくがデクランの声を聞きたがってるってこと。

すばやくスマホを拾いあげて〝応答〟をスワイプする。なんとか間に合った。口をあけて、はっとする――声でぼくだとばれないかな？

デクランが電話の向こうで言う。「ハロー？」

いつもと同じ声。前はデクランの声を聞くと、ぼくに近づきすぎた人や物を手あたりしだい羽交い締めにしたくなった……でもいまは、不安げで、心なしか照れくさそうで、緊張してて――それでいてどことなく期待に満ちた、低い声が聞こえるだけだ。

「ラッキー?」デクランが言う。「聞こえてる?」

ぼくは立ちあがり、マットレスの上でよろめいてから木の床に跳びおりると、足を軽く滑らせながら廊下を通り、バスルームにさっと身をひそめる。ドアを閉めるとあたりはほぼ真っ暗で、小さな窓から紫がかった光が差しこんでくるだけだ。ひんやりとした琺瑯(ほうろう)のバスタブにはいり、腰をおろしてうずくまる。

「うん」ぼくはささやく。声が少しひび割れて恥ずかしい。咳払いをする。「うん、聞いてる」

「電話してもいいか先にきくべきだった」デクランが言う。「悪い。思わず――何も考えずに発信を押して――」

「いいよ。だいじょうぶ」心臓が超高速で脈打ってる。緊張でガチガチだ。それに、こわくもある。もしぼくだってばれたら? ぼくの声って特徴ある? だれだかわからないように、もっと低い声で話すべき?

「きみの説明が聞きたかった」デクランが言う。「だれも自分を好きにならないと思ってるなんて、信じられなくてさ」

ぼくは笑い声を漏らす――我慢がきかない。「そのために電話してきたの?」

「きみの声が聞きたかったのもある」デクランは認める。「ジルじゃないのをたしかめないとな」

ぼくは一段と大きな声で笑う。デクランも笑ってる。デクランの笑い声を聞くのは、エズラと別れて以来はじめてだと思う。耳に快い――何日も前のジョークを思い出してまだ笑ってるかのような、尾を引く音。

デクランがそっと言う。「だれも自分を好きにならないって、本気で思ってる?」

ぼくは唇を噛む。「説明するのはむずかしいよ」

「やってみて」

ぼくは首の後ろをさする。「でも……きみに正体を知られたくない」

「それって関係ある?」

すべてにおいて。ぼくが黒人で、クィアで、トランスであるという事実。「自分のアイデンティティのすべて……自分がみんなとちがえばちがうほど……人々は興味を失っていく。どんどん……愛しにくい存在になっていく気がするんだ。本や映画やテレビ番組のなかの恋愛対象は、白人で、シスジェンダーで、ストレートで、金髪で、青い目の人たちばかりだから。クリス・エヴァンスとか、ジェニファー・ローレンスとか。だから、映画のなかで描かれるような愛を手にする資格が自分にもあるとはなかなか思えなくて」

「ばかげてる」デクランが言う。気どり屋でくそ野郎なデクランらしい調子だけど――いまは、そのことばがぼくの胸をあたたかくする。

どう言えばいいんだろう。「ときどき、自分には社会で疎外される要素が多すぎる気がするんだ。みんなとちがいすぎて、浮いてしまう。自分といると、みんなが居心地悪そうなのがわかるから、自分も居心地が悪くなる。だから、ただ突っ立って、ほかの人たちがつながり合って恋に落ちていくのを眺めてる。それで……」

途中で話すのをやめる。デクランはしばらく無言でいる。ぼくは緊張を解き、バスタブのなかでスマホを耳に押しつける。ふたりとも何も言わなくても、電話の向こうにデクランの存在を感じてる。

「おれ、きみを愛してるかもしれない」デクランが言う。ぼくは両膝に顔をうずめる。「そう言ったら、ましな気分になる？」

デクランには見えないのに、ぼくは首を横に振る。

「きみがだれなのか教えて」返事をせずにいると、デクランがつづける。「お願いだ」

「きみの望む答えじゃなかったら？」

「じゃ、やっぱりジルなんだ？」

「ちがう。ジルじゃない」

「ずいぶん低い声を出せるんだな、ジル」

ぼくは膝のなかで笑う。

「きみと直接話したいんだ。会いたい。ただそれだけなんだよ」

バスタブに身を沈めて仰向けになる。少しのあいだ考えをめぐらせる。デクランと会うところを想像してみよう。たとえデクランが、ぼくがラッキーを名乗り、デクランを傷つけるための復讐をたくらんでたことに怒らなかったとして、エズラにもすべてを説明する必要がある。そして、もしエズラがこの状態を——デクランとぼくのあいだのコレを——受け入れてくれたとして、考えなきゃいけないことはほかにもある。デクランが、すべてを理解してもなおぼくと付き合いたいと思ったとして、ぼくに……ぼくの体に興味を持つのかどうか。ぼくの知るかぎり、デクランの過去の相手は全員男だ。トランス男性は男性だし、トランス男性が好きなゲイもおおぜいいる。特定のモノはかならずしも重要ではなく、必須であるべきでもない。とはいえ、ぼくがほしいとも思わない、大半の男にはある体の部位がぼくにはなくて、デクランは物足りなく感じるかもしれない。さらにややこしいことに、ぼくは自分がトランス男性なのかさえ、いまじゃよくわかってない。

　最悪だ——マジで、マジで、最悪。そんな大変な思いをしたあとで、結局デクランに振られることになったら。

「ラッキー？」デクランが穏やかな声で言う。「まだ聞いてる？」

「うん」ぼくは上半身を起こし、指でバスタブの縁をこつこつと叩く。「ごめん。ほんとうにごめん。それは……できない」

　ぼくが何度耳にしたかわからない、あの苛立たしげなため息を漏らし、デクランはしばらくだまりこむ。そして、言う。「わかった。きみの意思を尊重しないとな」

　ぼくは唾をのむ。「もう連絡をとりたくなかったら、しかたない。理解するよ」そう言いながら、心のなかではぼくのすべてが〝いやだ〟と叫んでる。デクランと話すのがあたりまえになりすぎた。ほかの人たちはもちろん、エズラにさえ言えないようなことを打ち明けてる。生まれてはじめて、ぼくも人に愛される存在かのように感じてる。もう話したくないとデクランに言われるのを想像するだけで、喪失感がさっそく胸に穴をあけはじめる。

「たぶん、もう終わりにすべきなんだろうけど」デクランは言う。「いまとなっては、きみと話さずにいられる自信がないな。やめたいと思ってもさ」

にやつきそうになるのをこらえる。はあ。この妙な展開に、ぼくはどっぷり浸かってる。

「同感だよ」

17

デクランとぼくは、何時間もあれこれしゃべりつづける。マーベル・シネマティック・ユニバース(MCU)映画に関するくだらない話から、スティーブとバッキー〔マーベル作品に登場するキャプテン・アメリカ（スティーブ）とウィンター・ソルジャー（バッキー）〕が公式認定カップルかどうか、ぼくたちの愛の持論まで。

「問題は、おれたちの物語がないことだ」デクランが言う。「おれたち自身で作らないといけない。作者がキャラクターをストレートの設定にしたとしても、それを世に送り出すわけだろ？　だから、そのキャラクターはおれのものだ。おれに言わせれば、スティーブとバッキーは完全にゲイだね」

スマホ越しに音楽を聴かせ合う。カリードやビリー・ホリデイにはじまり、シガー・ロスのようなインストルメンタル系に移る。エイミー・アダムスのエイリアン映画で使われたという曲をデクランがかけたとき、ぼくは枕に顔を突っ伏して泣き声を聞かれないようにする。その曲の高音や低音や深さには特別な何かがあって、「こんなに美しい曲、ほかに聴いたことある？」とぼくに尋ねるデクランの声を聞くと、ぼろぼろに感極まってしまう。

金曜日の朝。ハーレムのアパートメントで、ぼくは二時間ほどの短い睡眠から目覚める。父さんがもう起きてスクランブルエッグを作ってる。

「起きてくるとは思わなかったな」キッチンカウンターの奥で父さんが言う。「五時に起きてトイレに行ったとき、おまえの部屋の電気がついていたから」

「ああ」ぼくは平静を装う。「きっとつけっぱなしで寝たんだ」

父さんは〝嘘ばっかり〟という顔をし、ぼくは〝そうだけど、どうでもいいだろ〟という顔をする。カウンターにすわるぼくの前に、父さんが皿を滑らせる。トーストをひと口かじり、ぼくをじろじろと見る。ぼくは片方の眉をあげる。

「顔になんかついてる？」

「ずいぶんうきうきしているな」父さんが言う。

ぼくは両方の眉をあげる。「そう？」

「いい顔してるぞ、キッド」父さんは肉厚の手を伸ばしてぼくの頭にぽんと置く。「おまえの笑顔には魔法の力がある」

父さんの手を払いのけ、思わずにこっとしそうな口もとを引きしめる。「そりゃ、どうも」

「それで、おまえが明け方まで寝ないで起きているのは、だれかと電話で話しているからだな？」

ぼくは顔をしわくちゃにする。ばれた。

「おまえたちティーンエイジャーときたら」父さんが言う。「なんでも自分たちが発明したと思うんだからな。父さんも若いころ、おまえの母さんと何時間でも語り合ったもんだ」

ぼくの顔から笑みが消える。父さんが母さんの話をするときは、決まって胸がちくっとする。幼かったころのぼくは、ふたりによりをもどしてほしかった。数年が経ち、それが絶対に実現しないことを理解するまでは。どうして父さんが平気そうにしていられるのか、まったくわからなかった。どうして前進しようと思えるのか。母さんが運命の相手なんじゃなかったの？もう母さんを愛していないのかときくと、父さんはもちろん愛していると言った。

「これからもずっと愛するだろうな。だが、つらくても理解しなくてはいけなかった。おまえの母さんがもう一度おれを愛するようになるまで、待つわけにはいかなかったんだ。そんな関係は健全ではなかった。またおれが恋愛するとしたら、それは同じようにおれを愛してくれる女性とだ――おれを愛してくれと説得しなければならない相手とではなくね。思うに、ともに愛し合える相手よりも、自分を愛すはずのない人を愛すほうが――一方的な感情だと知りながら、その人を追い求めるほうが――楽なんだろうな。愛し合った末にすべて失うリスクを負わずにすむんだから」

父さんは重いため息をつき、トーストを皿に置く。「とにかく――おまえがうれしそうで父さんもうれしい。それがいちばんだろう？」

「うん」

父さんはオレンジジュースのグラスを持つ。「相手はエズラか」

「え？　ちがうよ！」

父さんは疑わしそうに目を細める。「いつもいっしょにいるから、てっきり……」

「よくないよ、そういう思いこみ。ほんとうによくない」

父さんは降参するかのように両手をあげる。「そうか。わかったよ。だったら、だれなんだ？」

いくら父さんがデクラン・キーンを知らないからって、名前を口にするのは変な気がする。

「父さんの知らない人」

父さんはゆっくりとうなずく。「それで……当然だとは思うが——その——安全策はとっているな？」

ぼくは唖然として父さんを見る。「マジ？　いまその話？　朝食の席で？」

父さんは咳払いをする。「しかしだな、準備をしておいたほうがいい。父さんには——その——手伝ってやれないことがある……ピルのことはよくわからないし……」

ぼくはぐっと歯を食いしばって目をそらす。実際問題、父さんの言うことはまちがってない。ぼくが避妊をはじめたくても、どんな選択肢があるのか父さんはよく知らないだろう。テストステロンの注射で生理はなくなるかもしれないけど（ありがたい）、絶対に妊娠しないわけじゃない。でもそれは、セックスしていればの話で——もちろん、ぼくはしてない。

父さんの言い方を聞くと……やっぱり、ぼくを息子ではなく娘として見てる気がする。ちがう性別として扱われるたびに怒りを感じるけど、その中心にあるのは、胸のなかで鈍くうずく悲しみだ。

父さんはしばらくトーストを咀嚼する。「キャレン・ロードが相談に乗ってくれるかもな。情報が必要なら詳しく教えてくれるはずだ。もっとも、そうじゃないことを祈っているぞ。おまえはまだ十七歳なんだ。エズラとばかり過ごすなと言うのはあきらめたが、だからといって――」

「いらないよ」とにかくだまってほしくて、ぼくは大声を出す。「その情報は必要じゃない」

「必要じゃない？」父さんは繰り返す。

「全然」少なくとも、いまはまだ。

父さんは声に出さずに言う――〝やれやれ〟。

セント・キャサリンにはだいぶ早い時間に着く。空は青く澄みわたり、太陽は黄色く輝き、鳥がさえずってる。建物の外をうろつく生徒の姿はまばらだ。正面のガラスの引き戸をあけてロビーにはいる。ここを通っても、前ほどは動悸が激しくならないし、手のひらもあまり汗をかかない。前に進めてる、ってことかな？

ジルの朝の講義がはじまる約一時間前、アクリル画の教室にはいる。いまあるセルフポートレートは二枚。一枚は、ぼくが燃えているように見える絵。もう一枚は、ぼくが水中にいるように見える絵で、いまもときどき手を加えてる。いま描いてる途中の最新作は、いつもエズラと使うスペースに置いてある。作業にもどれてうれしい。つづきを描くのは二日ぶりだけど、筆を握り、色彩に安らぎを見いだし、線に刺激される感覚は忘れてない……。

パレットに絵の具を出し、筆を手にとる――きょうはオレンジ、そして赤をひと塗り。赤が濃い紫の影に沈み、そこへ青い光が差しこんで、外の空くらい明るい色に変化する。予鈴が鳴り響いても、ぼくはやめない。教室のドアがあいたり閉まったりし、にぎやかな声が教室にはいってくる。笑いやおしゃべり、スツールを引きずる音。青が黄色に、そして黄金色にぶつかる。

背後に人の気配を感じ、てっきりジルだと思いきや――ジルはよく、生徒の作品を観察して助言してまわる――声を聞いてぎょっとする。

「いいね」デクランが言う。

ただそれだけ。たったひとこと――なのに、心臓がいまにも胸を突き破りそうだ。デクランは立ち去り、いつもの後ろの席へ向かう。デクランがジェイムズにうなずくのを眺める。ジェイムズは自分の席でヘイゼルと雑談し、ヘイゼルは大声で笑ってる。デクランは自分のスツールにひょいとすわると、スマホを出してさっと画面を確認する――たぶん、ぼくからのメッセージを待ってる。ラッキーからの。

〝いいね〟。

ぼくはキャンバスに向きなおる。うおお。心臓がどうにかなりそうだ。なんとか深呼吸し、空気で胸をふくらます。デクランに会ったくらいで浮かれてる場合じゃないのに、浮かれてる。自分に言い聞かせる。デクランが好きなのはラッキーだ。ぼくじゃない。

本鈴が鳴り、話をやめて席につきなさい、とジルが呼びかける。ぼくは自分の作業場とキャンバスを離れる。デクランはジェイムズとマークとヘイゼルとすわり、その隣のテーブルにマリソルとリアがいる。エズラはまだ来てない。あの〝コニーアイランドの大惨事〟のあとじゃ、マリソルの隣にすわる気にはとうていなれないけど、あいてるのはマリソルの両脇の二脚だけだ。

マリソルはテーブルに近づくぼくを無視する。ぼくはスツールをつかみ、マリソルからできるかぎり離れてデクランのテーブル寄りにすわる。デクランはほとんどぼくを見ない。

「あたしの近くに来るなんて驚き」マリソルがリアに言う。「あたしって、とんでもなく無知な偏屈者なんでしょ?」

リアが椅子の上で気まずそうに身じろぎする。

ジルがまぶしい笑顔で話しはじめる。「最初に、みなさんにお知らせがあります。今年も夏期ギャラリー展の開催が決まりました。わたしを含む講師陣で応募者全員から一名を選びます。わたしにとってもすばらしく光栄な機会です」

ぼくはテーブルを見つめる。ギャラリーということばが出ただけで、妙に意識してしまう。ギャラリーにあったぼくの昔の写真や名前を思い出して、みんながこっちを見てるかのように。ジルがインスピレーションとその源について講義しはじめるのを、上の空で聞く——右をマリソル、左をデクランにはさまれて、集中できるわけがない。

必死に我慢しても、ついデクランを見てしまう。いい絵だとわざわざ伝えにきておいて、いまはぼくをちらりとも見ない——にらみつけすらしない。そりゃそうだよな。デクランにとって、ぼくはただのフィリックス。自分をきらってるウザいやつなんだから。

「あたしが大ばか者ならさ」マリソルがリアにささやく。「なんであたしの近くに来たがるわけ？　ちょっと信じらんないんだけど」

「はいはい、わかったから」リアがぼそっと言い、マリソルの小言を振り払うかのように両手を振る。「落ち着こうよ」

デクランはまっすぐ前を向いてジルの話を聞いてる。マリソルにはこわくて何も言えない。ぼくがしゃべるのを聞いたら、デクランはぼくの声に気がつくだろうか——ぼくがラッキーだと気づく？

マリソルが、カンベンして、と言いたげな顔で教室の前方に向きなおる。ジェイムズが首をひねってデクランに何かささやき、ぼくはうらやましくなる。ぼくもデクランと話したい——あんなふうに気軽に話しかけたい。調子はどうかと声をかけ、コニーアイランドでの出来事を話して意見をもらい、マリソルに対してどうふるまえばいいのか、もうかかわるなと言うべきかどうか尋ねたい。

信じられない。デクランはぼくを愛してると言った。

デクランに目が釘づけになる。ジルの話を聞きながら、眉間にしわを寄せてる。いまはじめて気がついたけど、デクランには、一方の耳のほうがよく聞こえるかのように頭をやや傾ける癖がある。教室にあふれる黄色い日差しに照らされて、茶色い髪の毛よりまつ毛のほうが赤っぽく見える。光のなかでも、目は黒に近い焦げ茶色だ。顔の骨格のわりに鼻はとても繊細で、がっしりした顎は角張ってる。口……唇は、わずかに開いてる。そんなことに気がつくなんて恥ずかしい。唇ってことばでさえ、すごく……。

デクランがまつ毛をあげてぼくを見やり、ぼくはデクランをガン見してたことに気がつく。デクランが怪訝な顔をする。〝なんだよ?〟とでも言いたげに。そして、実際に言う。イラついた、低くうなるような声で。「なんだよ?」

息が喉につかえる。声を出すのはやっぱりこわいし、そうじゃなくても何も言えなかっただろう。ぼくは首を横に振って姿勢を正し、講義が終わるまでジルだけを見つめつづける。耳を傾けるふりをしつつ、デクランが放出してるらしい熱が気になってしかたない。

思いきって言っちゃおうか。いますぐデクランに顔を向け、ぼくがラッキーだと言ったら?

永遠にきらわれておしまいだろう。

だけど、デクランはぼくが好きなんだ。だったら、ぼくがどんな名前だろうが、スマホで話そうが実際に会って話そうが、ぼくという人間が好きってことだ。よな？
ふたりきりで話せないかな——真実は告げずに、ぼくのことが好きだと、ひょっとして愛してさえいると、デクランに気づかせる方法があるかも。ぼくがラッキーだという事実を隠し通したまま。

昼休みがはじまるころ、風邪をひいたから休むとエズラから連絡が来る。何か持っていこうかときくと、何もいらないと言って断られる。

近づくな。うつったら困る。

セント・キャサリンで、ぼくがエズラ抜きでいるのはめずらしい。エズしか友だちがいないことに気がつくのはこういうときだ。いっしょに行動したり話したりする相手がだれもいないなんて、情けないとすら思う。

スマホが振動し、エズラだろうかと期待する。気が変わったのかも——チキンウイングとフライドポテトか何かを持ってきてほしいのかな。ところが、通知はインスタグラムからだ。心臓が大きく跳ねはじめる。

追いかけまわす友だちがいなくて、ひとりぼっち？

だれもおまえと話したがらないのには、わけがあるんだよ。

情けないやつ。男のふりなんかしちゃってさ。


なんだよ、これ。

手が震える。スマホを投げつけたい衝動を抑える。このくそ野郎、どうしてぼくをほうっておかない？　しかも——どうなってるんだよ。こいつ、いまここでぼくを見張ってるのか？

顔をあげ、駐車場にたむろするグループの面々を見まわす——ロビーの引き戸のそばの数人、煙草を吸ってるマリソル。木陰にも何人か立ってる。ほぼ全員がスマホを手にしてる。だれが送ったとしてもおかしくない。

あきらめてエズラのアパートメントに行こうかと思ったとき、リアが隣に顔を出す。

「みんなで〈ホワイト・キャッスル〉へ行くけど、来る？」


タイラー、ナシーラ、ヘイゼルと合流し、駐車場を出てひび割れた歩道を歩く。チキンウイングの骨がはいった箱や、そよ風に揺れる付け毛の塊をよけながら——すると、タイラーがその塊を引っつかんでナシーラを追いかけまわす。ナシーラは悲鳴をあげて逃げまわり、タイラーはけらけらと笑う。

リアが顔を引きつらせる。「めちゃキモ」

「タイラーがあれを持ち帰ってコラージュに使うに十ドル」ヘイゼルが言う。

「そんな賭けしないよ」リアが言う。「百パー持って帰るに決まってるもん」

「ポートフォリオは進んでる?」ぼくはリアにきく。アクリル画を履修するように言われて、リアが不満がってたのは知ってる。ほんとうは、夏期講習中に写真を極めて大学受験に備えたかったんだ。

タイラーがナシーラを追いかけるのをやめる。ふたりは曲がり角でぼくたちを待ち、いっしょに歩きはじめる。付け毛がタイラーのポケットからぶらさがってる。

リアは肩をすくめる。「まあまあかな。完璧にはならない。自分が作るものすべてを完璧にしたいっていう欲求を乗り越えなきゃね。でも悔しいよ、もっとよくなると自分でわかってるから。まあ――わたしのポートフォリオは、フ、ィ、リ、ッ、ク、スのに比べたら全然たいしたことないけど」

「ん? なんで?」

「フィリックスの絵はいつも最高だから」

ヘイゼルがあきれた顔をする。「てか、怒らないでほしいんだけど、あたしはフィリックスがそこまですごいと思わないな」

平手打ちを食らった気分だ。ナシーラが片方の眉をあげる。「どう思ってるか言ってみて」

ヘイゼルがつづける。「フィリックスのポートレートはうまいけど、何も感情が伝わってこないんだよね」

　ぼくはむきになる。「そっか。教えてくれてどうも」

「ただの個人的な意見だよ」ヘイゼルが言う。

「きみの意見は求めてないけど、わかったよ」

「怒ることじゃないよ。批評や批判にはそろそろ慣れておくべきでしょ、アーティストとして成長したかったら」

「ああ、だけど、〝すごくない〟はまともな批評とは言えない」ぼくは言う。ほかのみんなはだまってる。ぼくは平静を装って目をそらす。「別にいいけど。ぼくは気にしないから」そう言ってはみるけど、完全に嘘だ。ほかの人が自分の作品をどう思うか気にならないわけがなくて、ヘイゼルのコメントはグサッとくる。肘の弱いところを打ちつけたときのようにじんと響く痛みだ。

「怒らせるつもりはなかったんだ」ヘイゼルが言う。「ただ、みんな決まり文句みたいに〝フィリックスはすごい〟って言うから、聞き飽きちゃったんだよね。そもそも、どういう意味なわけ？　そう言われたところで、アーティストとして成長する助けになる？　あたしたちは自分の作品や才能にうぬぼれちゃいけないんだよ。もっとうまくなるために挑戦しつづけないと」

　ヘイゼルはまちがってない。そういうことは授業中に言ってほしかったと思うだけで。お互いの作品を批評し合う前提で、心の準備ができてるときなら――それか、ふたりだけで話して

るときなら、こんな気まずい気分にならなかったのに。つぎの瞬間、ヘイゼルの放ったことば

にぼくは立ち止まる。

「なんでもいいけど。あたしとしては、ほんとうのことを言ったほうがいい気分だからさ」

〝おまえにほんとうのことを教えてやると気分がいい〟。真実を話すべきだと考える人なら、いくらでもいるけど――これはまさに、grandequeen69がインスタグラムでぼくに言ったことじゃないか。恥ずかしさが痺れに変わっていくなか、ぼくは眉を寄せてヘイゼルを見る。まさか、ヘイゼルだったのか？　そんな可能性は考えてもみなかったけど、ぼくの作品にうんざりしてぼくの鼻をへし折りたかったか――あるいは、ほんとうにあのギャラリーを正当な作品だと考えていたのか。ヘイゼルならやりそうかもしれない――芸術のための芸術、自分の作品が他人に及ぼしうる影響は顧みない……。

みんなを先に行かせるために立ち止まると、リアがぼくといっしょに残る。戸惑ったように片方の腕をもう一方の手でつかみ、だいじょうぶかとぼくにきく。「ヘイゼル、あんな意地悪な言い方しなくていいのにね」

ぼくはうなずく。いろんな考えが渦巻いて、頭がぼうっとする。

「コニーアイランドのこと、大変だったね」リアが言う。話題が変わったことに、ぼくは少し遅れて気がつく。「最近のマリ、どうかしてる。お父さんとうまくいってないのは知ってるけど……」

ぼくは知らなかった。知る必要があるのかもわからない。自分が大変な思いをしてたら、他人をひどく扱ってもいい？　マリソルも人間なんだとリアに教わり――リアの目からこれまでの出来事を見たときの一種のアンチヒーローとして、マリソルをとらえる必要があるだろうか。ぼくたちはだれでも過ちを犯す。過ちから学んで成長するチャンスはみんなにある。一方でぼくたちには、過ちを犯した相手を許すか許さないかを決める権利もある。ぼくは、マリソルを許さないという選択をしたんだ。

「いいんだよって言うべきなのかもしれない」ぼくは言う。「でも、よくないんだ」

リアはうなずく。「うん、そうだよね。それでいいと思うよ」

プライドのサインを掲げたバーが立ち並ぶ通りを横切る。リアがマーチに行くつもりかとぼくに尋ねる。「エズラがわたしとオースティンを誘ってくれたの」

それを聞いて、ぼくの心臓がなぜかびくっとする。「そっか。ぼくは行かない、マーチはあんまり好きじゃなくて」

「えーっ？」リアが驚きに目を輝かせて言う。「なんで？　わたしはマーチ大好き。企業がたくさん参入してくるのはいやだけど、みんなすごくハッピーになれるし、他者と自分への愛をたたえる最大のお祝いで、思いきりクィアになれる年に一度の機会だよ――まあ、一年じゅう思いきりクィアでいちゃいけない理由もないけど、言ってる意味わかるでしょ」

リアの目があんまりうきうきしてるので、ぼくは思わず笑い声を漏らす。「エズラみたいな言い方だな」

　タイラーの発言に笑うみんなを眺めながらだまって歩くうちに、リアの顔から笑みが消える。

「マークのスマホを見たよ」リアが小声で言う。「いくつか永遠のトラウマになりそうな写真があった以外、何も見つからなかった。インスタグラムのアカウントすら持ってない」

　この焦りや落胆に慣れるべきなんだろうけど、やっぱり胃が重くなる。いまはヘイゼルが怪しい気がしてると、リアに話すべきだろうか。そう考えながら、ふいにどっと疲れを感じる。ギャラリーの犯人を突き止められるとは思わないし、探しつづけるのにも疲れた。リアがセント・キャサリンの生徒全員のスマホを調べたとして、結末は見えてる気がする。「でも、ありがとう」

「マリソルのスマホを調べるべきかな」リアが言う。「自分ではやってないって言ってるけど──前例があるしね。マリソルじゃなくても、だれがやったのか知ってるかも。だれかとメッセージでその話をしたかもしれない」

　ぼくはためらう。「ギャラリーの犯人は見つからないと思う」

　リアが立ち止まる。ぼくは振り返ってリアを見る。

「あきらめないよね？」リアが言う。「あきらめちゃだめ。まだはじめたばっかだよ。一カ月かかるかもしれないし、数カ月、一年かかるかもしれない──でも、わたしが絶対に見つける」

　一瞬口をつぐむ。「それがこわいんなら、やめとくけど」

「え？」

「だれが犯人かを知るのがこわいのかなって」リアは肩をすくめる。「わたしもちょっとこわいんだ。面と向かって対立するのは苦手だから」

「どうだろう。ここまで大騒ぎする意味はないような気がするんだ」

「エズラが味方になってくれる」リアが言う。「わたしも味方だよ。だから、その悪党を捕まえようよ。ね？」

ぼくが思わず笑みをこぼすと、リアは歩きながらぼくの腕に自分の腕をからめる。〈ホワイト・キャッスル〉は給油所の隣にある。ほかの生徒が数人、お菓子の袋やソーダを手に駐車場でつるんでる。デクランの姿が目にはいり、鼓動が速くなる。給油所の壁にもたれて、ジェイムズとマークと話してる。タイラーが三人に歩み寄り、マークと何かの話で笑いだすあいだ、ジェイムズがヘイゼルのあとについて〈ホワイト・キャッスル〉にはいっていく。リアはぼくににっこりと笑い、急ぎ足でふたりを追いかける。

ぼくは躊躇する。やめておくべきだよな。いや――ダメダメ、絶対にやめておくべき、どう考えても。そうわかってるのに、ぼくは駐車場を横切ってゆっくりとデクランに近づく。デクランは、マークとタイラーから離れてひとり木陰に立ち、スマホを出してインスタグラムを見てる。ぼくが目の前で立ち止まると、顔をあげて面食らった表情を浮かべる。

ぼくを見つめるデクラン。

デクランを見つめるぼく。

デクランが片方の眉をあげる。「何か……？」

なんて言おう。うっわあ。ヤバいぞ、何を言えばいいのかさっぱりわからない。

デクランの眉間のしわが険しくなる。「なんか用？」

ぼくははっとする。いまになって当然の事実を思い出した――声を出したら正体がばれるかもしれないんだった。電話越しにはわからなくても、その声が実際にぼくの口から出てくるのを聞いたら――何かがピンときて、ぼくがラッキーだと気がつくかもしれない。

だとしても、いまさら引き返せない。口を開き、ことばが出てくるように祈っても、何も起こらない。

デクランの顔が〝なんだこいつ〟と言ってる。突っ立ってるぼくを残し、〈ホワイト・キャッスル〉にいるみんなのもとへ向かうつもりなのか、壁から背中を離して――

「ありがとう」ぼくは口走る。

デクランが立ち止まる。「なんのことだ」

「きみがさっき言ったこと」ぼくは唾をのむ。「ぼくの絵を見て〝いいね〟って」

デクランがにやりとする。「そんなにおれに認めてほしかったのか」

「認めてほしいわけないだろ」ぼくはぶっきらぼうに言う。

デクランがハハッと笑う。ぼくが電話越しに聞いて大好きになりはじめてる、あの笑い声。

「そりゃそうだよな、フィリックス」

ぼくは息を吸いこむ。「やさしいなと思っただけだ」ぼそりと言う。

「ああ。信じられないかもしれないが、おれもたまにはやさしくなれるんだ」

ぼくは腕を引っかく。「信じるよ」

ぼくの悪態を待ち構えるかのように、デクランは少し目を細める。そうだよな。当然だと思う。いつものぼくなら、ここぞとばかりにデクランにけんかを吹っかけてるところだ。変なの——違和感ありまくりだ。デクランをどう攻撃しようか考えるかわりに、面と向かってまともな会話を試みてるなんて。

「それじゃ」デクランがぼくを見つめたままゆっくりと言う。「みんなのところへ行くよ」

落胆が押し寄せてくるのを感じるけど、しかたがない。デクランにとってぼくはフィリックスでしかなく、ラッキーじゃないんだ——しかも、いまのフィリックスは挙動不審すぎる。ぼくがうなずいてさっと横にずれると、デクランはマークとタイラーのもとへ歩きだす。首をひねってぼくを見るデクランの眉間には、まだ深いしわが刻まれてる。


その晩、電話をかけてきたデクランは、きょう自分をきらってる男の挙動が怪しかった話をしない。ぼくは内心、話してくれたらと思ってた——デクランがぼくのことを考えてるという、じゃなくて。

なんらかのしるしがあればよかった。ほんとうのぼくのこと。フィリックス。ラッキーだけ

だけど、フィリックスの話はいっさい出てこない。ぼくはいま、自分のアパートメントの寝室にいる――エズラのうちに寄ってチャイムを鳴らしてみたけど応答はなく、メッセージにも返事はない。口で言うよりずっとぼくに怒ってるのか、ほんとうにひどい風邪をひいただけなのかはわからない。学校でオースティンに尋ねたら、エズラはしばらくひとりになりたいのかもと言われた――それって、全然不吉じゃないよな、全然。

「だれも知らないきみの秘密ってある？」デクランがきく。

一瞬考えて、すぐに思いつく。「下書きフォルダに四百七十六通のメールがたまってる」

沈黙が流れる。

「ハロー？」

「すまない」デクランが言う。「四百七十六通だって？」

ぼくは思わずにやっとする。「うん。変かな？」

「うーん――まあ、だれにでも変わった癖はあるから……」

「変だと思ってもいいよ」

デクランは笑う。「批判めいた言い方はしたくない」

「自分でも多いと思ってる」

「なんでそんなに大量の下書きがあるんだ？」

「それはね」ぼくはひと呼吸置いて言う。「全部母さんに宛てて書いたメールなんだけど、送ってないからなんだ」

デクランの笑みが消えるのを、手にとるように感じる。「なんで送らない？」

ぼくは少し考えて、適切なことばを組み立てようとする。「ぼくが十歳のとき、母さんは父さんと別れて、フロリダで新しい生活をはじめたんだ。いまのほうが幸せなんだよ——昔の人生よりいまの人生のほうが大切で、ぼくの電話やメールには返事をくれない……きっと、ぼくをもう愛してないいんだろうね。だけど——ぼくは母さんが恋しいんだと思う。だからいつも、日々の出来事をなんでもメールに書くんだ。そのうち全部いっぺんに送りつけて、母さんの受信トレイをバグらせようかな」ぼくは強引に笑う。

デクランはそっと言う。「お母さんがきみを愛さないなんて、信じられないけどな」

肌にぬくもりがひろがる。ぼくは微笑み、手で顔を覆う。「きみのは？」

「おれの最大の秘密？」

「うん」

デクランは、ぼくよりずっと長いあいだ考えこむ。沈黙のなか、皮肉なめぐり合わせだなと思う。つい二週間前、ぼくはデクランの最大の秘密を暴こうと必死だった。それを利用し、デクランがぼくを傷つけた（とぼくが思いこんでた）のと同じ方法で、デクランを傷つけようとしてた。いま、デクランの秘密を知りたいと思うのは、デクランのことをもっとよく知りたいから。ぼくもデクランを好きになりかけてる気がするからだ。

「父親に」デクランが言う。ぼくは指のあいだでベッドシーツをいじる。「おれは父親に勘当されたんだ」

息が止まる。上半身を起こす。

「ラッキー?」デクランが言う。「聞いてる?」

ぼくはうつむく。「なんで?」

「彼氏がいると言ったら――エズラのことを話したら」デクランは言う。「父親に縁を切られた」

胸が苦しい。涙がこぼれだすのを感じる。

「もともと仲がよくなかった」デクランは言う。「昔からひどい人でさ。すぐ暴力に走るんだ。身体的にではなく、精神的に。おれは役立たずだって気分にいつもさせられた。おれの母親に対しても同じだが、母さんは抵抗しない。父親の言いなりだ。おれが追い出されたときも味方してくれなかった。しばらく立ちなおれなかったよ。いまも立ちなおってる途中なんだと思う。ばかげてるのはわかってる――あれだけ傷つけられて、自分にとってよくない存在だとわかってるのに、それでも父親に愛されたいと思うんだ。むちゃくちゃだよな。いまは、北部のビーコンで祖父と暮らしてる――シティとの往復は時間がかかるから、平日はできるだけだれかのうちに泊まってるよ」

「つらかったんだね」ぼくは言う。それしかことばが見つからない。「そんなことになってほんとうに残念だよ」

ぼくは父さんに腹を立てる。名前を呼んでくれなかったり、プロナウンをまちがわれたりしたときは、ものすごくイラッとする。だけど、自分がトランスだから父さんに勘当されるかもしれないなんて考えたことは一度もない。そんな不安を知らないぼくは幸運だ。

「いいんだ」デクランが言う。「おじいちゃんと暮らしはじめてから、前よりうまくやってる。いま問題なのは、父親がおれの学費や何もかもを払う予定だったことだ。自分で自分の面倒を見る方法を考えないといけなくて、おじいちゃんには頼れない——貯金を崩してやりくりしてるから。おれのために家を売ると言ってくれてて、もちろんすごく助かるんだが、そうはさせられない。おじいちゃんにとって大事な家なんだ。自分でどうにかしなきゃな。贅沢な悩みなのはわかってる」

知らなかった。エズラも知らなかったはずだ。でなきゃ、ぼくに話してたはずだから。ぼくたち三人でつるんでたときも、デクランは自分の考えや気持ちをめったに口にしなかった——でも、まさかこんな。泣き声を聞かれないように、ぼくは顔からスマホを離す。口も手で覆う。それでも、デクランは気がつく。

「泣いてるのか」

ぼくは何も言わない。息もできないほど泣いてる。

「おれのために泣くのはよしてくれ。お願いだ。おれの父親はひどいやつだし、たしかに傷ついた――でも、これでよかったんだよ。通学時間が長いのはいやだが、おじいちゃんは最高だ。ほんとうさ。ただ言ってるだけじゃない。おれは幸せなんだ。な？」

ぼくはうなずく。涙にむせながらことばを絞り出す。「うん」

しばらく、ふたりとも何も言わない。デクランはぼくが落ち着くのを待ってるのかもしれない。数分してぼくは泣きやみ、また息ができるようになる。すっかり鼻声になってる。「それでエズラと別れたの？」ぼくはきく。

デクランは何かをめくってるらしい。紙のすれる音が聞こえる。「まあ――そうだな、あれにはかなり打撃を受けたから、新しい環境でどうやっていくか考えるための時間が必要だったと思う。でも、理由はそれだけじゃない」デクランはため息をつく。「前に言ったことは嘘じゃない。おれがエズラを思うほど、エズラがおれを思ってないのはわかってた」

ぼくはかぶりを振って顔をしかめる。デクランは前にも、エズラに好かれてなかったと言ってたっけ。「なんでそう思ったの？」

「エズラは親友のことが好きなんだ」デクランは言う。「あいつだよ、フィリックスだ」

18

土曜日の夜、エズラからメッセージが届き、どうしても遊びたいとせがまれる。

やっと風邪が治ったからお祝いしようぜ。

エズラの名前がスマホに浮かびあがったとたん、頭がデクランの声でいっぱいになる。〝エズラは親友のことが好きなんだ。あいつだよ、フィリックスだ〟。

はじめ、デクランは冗談を言ってるんだと思った。だから、ぼくはきいた。「冗談だよね？」

「いいや」デクランは言った。「ほんとうだよ。フィリックスを見るエズラの目つきを見たことないか？　捨てられた子犬みたいにフィリックスのあとをついてまわるところは？」

ちがうと指摘したかった。エズラは捨てられた子犬みたいにぼくのあとをついてまわったりしない――その逆だ。セント・キャサリンで、ぼくにはエズラしか友だちがいない。太陽に引きつけられるように、みんながエズラに群がってる。ぼくは反論したいのを我慢した。そんなことをすれば、デクランはすぐぼくの正体に気づくだろうから。

デクランはつづけた。「おれたちは三人とも同じ時期に仲よくなった。時間が経てば経つほど、エズラはますますフィリックスに惚れていったんだ。単純な話だよ」

エズラのメッセージを見つめる。デクランが正しいわけがない。エズラは、だれと付き合いたいとかだれが好きかとかいう気持ちを隠さない。実例その二、オースティン。エズラのアパートメントでのパーティー以来、エズラはあいつにべったりだ。ぼくのことが好きなら、なんでオースティンと付き合う？　ぼくに何か言ったはずじゃないか。デクランは勘ちがいしたか、自分の気持ちが離れたので別れる言い訳がほしかっただけだ。

そんなようなあれこれを、ぼくは自分に言い聞かせる。頭の後ろではこんな声がしてる。デクランの言うとおりだったら？　エズラはぼくを好きなのか？

スマホでメッセージを打ち、エズラのアパートメントに行けばいいのかと尋ねる。エズラの返事はノーだ――〝ストーンウォール〟で待ち合わせたいらしい。

うめき声をのみこむ。〈ストーンウォール・イン〉？　マジ？　プライド月間がはじまって十日目、今夜はきっと混んでる。数年前、あの場所はぼくの憧れだった。マーシャ・P・ジョンソン〔一九四五－一九九二。LGBTの人権活動家でドラァグクイーン。LGBTの若いホームレスらを支援する団体STAR（Street Transvestite Action Revolutionaries）を設立〕やシルヴィア・リヴェラ〔一九五一－二〇〇二。LGBTの人権活動家でドラァグクイーン。ジョンソンとともに活動〕といった有色人種のトランス女性たちが中心となって暴動がはじまった場所――プライドパレード発祥の地。でも、実際に数回行ってみて、自分はパーティー向きじゃないんだとすぐにわかった。人混み、大音量の音楽、べとつく床。観光で来てるストレートの白人女子たちは、ぼくが、というかぼくの存在が邪魔なのか、うっかりぼくを肘で小突く。年上の怪しい男たちは、飲み物をおごってあげると言い寄ってくる（まあ、飲み物はもらったよ。無料のビールを断るやつなんていないよね？）……こういうの、ぼくはたいして楽しいと思わない。

だけど、プライド月間の何もかもを愛するエズラにとって、〈ストーンウォール・イン〉ははずせない存在だ。うちを出てクリストファー・ストリートに着くころには、建物の外に行列ができ、ぼくの前に並んだ女の子たちが楽しげに笑ったりしゃべったりしてる。列はすぐに進む。マルディグラ〔謝肉祭の最終日に開かれるお祭り〕のビーズの首飾りとチュチュを身につけた、禿げ頭で屈強な体つきの警備員がぼくの偽造IDを受けとり、ぼくの顔はちらりとも見ないで手首にスタンプを押す。なかにはいると、ディスコライトがくるくるとまわり、小さなステージでドラァグクイーンがマライア・キャリーを歌い、裸の上半身をラメだらけにした若い男たちが歌詞をいっしょに叫んでる。超満員のフロアをかき分けてバーを通り過ぎ、二階へあがる。

二階の照明は薄暗く、音楽ががんがんに鳴り響いてる。客がジャーニーの曲に合わせて跳びはねる。スポットライトの光のなかに、見つける――フロアのど真ん中にいるエズラ。歌詞を叫び、髪を振り乱し、シャツは行方不明、顔じゅうに笑みを浮かべてる。少し酔ってるんだろうか。

〝エズラは親友のことが好きなんだ。あいつだよ、フィリックスだ〟。

オースティンがいて、デクランの言ったことがまちがいだとたしかめられたらいいのに。でも、どこにも姿は見えない。ジャンプしてる人たちを押しのけて、エズラの肘を引っ張る。くるりと振り向いたエズラの目は見開き、瞳孔が大きくひろがってる。音楽がうるさくてよく聞こえないなか、エズラはぼくの名前を叫び、ぼくの両手をとって踊りだす。ぼくはダンスがきらいだ——みんなに見られてる感じがするし、すごく不格好に思えて自分を解放できない。エズがふらついて転びそうになり、ぼくに寄りかかる——ミントとワインのにおい。まだ十一時だぞ。なんでこんなに酔っぱらってる？

「水飲む？」ぼくは大声で言う。

エズラがうなずくので、ぼくは人々を押しのけてバーへ向かう。手をつかまれて驚くと、エズラがぼくについてきてる。

ＤＪとスピーカーからいちばん遠い隅に移動する。大声を出せばお互いに聞きとれる。エズラが尻のポケットからシャツを引っ張り出し、頭からぐいとかぶる。シャツで隠れる前に、ぼくはエズラの腹筋をちらりと見る。それに気づいたエズラはにやりとするけど、何も言わない。

「おまえが来ると思わなかった」

「来ないところだったよ。〈ストーンウォール〉が苦手なのは知ってるだろ」

グラス一杯の水を二本のストローで分け合う。

「オースティンは？」ぼくは叫ぶ。

「ん？」

「オースティンだよ——どこにいるの？」

「ああ」エズラは言う。「もう別れた」

〝エズラは親友のことが好きなんだ。あいつだよ、フィリックスだ〟。

「え？　なんで？」

エズラは肩をすくめる。「さあな。その話はあとでいい？」

「うん――いいよ」そう答えるけど、ぼくがいま聞きたいのはその話だけだ。

顔を寄せ合って水を口に含む。エズラが飲みながらまじまじとぼくを見る。

「なんだよ？」ひと息つき、顔を離しながらぼくは言う。エズラはぼくに恋なんかしてない。

エズラがぼくを好きだなんて、ありえない。

エズラはぼくを見据えたまま首を横に振る。「別に。おまえがおれの友だちでいてくれて、ほんとにラッキーだなって思ってるだけ」

ああ、すごく酔ってる。「いまの酩酊(めいてい)度はどれくらい？」

「そんなに酔ってない」エズラはむっとして言う。ぼくが眉をひそめると、エズラはやれやれと言いたげな顔をする。「ここに来る前、親のところでシャンパンをひと瓶」

ぼくは目を細くしてエズラを見る。「自分のアパートメントにいるんだと思ってた。具合が悪いんじゃなかったの」

エズラは肩をすくめる。「ブルックリンに少し疲れたんだ。気分を変えたくて、親のペントハウスに帰ってたんだよ」

ぼくは顔をしかめる。なんとなく、〝ブルックリン〟は〝ぼく〟だという気がする。ぼくがまだデクランと話してるのをそんなに怒ってた？　オースティンと別れたことをどうしてだまってた？

〝エ、ズ、ラ、は、親、友、の、こ、と、が、好、き、な、ん、だ〟。

音楽がBTSに変わる。ありとあらゆる色が点滅しはじめる。群衆がわっと歓声をあげる。

「うわあ、おれこの曲大好き」エズラがくるりとまわる。「いっしょに踊ろう」

「でも――」

「いっしょに踊ってよ！」

「ダンスは下手なんだ」

「自意識過剰だって」エズラはそう言ってぼくの額をつつく。

エズラが手を差し出してぼくを待つ。エズラの言うとおりなのはわかってる。何もしないでいるのにはうんざりだ。ただ脇にすわってみんなを眺め、自分も輪に加わりたいと思いながら、こわくて飛びこめずにいるのには。〈ストーンウォール〉で踊るくらいたいしたことじゃないかもしれないけど、何もしないよりましだ。ぼくが手をつかむと、エズラはぼくを引っ張って群衆のなかへ分け入り、リズムに合わせて跳びはねだす。ひっきりなしに笑いながら、ぼくをくるりと回転させる。ぼくの腰に両手を置き、体を近づける。また曲が変わる。さっきよりスローな、ベースが低く響く曲。照明がいっそう暗くなる。エズラが身をかがめ、ぼくの肩に頭を載せる。

「いやじゃない？」エズラがぼくの耳もとできく。

嘘だろ。エズラはぼくが好きなんだ。デクランは正しかった。エズラはほんとうにぼくを愛してるのかも。

声がひび割れそうな気がして、ぼくはただうなずく。エズラがさらに体を近づける。お互いの体にふれたことなら前にもあるのに――ハグなら何千回もしたし、添い寝もするし、ほぼ毎日くっついて過ごしてるのに――いまぼくに密着してるエズラの体は、いつもとちがう感じがする。心臓の鼓動がわずかに加速する。エズラがぼくの肩から頭を離し、食い入るようにぼくを見つめる。エズラにとってはこれがごく自然で、こんなふうにぼくと目を合わせつづけても、まったく苦じゃないかのように。何かに気づいたけど、それがなんだかわからないかのような顔でぼくを見てる。

つぎの曲がかかる。ぼくはエズから体を離し、バーへもどる。エズラもついてくる。ぼんやりした目つきだ。

「もっと水飲みなよ」ぼくはエズラのほうへグラスを滑らせる。

「ああ」エズラはぼそっと言う。「そうだな」

その夜、ぼくたちはもう踊らない。スツールに腰かけ、ほかの客たちが音楽で盛りあがったり、笑ったり、いちゃついたり、ダンスフロアを行き来したりするのを眺める。エズラのアパートメントに泊まるかどうかきかれて、ぼくは迷う。なんだか照れくさい。さっきの心臓がどきどきしだす感じや、ぼくの腰にふれるエズラの指の感じが好きだった……突然、すべてが一変したみたいだ。

ぼくはイエスと答え、ふたりでドアから夏の熱気のなかに出る。〈ストーンウォール〉の前の通りは全面通行止めになってる。マーチに向けてたくさんの出店がレインボーカラーのありとあらゆる品物を売り、観光客がぶらついたり自撮りしたりしてる。ぼくたちは無言で歩く。無言で電車に乗り、並んですわる。若者たちが叫ぶ。「イッツ・ショータイム！」音楽を流し、宙返りをして手すりのまわりをくるくるとまわる。

ブルックリンで電車をおり、エズラのうちに向かう。路上駐車の列や、そよ風にはためく黒いごみ袋の山の横を通りながら、ぼくは思いきって言う。「オースティンと何があった？」

まだその話はしたくないらしい——髪に手を差し入れ、もつれた巻き毛をほぐそうとするしぐさでわかる。「なんだろうな。あいつのことはそこまで好きじゃなくて、いま終わりにしたほうがいいと思ったんだ」

「なんで言ってくれなかったの？」ぼくはきく。「その——そんなに怒ってる？」

エズラが目を見開く。「怒ってるって？」

「そうだよ」ぼくは口ごもる。「デクランのこと」

エズラは片方の肩をひょいとあげる。「別に怒ってたわけじゃない。傷ついた、かな。でも、怒ってはいない」

ふたたび、沈黙が訪れる。

「正直言うとさ」エズラが言う。「しばらく頭がどうにかなりそうだったよ。おまえらがふたりで何話してんのかなって想像して。おまえはおれよりあいつのほうが好きなのかって考えて。すっかり……裏切られた気がしてた」大きく息を吸いこみ、頭の後ろで両腕を伸ばす。「けど、それってすごく幼稚だと思ったんだ。おまえはおれのものじゃない。そんなふうに感じたおれがばかだった」

エズラのアパートメントに着き、階段をあがる。ここに来るのは数日ぶりだ、つい二週間前までわが家同然だったのに。エズラにドアをあけてもらってなかへはいり、懐かしく心地いい空間に浸る——ところが、ドアのそばで靴を脱いで顔をあげた瞬間、ぼくは二度見する。クリスマスの白いイルミネーションはまだ壁にかかったまま、ちらちらと柔らかな光でアパートメントを照らしてる。でも、マットレスがない。テレビの向かいの壁沿いには巨大なソファが置かれてる。おまけに、ランプの載ったエンドテーブルまで。

エズラがぼくの顔を見てにかっと笑う。「イケアに行ったんだ」

ドアがぼくの後ろで閉まる。ぼくはそろそろとソファへ歩み寄り、すわり心地をたしかめる。腰が二インチくらい沈む。めちゃくちゃ柔らかい。

エズラはにやにやしてる。「いいだろ?」

「マットレスは？」

「寝室。ベッドフレームはまだ買ってない」

ソファの灰色の生地に手を滑らせる。ベルベットみたいだ。あーあ。エズラの人生の大切な記念日を見逃した気分。「会いたかったよ」ぼくは言う。

エズラはキッチンのカウンターにもたれ、ぼくを見る。

「ああ。おれも」

「ぼくとデクランは――別にたいしたことは話さない。ほとんどくだらない話だ。それから……」ぼくは口ごもる。デクランのお父さんの話――勘当されたこと――は、デクラン本人が語るべきことだろう。何があったか、ぼくからエズラに話すべきじゃない。「それから、ときどきぼくの母さんの話もする。それだけだ」嘘をついてる罪悪感を無視しようとする。

白い光に茶色い肌と黒い髪を浮かびあがらせ、エズラがこっちへ来る。ぼくの隣にすわる。

「おれが別れようと言ったら、オースティンは激怒してた」

「ああ」なんて言えばいいのかわからない。「何があったの？」

エズラは憂鬱そうな声を漏らす。「最悪だった。きのうの夜、〈オリーブ・ガーデン〉に行ったんだ。夕食か何かに連れていって別れを切り出すのがいいと思ってさ。それに、できるだけやさしく話したよ。オースティンはキュートだし、すごく好きだけど――うまくいかないと思うって言ったんだ。そしたら、オースティンは泣きだした。思わせぶりな態度をとったくせにってさんざん言われて、ブレッドスティックを投げられた」

ぼくは噴き出しそうになる。唇を噛んで耐える。「オースティン、ブレッドスティックを投げたんだ?」

エズがぼくをにらむ。「笑えないって」

ぼくはうなずき、がんばって顔をしかめる。「だよね。ごめん。笑えない」

つかの間の静寂のあと、ぼくの鼻がぷっと鳴る。エズラは咳払いして笑いをごまかしてるけど、お互いに目が合ったとたん、ぼくたちはどっと笑う。笑いだしたら、もう止まらない。

「ブレッドスティックは傑作だよ」ぼくは言う。

「だろ? 踏んだり蹴ったりだったよ」

エズラが目をぬぐい、両手で顔を覆う。笑い涙であってくれ、とぼくは真剣に願う。「なんだかな」エズラはくぐもった声で言う。「ほんとうはいやなのに、無理してオースティンと付き合ってる気がしてた。最低な気分だよ。あいつはほんとうにおれを好いてくれてたみたいだし、それに……」

エズラが両手をおろし、ぼくをじっと見る。エズラはぼくが好きなんだ。ほんとうにぼくを愛してるのかもしれない。そうなの、とききそうになる。胸からにじみだした熱が首へ、そして口までこみあげてきて、突然、声が出なくなる。ぼくは唾をのみ、目をそらす。

少し間があく。大きく息を吸いこむ。

「うらやましいよ」ぼくは言い、軽く微笑んでエズラを見返す。

エズラの眉があがる。「うらやましい？　なんで？」

恥ずかしさに軽く肩をすくめる。「ぼくは彼氏ができたことがない。キスされたこともない。経験してみたいけど、まだそうならないから――なんていうか、そういうことはほかの人のためにあるもので、ぼくには無縁なんだろうなって」

エズラは知ってる。この話は前にもしてるから。でも、いまは――いま、エズラがぼくを愛してるかと思うと――ぼくの言うことすべてがちがう意味を帯びてくる気がする。

エズラがぼくを見て顎に力をこめる。長いあいだ、ぼくたちは何も言わない。沈黙が長引くにつれ、気まずくなってくる。何かばかなことを言おうと頭を絞る。エズラを笑わせて、前と変わらない友だち同士にもどれるように。公園でだらだらして、すごくハイになって、あることないことなんでも語り合える仲に。そんなふうに過ごした日々が、もう何年も前のことに思える。

静寂。車が外を通り過ぎていき、ライトが壁を照らす。

エズラがささやく。「キスしていい？」

はっとしてエズラを見る。「え？」

エズラは答えない。

「酔ってる？」

「いいや、酔ってない」

エズラは目をそらさない。まだぼくの返事を待ってる。ぼくは息を止めてうなずく。エズラはためらわない――エズラの顔が近づいてくると、ぼくはびくっとして自分の口をエズラの口にぶつける。エズラは一瞬止まり、すぐにまた顔を寄せてくる。こんどは、もっとゆっくり。エズラの唇がぼくの唇にふれる。心臓が脈打ち、ぼくの胸からエズラの胸に飛びこもうとするかのように激しく鼓動する。エズラの唇にふれたまま息を吸いこむと、エズラは顔を離す。ぼくのファーストキス。

エズラは何も言わない。ぼくを見つめる瞳が揺らめき、答えを求めてる。

こんどはぼくが顔を近づける。エズラは片手をぼくの顔に、もう片方をぼくの首に置く。ぼくはエズラの口に自分の口を押しあて、勢い余って歯をエズラの下唇にぶつける。エズラが一インチだけ顔を離してささやく。「もっとやさしく」ぼくはうなずき、ごめんとつぶやいてから、エズラをぐいと引き寄せる。エズラの唇と、ぼくのシャツの下や、脚や、背中を上下にさするエズラの手だけを感じる。気がつくと、ぼくは両脚ではさむようにエズラの膝に乗り、エズラを、エズラの硬くなったものを感じてる。恐怖とぞくぞくする興奮を同時に覚えながら、ぼくは体を押しつけて、エズラのシャツを引っ張り――

エズラが顔を離す。唇を追いかけようとすると、エズラがふたたび体を引く。

「だいじょうぶ?」ぼくは息をはずませて言う。

エズラはうなずく。ぼくと目を合わせない。「ああ。うん、ただ——」

エズラがもじもじと身をよじる。ぼくはエズラの膝からおり、ソファで脚を組む。急に恥ずかしくなる。「ぼく——ごめん、やりすぎ——」

「いいんだ」エズラが早口で言う。「謝ることない。頼むから、謝るなよ。ただ——おれ、ちょっと興奮しすぎて——」

さっきとは比べものにならない猛烈な恥ずかしさに襲われる。自分が数秒前までまたがってたエズラの腰へ無意識に目が向かう。ジーンズのふくらみがくっきり見える。エズラもきまり悪そうだ——ぼくと目を合わせずに、シャツを引っ張りおろそうとしてる。

「すぐもどる」エズラが立ちあがってリビングルームを出ていく。バスルームのドアがかちゃんと閉まる。水の流れる音が聞こえる。

ぼくは両手で顔を覆う。

オー・マイ・ファッキン・ゴッド。

今夜ここに泊まるのは気まずすぎる——エズラと目も合わせられない。ぼくは何も言わずに部屋を出る。背後でドアが閉まると、階段を駆けおりて建物のガラスの正面扉をあけ——表の階段で立ち止まる。いままで何度もすわったことのある定位置に腰かけ、手すりに頭をもたせかける。たったいま起きた正気とは思えない出来事の衝撃が、体のなかでこだましてる。

背後で扉が開いても、ぼくは驚かない。エズラがぼくの隣にすわる。

「だいじょうぶか」エズラが低い声できく。

「わからない」

「さっきの、ちょっとヤバかったよな？」

「マジ、ヤバすぎ」

エズラは軽く笑い、膝の上で組んだ両腕に顔を伏せる。ぼくをちらりと見る。「けど、ずっとああしたかった」

「そうなの？」

「ああ。それもヤバいか？」

ぼくは肩をすくめる。「どうだろう。ちょっとはそうかな」エズラの目を直視できない。「ぼくたち、親友だし」

エズラは何も言わない。まっすぐすわりなおして膝を伸ばし、空を仰ぐ。細い月がひと連なりの雲を照らしてる。「おまえに言いたいことがある」

心が沈む。エズラが言おうとしてることはわかってる。

「言わないで」ぼくは言う。エズラがぼくに顔を向ける。「だめだ——言わないで」

地面に視線を落とすエズラの顔に、苦痛の色がよぎる。「なんで？」

「ぼくたち、友だちだろ」ぼくは言う。「この関係を失いたくない」

「どういうことだ」

「デクランと別れたみたいに、ぼくたちも別れることになったらどうする？　けんかして口をきかなくなったら？　いまの関係を壊したくないんだ。ぼくたちの友情はこれ以上ないくらい最高なんだよ、エズ」

「それはわかってる」エズラが聞きとれないほど小さい声で言う。「でも、おまえへの気持ちが抑えられない」

「どうしてぼくを好きになんかなるんだよ？」ぼくはきく。突然、説明のつかない怒りに駆られる――裏切られたような気さえする。いままでずっと、エズラがぼくたちの関係を偽っていたかのように。怒りの奥深くで、ぼくは怖じ気づいてる。エズラとぼくは――ぴったりだ。支え合い、愛し合い、つねにお互いの味方でいる。ものすごく納得がいく。ぼくたちが恋に落ちて付き合いはじめ、大学に行くあいだも交際をつづけて、やがて結婚し、高校時代からの恋人同士という微笑ましいなれそめを語るのだとしたら。あまりにも完璧で、それが何もかも終わるんじゃないか、エズラの愛がいつか冷めるんじゃないか、母さんと同じようにぼくを捨てるんじゃないかという恐怖が、ぼくの胸の空洞を埋めつくす。

エズラの眉間のしわが険しくなる。「おれに愛してほしくないような口ぶりだな」

「そうだよ」

エズラは鋭く息を吸いこみ、すばやく立ちあがる。気づいたときには、もう正面扉をあけてる――

「エズラ」ぼくは呼びかける。

エズラは立ち止まり、振り返ってぼくを見る。「おまえ、だれかを愛したいっていつも言ってたよな。自分はだれにも愛されない気がするって。おれがここにいる。おまえを愛してるんだよ」両手をあげ、息を吐きながらだらりとおろす。「愛してるんだ、フィリックス。それなのに――なんだよ、世界じゅうでおれだけには愛されたくないってことか」

頭上の窓からだれかが怒鳴る。「うるさいぞ！」

エズラが片方の目と頬をこする。「もういい。おまえの言うとおりだ。何も言わなきゃよかった」

エズラがなかへもどり、扉が勢いよく閉まる。

19

エズラはぼくのメッセージに返事をしない。

電話にも出ない。

アパートメントのチャイムを押しても、無反応。

月曜日になっても授業に顔を出さない。

何度も繰り返し痛感する。エズラはぼくを愛してる。しばらく前からそうだった。デクランは正しかった。

ああ、ぼくはなんて鈍いんだろう。

記憶が脳内で繰り返し再生される。ぼくがどんなふうにエズラの気持ちを聞きたくないと言ったか――どんなふうにエズラに愛されたくないと言ったか。ひどい態度だったけど、めちゃくちゃ動揺してた。エズにそうメッセージを送り、留守電に伝言も残しておく――〝ごめん。めちゃくちゃ動揺してた〟。

後悔してる。もっと落ち着いて伝えるべきだったし、ぼくたちの関係についてよく考えるべきだった。ぼくたち、まだ友だちかな？　もうきらわれた？　ぼくの顔なんて二度と見たくない？　ぼくたちの関係を壊すまいとしたつもりが、結局、自分で壊しちゃったらしい。

さらにひどいのは、デクランに隠れて浮気したような気がしてること。

「この関係って、何？」ぼくはデクランに尋ねる。自分の寝室に閉じこもって電話しながら。今夜は電気を消してるから、午前二時に起きてたことを父さんにとやかく言われる心配はない。

「なんのことだ」デクランがきく。

ぼくは言う。「ほかの相手とキスしたよ」

デクランの沈黙が長引く。ぼくはじりじりしてくる。

「まあ」デクランが言う。「おれたちは付き合ってないし、相手をお互いに絞ると決めたわけでもない。だれでも好きな人とキスしていいんだ」

「腹が立たない？」

「ちょっと立つな」デクランは認める。「でもそれは、どうしておれにもチャンスをくれないのかと思うからで……」

「キスするチャンス？」

「きみに会うチャンスのつもりで言ったんだが、そりゃあ――キスでもいい。きみがそうしたかったら、だけど」

「どんな外見かも知らないのに」

「知る必要があるとは思わない」

ぼくは口を開く。ぼくが男なのか女なのか両方なのか、ベックスみたいにどちらでもないのかも知らないのに――そう言いかけて、やめる。ぼく自身、自分の性自認がよくわかってない。

「もし興味が持てなかったらどうする……身体的に？」ぼくはきく。

「そんなことありうるか？」

「世界じゅうの人全員に魅力を感じるのは無理だよ」

「それはそうだな」

キャプテンがぼくの横で眠ってる。ぼくにさわられた耳を前後にぴくぴくと動かす。「アイデンティティに悩んでるんだって言ったらどう思う？」

「いいじゃないか、って言うかな」

「いい？」

「アイデンティティに悩んでるのか？」

ぼくに耳を引っかかれ、キャプテンが面倒くさそうに片方の目をあける。「変な感じなんだ。自分では、もうとっくに理解したと思ってたからさ」

「けど、それってふつうのことだろ？」デクランは言う。「おれも、男が好きなのかもって思いはじめたとき、しばらく悩みまくったよ。男が好きなのか、それとも女なのか、両方なのか、どちらでもないのか、ああでもないこうでもないって考えて、しかも、答えが毎週変わる気がしてさ。どうにかなりそうだった」

「それで、わかった？」ぼくはきく。「答えがなんなのか」

「あんまり。だが、オンラインでいろいろ調べたよ。ほかの人たちの悩みを読んだ。おおぜいの人が同じ悩みや疑問を持ってるんだと気づいたら、完璧に理解しなきゃっていう焦りを感じなくなったんだ」

焦らずにいられたらどんなにいいだろうと思うことが、ぼくにはたくさんある。エズラに愛してると言われたいまは、自分がエズラをどう思うのか、はっきりさせなきゃいけない気がしてる。エズラを愛してる――もちろん、ぼくはエズラを愛してる。でも、それは恋人に対する感情と同じ？　ぼくは、あまりにも巨大な疑問を避けようとしてる。心のなかに浮きあがるたび、横に押しのける。それについて考えたくないほんとうの理由を無視する。自分の答えを知るのがこわいという気持ちを。

「理解できなくて焦ってることがあるの？」ぼくはデクランにきく。

「いつだってあるよ。おもに将来のことでね。大学に受かったとして、どうやって授業料を払えばいい？　そんな価値はないんじゃないかとときどき思う。残りの一生を借金かかえて過ごしたいのかって」

「わかるよ」ぼくは言う。「自分も、大学にはいるっていうただひとつの目標に向かって努力してきた。それは――何か証明しなきゃいけない気がしてたからで……でも、自分が受かるとは思わないし、努力したところで意味あるのかなって思う」

「証明って？」

この会話にどきりとさせられる。ぼくが話してるのはブラウン大学のことだ――ぼくたちがふたりとも志望し、合格枠を争ってる大学。「うん。自分みたいなやつが行くところじゃないってほかの人たちに思われてる気がしてさ。そんなことないと証明したい」

デクランが電話の向こうで肩をすくめるのがわかる。「意味はないかもしれないが、合格できると他人に示すのが悪いとは思わない。単に自分の力を証明するためだとしても。別にまちがったことじゃないだろ?」

おやすみを言って電話を切ったあと――いつも朝の五時までしゃべってるのに、きょうはまだ三時だ――ノートパソコンを引っ張り出す。エズラとあんなことになって以来、ぼくはあまり眠れてない。グーグルを開き、タイプする。**大学に行きたいかどうかわからない。かわりに何をすればいい?**

無限の可能性が示される。インターンシップ、ボランティア団体での活動と旅、就職――なんでも好きなことをやればいい。それなのに、ぼくの胸を満たすのは期待ではなく、不安だ。選択肢や機会が多すぎるから。ふと理解する。将来に迷いを感じたとき、エズラもこんな気持ちだったんだ。ぼくはエズラにつらい思いをさせた。自分の嫉妬にのまれ、エズラを一方的に責めた。エズラにメッセージを送れたらいいのに。謝れたらいいのに。ぼくがブラウン大学をすっぱりあきらめたらどう思うかききたい。エズラはなんて言うだろう?

スマホが振動して通知が届き、驚きと期待でどきりとする。ひょっとして、エズラに気持ちが伝わって――ぼくを許す気になったのかな。あれからもう二日になる。そろそろ気持ちを切り替えようと思ったのかもしれない。

スマホをチェックする。エズじゃない。

無視しようとしてる？

無視させないよ。

母親に捨てられたんだってね。

だれだってそうするよ。自分の娘が男のふりをしてたら。

涙が目にしみる。肺がずきずきして息ができない。こんないやがらせを真に受けちゃいけないのに、こいつはぼくがいちばん突かれたくない急所を、ぼくを打ちのめすために何を言えばいいのかを知ってる。ぼくの指が〝ブロック〟ボタンの上をさまよう。とっくの昔にgrandequeen69をブロックしておくべきだった。でも、ぼくはボタンを押さない。返信し、自分のために立ちあがり、ぼくはこんな扱いを受けるべきじゃないと――スマホの向こう側に生身の人間がいるんだってことを――わからせたい。

ぼくはタイプする。**どうしてこんなことする？ なんでぼくを攻撃するんだよ？ おまえにぼくのアイデンティティが理解できなくたって、ぼくは本物だ。存在するんだ。**

ぼくの返信を待ち受けてたんだろう。

おまえがわかってないのはそこだよ。おまえは存在しないんだ。

おまえは無だ。
おまえを気にかける人がいるとでも？
おまえなんかいらない。おまえの母親もそう思ってる。

心の痛みが体を侵し、心臓を満たして皮膚の下でひろがっていく。返事のしようがない。おまえは人間じゃないと言われてるも同然なのに、いったい何が言える？　人間扱いさえされてない。痛みが怒りに変わり、ぼくはスマホをぶん投げる。スマホは大きな音を立てて壁に激突し、床に落ちる。キャプテンがシャーッと鳴いてベッドから跳びのく。

「くそっ」ぼくはベッドからおりてスマホを引っつかむ。画面の片隅に小さなひびがはいってる。「くそったれっ」手で顔をぬぐい、涙をこすりとる。こんないやがらせに負けてられるか。負けちゃいけないんだ。それなのに、こいつのことばが体にしみこんで息が苦しい。

水曜日、セント・キャサリンへ行く。エズラは来ないだろうと思ってたのに——二日間授業に出席せず、ぼくのメッセージに一度も返事をしなかった——駐車場を横切る姿を見て、ぼくはふいを突かれる。緊張で心臓が跳びはね、ぼくたちのキスの記憶が——ぼくに愛してると言ったエズラの姿が——よみがえり、またすっかり取り乱しそうになる。

エズラはぼくをちらりとも見ずに通り過ぎていく。ぼくの張りつめる神経沿いにスパッと傷が開く。気づかなかっただけだろうと思いつつ、grandequeen69のことばが頭をよぎる。ぼくなんか〝いらない〟。ぼくは〝存在しない〟。ぼくはエズラの背中に向かって叫ぶ。「エズ！」

エズラは立ち止まらず、ガラスの引き戸を通ってロビーにはいっていく。エズラがぼくを無視したことなんて一度もない。きっと物思いに沈んでて聞こえなかったんだ。エズラを追ってなかにはいる。「ねえ――エズラ！」

エズラがようやくぼくを見る。痛いほど辛辣な目つきで。マリソルを見るときのような――ぼくに向けられるとは思いもしなかった視線。エズラはひとことも発しない。ただ歩きつづける。

さっきの傷口がぱっくりと割れ、血が噴き出して床をびしゃびしゃにする。ぼくは一瞬ひるんだものの、ふたたびエズラを追いかける――最初はゆっくり、それから、廊下に足音を響かせて走る。エズラの横に並び、エズラの大きな歩幅に遅れないよう必死に歩く。

「エズラ――おい」ぼくはエズラの前に立ちはだかる。エズラは苛立たしげにため息をつき、ぼくの靴から顔へふたたび視線をあげる。「なあ、ごめん。あんなひどいこと言うんじゃなかった」

エズラは肩をすくめるだけで、何も言わない。

ほかに何を言えばいいんだろう。エズラがぼくに対してこんなに怒ったことがいままであっただろうか。「そのことで――話し合えない？」

エズラはまた肩をすくめる。そのしぐさでさえ、最低限の労力ですませてる。「話すことなんかないだろ」

数秒が経つ。「あの、ほんとうに、ぼくが言ったことでそんなに怒ってる?」

「いや」

「じゃあ、何をそんなに怒ってる?」

「怒ってない」エズラは言う。あまりよく眠れていないのか、目が濁ってる。でも、その濁りの奥にあるのは——むなしさ? 冷たさ? 退屈、かもしれない。無関心。

ぼくはエズラの目を見据える。どんなに目をそらしたくても——いまにも泣きだしそうでも。ぼくを好きだと言ったのに——愛してると言ったのに、たった数日でぼくなんかどうでもよくなったみたいだ。「それなら、いったいどうしたんだよ?」

エズラはまた肩をすくめる。さっきからそればっかりだ。「時間が必要なんだ。いろいろと気持ちを整理するために」必死でエズラを見つめるぼくとは逆に、エズラは徹底してぼくの視線を避けてる。「ひとりになりたい」

「ひとりに?」

エズラは答えない。壁のほうを向いて唾をのみ、喉ぼとけを上下させる。

「わかった。ひとりにするよ」

ぼくがそう言い終わらないうちにエズラは立ち去り、廊下を歩いていく。アクリル画の教室にはいると、エズラはいつもとちがうテーブルの、ふだんタイラーがすわる席にいて、ぼくの隣のスツールではタイラーがすやすやと眠ってる。

制作に集中できないのは久しぶりだ。頭を空っぽにしてセルフポートレートを描く作業に没頭したいのに、あのキスのことしか考えられない。エズラ。もうやめろと自分に言い聞かせても、延々と考えてしまう。エズラ。目を閉じて、深呼吸して、頭をすっきりさせようとしても。エズラ。頭がぴゅんっとエズラに逆もどりする。繰り返し、何度でも。エズラ、エズラ、エズラ。

エズラはもうぼくを愛してない。階下でぼくに向けたあのまなざしからして、ありえない。たった一度の口論で恋が冷めて、ぼくをきらいになったんだ。ある意味、grandequeen69の言うとおりだ。ぼくなんかいらない――これ以上エズラには必要ないし、デクランが愛してるのはラッキーであって、ぼくじゃない。絵のなかのぼくがぼくをあざ笑ってる。のぼせあがってたんだな。ぼくみたいな人間を好きになるやつがいると思ったりして。

手にした筆がひとりでに紫の絵の具をとり、絵のなかのぼくの笑った唇、瞳、そして顔じゅうを塗りつぶす。力を入れすぎて、キャンバスのど真ん中に穴があく。

「フィリックス?」

後ろを向く。ジルが心配そうにぼくを見てる。見まわすと、クラスの半数近い視線がぼくに集まってる。エズラはぼくから離れた隅にいて、こっちに背を向けてる。突っ立ったまま微動だにしない。振り返るのを頑なに拒否しながら、教室の反対側のぼくに意識を集中させてるかのように。

「だいじょうぶ?」ジルが尋ねる。

「はい」ぼくは言う。「熱中しすぎたみたいです」

台無しになった絵を眺めながら、ジルはゆっくりとうなずく。クラスのみんなが各自の作業にもどるなか、ジルはぼくに近づいて小声で言う。「この絵はうまくいかないと思った?」

「少し——傲慢(ごうまん)な感じがして」

ジルは顎に手をやる。「いいところもあると思ったけれど、結局のところ、重要なのはわたしの意見ではないものね」立ち去りかけて、足を止める。「知っているよね、フィリックス——夏期ギャラリー展の募集がはじまったって」

「ええ、お知らせを聞きました」

「応募を考えてみて」ジルは言う。「あなたのセルフポートレートは——期限までにじゅうぶんな数を仕上げられれば——とてもパワフルだから。ひょっとしたら、あなたが思う以上にね」

ジルがそう言うのは、ぼくが見るからに悶々(もんもん)としてるからだろう。夏期ギャラリー展に応募したってなんにもならない。競争は熾烈だ。夏期講習を受けてる生徒はほぼ全員応募する。もし選ばれれば、作品が学校のニュースレターに掲載されて卒業生の目にふれ、たくさんの貴重な機会につながるかもしれない。ギャラリー展を機にインターンシップに招かれた生徒も数人いる——そして、ぼくはそうはならない。どうせ落ちるなら、わざわざ応募する意味はない。

考えておきますとぼくが言うと、ジルは満足げに微笑む。

20

放課後、ぼくは奇妙な混乱を覚える。いつもならエズラといっしょに歩いて帰るのに、エズラはぼくを無視して駐車場から出ていく。自分のうちに帰って、ラッキーとしてデクランと話してもいいけど、きょうはなんだか調子が出ないし——デクランまでぼくを愛してないことに気づいたらと思うと、こわい。駐車場を出て歩きながら、きょうは水曜日だと思い出す。あと数時間後の八時から、LGBTセンターでジェンダーアイデンティティ・ディスカッショングループが開かれる。あそこにまた顔を出すのはもちろん恐ろしいけど、ベックスはやさしい笑顔だったし、いつでも好きなときにもどってきていいと言っていた。

LGBTセンターまではたいしてかからず、三十分ほどで到着する。グループがはじまるまで時間をつぶそうと、ぼくはカフェに腰を落ち着ける。白い壁、つるつるしたテーブルと椅子、あたりに漂うキャラメルとクロワッサンのにおい。スケッチブックを取り出し、まわりの人たちの絵を描く。ふと気がつく。ベックスと同じように、このカフェにいる人たちもノンバイナリーかもしれないんだ。だれかの絵を描くとき、勝手にその人の性別を決めつけちゃいけないのかもな。ブレザーを着たしわくちゃの顔の人は、周囲に伝染する笑い声をあげてる。緑色の髪をしたぼくと同世代の人は、リングの鼻ピアスをしてて、友だちに向かってにかっと笑うと歯の矯正装置が見える。こうしてスケッチすればするほど、ぼくのアートに磨きがかかる――それに、まわりの人々を観察するのは大事だ。ぼくがこうだと思う姿ではなく、その人たちをほんとうに見るために。

ずっとカフェにいて何時間でもスケッチしていたい気分だけど、ここに来たのには理由がある。八時数分前、スケッチブックをしまって階段をあがる。足もとに気をとられすぎて転びそうだ。これから舞台にあがって百人の聴衆の前に立つのかというほど、緊張で心臓が波打ってる。こんどこそ、とぼくは心のなかで思う。こんどこそ、勇気を出して発言するぞ――質問して、探してた答えを見つけるんだ。

この前と同じように、ドアのそばでベックスが待ってる。ぼくが受付のテーブルへ歩いていくと、心からうれしそうな顔になる。「フィリックス！」ベックスが言う。「来てくれてほんとうにうれしいよ」

ぼくは笑顔を返す。緊張で何も言えないまま、受付表に名前を書く。前回と同じ、みんなからいちばん離れた席にすわる。参加者の顔ぶれも変わらない。トムは折りたたんだ新聞を膝に載せ、きょうも真っ赤な口紅を塗ったサラに話しかけてる。ゼルダはスマホを鏡がわりにして髪形をチェックしてる。ウォリーはマイルズ・モラレスのTシャツを着てる。にっこりしてぼくに手を振るので、ぼくも手を振り返す。ぎこちなさすぎて、手が手首から落っこちそうだ。

開始時間になる。みんな顔見知りだけど、ベックスはぼくたちに改めて自己紹介を促し――

きっとそういう決まりなんだ――ディスカッションがはじまる。「きょうは六月十四日。二週間後にはプライドマーチが開催されます」ベックスが言う。「しかし、わたしたちにとって、自分たちの誇り(プライド)を見いだすことはときに困難です。すべてのジェンダーが可視化されているとは言えず、シスジェンダーのなかには、トランスジェンダーやノンバイナリーの人々の平等な権利を認めない人がおおぜいいます。有色人種のトランスジェンダーとノンバイナリー、とりわけ有色人種のトランスジェンダー女性は、さらに困難な状況に置かれています。有色人種のトランスジェンダー女性は、ストーンウォールの反乱やプライドマーチの功労者であるにもかかわらず、LGBTQIA+コミュニティのクィアの人々でさえ、彼女たちの存在を消し去ったり無視したりすることが少なくありません。世界が自分たちの存在を望んでいないかのように思えるとき、わたしたちはいったいどうすれば、自分自身やお互いに誇りを持てるでしょうか」

ぼくにとってこれほど切実な話題が取りあげられるなんて、思ってもみなかった。grandequeen69のことばが突き刺さる。〝おまえなんかいらない。おまえは存在しない〟。恥ずかしいけど、自分でもそのことばを信じかけてたみたいだ。世界の意に反して自分に誇りをいだくのは簡単じゃない。

ほかの参加者たちも、明らかにこの話題に共感してる。サラはすでに泣きそうだ。「ゲイのシスジェンダーの男、特に白人だけど――あの人たち、自分たちがノ、ー、マ、ルにあと一歩の存在だと思ってるみたい。だから、あたしたちに向かってそのアイデンティティを振りかざして、自分たちの小さなエリート集団で特権と権力を享受して、ほかのみんなを押しのけようとする。あたしたちを犬みたいに扱ってさ。つい先週、あたしがバーにはいっていったら、たちまちゲイのグループに笑われた。シルヴィア・リヴェラの名前を知ってるかって言ってやりたかった。彼女を笑い者にした白人の男たちと同じことをしてるのに気づいてるのかって」

「ききたいんだけど」ゼルダが言う。「どうしてそいつらの承認がほしいわけ？　そんなやつら、ほっときなよ。鼻持ちならないくそガキなんか相手にしてらんない」

「承認がほしいわけじゃない」サラが苛立ちをあらわにして言う。「でも、傷つくのよ。あたしが言いたいのはそれだけ。仲間はずれにされ、拒絶されるのはつらい――自分を理解して受け入れてくれるだろうと思った人たちにそうされたら、なおさらね。それがつらいってことは認めるべきでしょ」

「ときどき、思うんだ――自分と同類の人たちとだけ付き合うべきなのかなって」ウォリーが言う。「トランスフォビアや、人種差別や、反クィアにはかかわらない。自分のまわりを百人のウォリーで固めて、ほかとは関係を断つ。自分だけの世界とバブルを作れば、だれからも拒絶されないから」

「その考え方でひとつ問題なのは」トムが言う。「わたしたちが欲してやまないそのバブルを作ろうにも、そのために必要な特権や能力を持たない人たちがいることだ」

「じゃあ、どうするの?」サラがきく。「あたしたちにもっと注意を向けるべきだって、あいつらに無理やりわからせる? あたしのような女性がいなきゃ、いまある権利を手にすることだってなかったと理解させる?」

トムはやんわりと肩をすくめる。「そんなことに労力を費やしたいかね」

「ほかの何に労力を費やせばいいの?」

「自分自身さ」トムが言う。「自分を愛し、受け入れ、たたえる。そして、きみのあとにつづく若い女性たちを愛し、たたえ、支える。世界を変えるのもけっこう——わたしたちには、わたしたちの権利のために闘う人々が必要だ。つぎの世代がよりよい世の中で生きられるように、裁判所で正義のために闘う人々がね。しかし、自分たちがバブルに閉じこもるためではなく、いちばん必要としている人たちに届けられる世界を——わたしたちのストーリー、歴史、愛とプライドに満ちた世界を——作ることも、同じくらい美しい。同じくらい必要なことだ。そうしなければ、わたしたちは自分を忘れてしまう。孤独や他者に拒絶される苦しみに押しつぶされて、何よりもまず、自分たちを愛し受け入れなければならないことに気がつかない」

ぼくがここに来たのは、話すため、ディスカッションに加わるため、質問をするためだ。頭のなかは考えであふれ返り、心臓が喉から出かかってる。思いきって声を出す。「すみません」

全員の顔がぐるりとぼくに向く。

声がひび割れる。「どう——えっと——そもそも、どうしたら自分の性自認がわかるんですか」

　サラがじれったそうに椅子の上で身をよじる――もしかして、ばかな質問しちゃったかな。みんなぼくのずっと先を行ってて、こんな話はつまらないのかも。口をはさんでみんなの時間を無駄にしたんなら、謝ったほうがいい気がするけど、ベックスはぼくを見てにっこりと微笑んでる。

「あの」ぼくは咳払いをして言う。「ジェンダーには、すごくたくさんの種類や選択肢があると思うんです。どれが自分に合うのか、どうしたらわかりますか」

　ゼルダが発言する。「選択肢が多すぎる。ラベルが多すぎる。近ごろはなんでもかんでも型にはめなきゃ気がすまないのね」

「それはどうかな」ウォリーが肩をすくめて言う。「この世界が完璧で、トランスフォビアも、ただ自分であるというだけでひどい扱いを受けることもないなら、ラベルは不要かもしれない。でも、この世界は完璧じゃない。無知な人たちとの厄介事に対処しなきゃならないとき、自分以外にもトランス男性がいるんだと思うと心強いよ」

「わかった、それはいいとして」ゼルダが言う。「なんでこんなにたくさんラベルがあるの？　男と女だけでいいじゃない？　トランスジェンダーの男、トランスジェンダーの女じゃだめ？」

　ベックスが首をかしげる。「それが可能なら、わたしも男女のどちらかを選んでいたでしょうね。空港で全身スキャナーを通るたびに自分について説明したり、だれでも使えるトイレがないときに、男女のどちらを使うかで迷ったりしなくていいなら、ずっと楽ですから。でも、わたしには男女のどちらもしっくりこない」

「どれが自分にしっくりくるのか、どうしたらわかりますか」ぼくはきく。

何人かが笑みを浮かべる。またばかなことを言っちゃったかな。

「人によってちがうんだ」ベックスが言う。「わたしの場合、これだという感覚があった。ノンバイナリーというアイデンティティが、昔から感じていた自分のあり方にぴたりとあてはまったんだ。ほかのラベルでは一度もそんなことなかったのにね」

ぼくは手を組み合わせてぎゅっと握る。「ずっとその感覚にならなかったら？」

「その可能性もある」ベックスは言う。「一生問いつづける人もいるからね。それでもいいんだ。でも、自分のラベルが見つかったときには、はっきりとわかる。全身に自信がみなぎって、答えを見つけたんだとわかるはずだよ」

ゼルダがかぶりを振る。「いまの若い子たちったら、いつも問いかけてばっかり。ただそうしたいからってだけで、しじゅう物事を引っかきまわしてる」

「いまの若い子たちといえばね」トムが応じる。「わたしはうらやましいよ。自分という人間を探求する自由がうんとある。自分自身を探求し、たたえられる。わたしの若いころは、トランスジェンダーの男がテレビや映画に出るなんて考えられなかった。いまはどうだ？」トムはぼくを見る。「わたしはきみを見て、もう一度若者になりたいと思う。すべてが完璧なわけではないし」うなずきながら言う。「まだ困難も残っているが、きみは青春を謳歌しなければいけないよ。生きるんだ。ティーンエイジャーになれなかった人たちのために、生きてくれ。ティーンエイジャーのまま年をとれなかった人たちのために」

会話はつづく。ここにいるみんなの若いころはどんな世の中だったのか――みんながどんな変化を望んでいて、どんな変化が起きたのか。遠慮してだまっているぼくの体を、トムのことばが駆けめぐる。

ぼくの寝室で、時計の光が午前零時六分を示してる。ノートパソコンを開き、トランスジェンダーのさまざまなアイデンティティを紹介したタンブラーの投稿を読む。ノンバイナリー。エイジェンダー。バイジェンダー。トランスマスキュリン。トランスフェミニン。ジェンダークィア。ジェンダーノンコンフォーミング。いくつもの用語、いくつものアイデンティティに圧倒されていくのを感じる。どの定義を読んでも、自分に合うとは思えない。

スクロールして先を読みつづけ、目がかすみはじめたとき、あることばが目に留まる。〝デミボーイ〟。〝ほとんど、あるいは部分的に男だと自認しているが〟――身を起こし、ノートパソコンを膝に載せる――〝ときにノンバイナリー、あるいは女であると感じることもある人〟。あのモヤモヤ感が、頭の後ろから首へ、そして胸へとひろがっていく。たいてい、ぼくははっきりと自覚してる——ぼくは男だ。それはまちがいない。でも、たまに……男だと言われて違和感を覚えるときがある。女だと言われて完全にまちがってると感じるのと、ほとんど同じ感覚だ。

声に出してみる。「デミボーイ」デミボーイ、デミボーイ、デミボーイ。

ぼくはかすかに微笑む。にっこりし、それから声に出して笑いだし、ほんの少し涙さえ出そうかもしれない。ベックスの言ってたことが、いまならわかるから。全身にみなぎる自信。ついに見つけた。ぼくの感覚をぴたりと言い表すことばがあるなんて、すごいや。ぼくの混乱や、疑問や、迷いを取り払い——同じように感じてる人たちがほかにもいるんだと、ぼくに教えてくれることばが。

何カ月も悩んでた疑問の答えが、こんなふうにあっけなく見つかるなんて。このことばを叫び、そして——ぼくは身じろぎする——エズラにメッセージを送りたい。エズラにすべてを伝えたい。ディスカッショングループに行ったことや、調べ物をしたことや、〝デミボーイ〟がどんなにぼくにぴったりなのかを話したい。それに、エズラに会えなくてさびしいってことも。

エズラがぼくに愛してると伝えようとしたあの夜以来、避けつづけてる疑問がもうひとつある。ぼくはエズラをどう思ってる？　ぼくもエズラを愛してるんだろうか？　エズラのことを考えただけで体に火花が散り、キスの記憶がぼくに火をつける。

スマホをつかんでインスタグラムを開く。身を起こし、満面の笑みで自撮りする。キャプションをつける――〝デミボーイはだれでしょう？〟。

ハッシュタグをいくつかつけ、にんまりして投稿する。エズラに話せなくて残念だけど、もしかしたらこの写真を見るかもしれない。なんのことか気になって連絡をくれたら、ぼくたちに起きてるこの事態がなんであれ、解決できるかも。ぼくは画面をスクロールしてほかの人たちの投稿を見る。だけど、なんか変だぞ。ぼくがフォローしてる人たちの投稿っぽくない……。

画面の端のアイコンを見る。悪夢から目覚めたときのように、心臓が激しく胸を打つ。luckyliquid95 のアカウントにログインしたままだ。

ベッドから飛び出し、シーツに足をとられて転びそうになる。「ヤバい、ヤバい、ああ、どうしよう――」

指が急に巨大化して不器用になったみたいだ。震える手でさっきの写真にもどり、削除する。その場に立ちつくし、スマホを見つめる。いまこの瞬間、デクランが寝ないでインスタグラムを眺めてた可能性はどれくらいあるだろう。ぼくの自撮りを見た可能性は？

電話はかかってこないし、メッセージも送られてこない。ふたたびベッドに腰をおろし、呆然と画面を見る。どうか、どうか、どうか、デクランがあの投稿を見てませんように……。

それが、ぼくの呪文（マントラ）。ひと晩じゅう眠れずに朝を迎え、ハーレムから乗った電車をおりてセント・キャサリンまでの数ブロックを歩きながら、心のなかで繰り返し唱える。デクランがあの投稿を見てませんように。デクランがあの投稿を見てませんように。

教室に着き、インスタグラムの画面をスクロールする。ほかの投稿を見つめつづければ、どういうわけか時間を巻きもどせるかのように。まだジルが来るには早い時間で、タイラーが前のほうにすわり、ヘイゼルとリアがしゃべってる。ドアが開いて閉じ、ぼくが顔をあげる間もなく、デクランがぼくの前に立ちはだかる。

ぼくをにらむ目が赤い。心臓がずしんと重くなる。あの投稿を見たんだ。

デクランがスマホを取り出す。何度かタップするあいだ、ぼくと目を合わさない。ぼくから逆さに見えるデクランのスマホの画面に、連絡先一覧が表示される。それから、ぼくの電話番号――ラッキーの。デクランは息を吸いこみ、〝発信〟を押す。

ぼくは目をつぶる。ぼくの手のなかのスマホが振動しはじめる。

足音が遠ざかり、ドアが乱暴に閉まる音がしたあとも、ぼくは目をあけない。震えながら息を吸いこみ、ゆっくり吐き出そうとする。ふたたび目をあけると、教室のみんなが眉をぴんとあげ、たったいまデクランが出ていったドアとぼくとを交互に見てる。

スツールから跳びあがり、あわてて教室を横切ってドアをあける――左右に延びる廊下の一方を見、もう一方に顔を向けたとき、角の向こうに消えていくデクランを見つける。ぼくはあとを追う。「デクラン！」

デクランが階段を駆けおりていく。ぼくは数段ずつ飛ばしながら追いつこうとする。「デクラン、待って――」

デクランが突然立ち止まり、ぼくは危うく衝突しかける。デクランがくるりと振り向く。目が濡れてる。くそっ、泣いてるじゃないか。

ことばが出てこない。ぼくは口を開き、頭を振って、言うべきことばが出てくるのを待つ。

「なんでなんだ」デクランが言う。

「ごめん」ぼくはぽつりと言う。弱々しい声で、デクランに聞こえたかどうかわからない。

「なんでなのか言えよ」

握り合わせたぼくの手が、力みすぎて震えてるのに気がつく。ぼくは両手をジーンズで拭く。

「なんでなのか言えよ！」デクランが叫ぶ。声が階段に響きわたる。

とても目を合わせられない。「最初はいたずらのつもりだった」

「いたずら？」デクランが無感情な声で言う。

「復讐だよ。きみがぼくの写真をギャラリーに展示したと思ったから――」

「ギャラリーをやったのはおれじゃない」

「わかってる。いまはわかってる。絶対にあんなことしないって、きみに聞いたから……」

デクランは苦痛に耐えるように目を閉じる。これまでずっと話してた相手が、愛してると伝えた相手がぼくだったという事実に。

「でも、きみがやったんじゃないとわかってからも、話すのをやめられなかった」デクランにわかってもらおうと必死で、ことばが矢継ぎ早に飛び出す。「ふたりで話すのが大好きだった。きみはまるで別人みたいで――」

「おれは別人じゃない」

「ぼくに惚れてるって言ったよね」ぼくは小声で言う。「ぼくを愛してるって」

デクランはぼくを鋭く見据えてる。茶色の瞳が燃えてる。

「ぼくも、きみを愛してるかもしれない」ぼくは言う。

デクランは唾をのみ、激しく息をする。涙をこらえてるんだろう。呼吸を整えて話そうとしてる。「おれに話しかけるな」デクランが言う。「おれを見るな。おまえとはいっさいかかわりたくない」

デクランはぼくの横をかすめて通り過ぎる。階段に足音が響き、ロビーへつづくドアがバタンと閉まる。

21

母さんへ

久しぶりにメールを書くよ、ぼくの人生はいま最悪だって知らせたくて。ほんとうに大切な人をふたりも失った。ふたりとも、ぼくをきらってる。ぼくにいやがらせのメッセージを送りつづけてくるやつもいる――だれなのかはわからないけど、そいつは母さんがぼくを捨てたのを証拠に、ぼくの存在は無価値なんだとぼくにわからせたがってる。ひょっとして、そのとおりかもな。母さん宛ての下書きが四百七十七通ある。どのメールでも、ぼくはあたかも母さんとの会話を楽しんでるかのようにふるまってきた。母さんを許して、もう気持ちを切り替えたみたいに……でも、実際のところ、母さんはぼくをだめにしたよ。知ってるよね？　母さんがぼくを愛さなくなり、ぼくと父さんを置いて新しい人生をはじめたせいで、ぼくはめちゃくちゃだ。これまでの数年間ずっと、母さんにききたくてもきけなかったことがたくさんある。どうしてうちを出たの？　ぼくに会えなくてさびしい？　ぼくをまだ愛してる？　これまで四百七十七通のメールを書いた――きょうこそ、母さんにこのメールを送るよ。返事をくれるかはわからないけど、くれるように願ってる。

あなたのデミボーイの息子

フィリックス

ぼくはメールを見つめる。一分、五分、十分が経過し——何度も読み返し、まるごと削除しそうになるのをこらえて——ついに〝送信〟を押す。心臓が胸のなかでぎゅっと縮むのを感じながら、画面を眺める。やったぞ。信じられないけど、ついに送ったんだ。いまごろメールを見てるはずだ。スマホやノートパソコンなしに過ごせる人なんていないんだから。受信トレイに〝フィリックス・ラヴ〟の名前が表示されてるのに気づき、メールを読むか、そのままごみ箱に入れるかしただろう。どちらにしたのかわからないまま待つなんて、生きた心地がしない。

半日が過ぎる。やっぱり返事はくれないんだということが、どうやらはっきりしてくる。うちを出たくない。自分の寝室からすら出たくない。電気を消した暗い部屋でキャプテンといっしょにまるくなり、ノートパソコンでリアリティ番組を流してる——けど、ほとんど注意を払っていない。インスタグラムを開くと、スマホの光がキャプテンの目に映る。エズラとデクランの新しい投稿がないかチェックするけど、ふたりとも何もあげてない。エズラにメッセージを送るのは、数日前にあきらめた。デクランに電話しようとしたときは、すぐ留守番電話に飛ばされた。それから数秒後、メッセージが届いた。

もうかけてくるな。

ああ、どうしてこんなことに。

ノックのあと、父さんがぎーっと音を立ててドアをあけ、隙間から顔をのぞかせる。「具合はどうだ、キッド?」

学校を早退してうちに帰るために、父さんには具合が悪いと言っておいた——デクランと同じ空間にすわってるなんてとてもできなかった。いまは夕方の六時、父さんが昼に運んできてくれた一杯のスープのほかは、何も食べてない。

ぼくはもごもごと何か言う。自分でも何を言ったかわからない。

父さんが電気をつける。まぶしさに目がくらみ、吸血鬼になった気分になる。ぼくはうめき声をあげて頭までシーツをかぶる。キャプテンは巻き添えを食ったんだろう。一瞬身をくねらせたあと、床にジャンプする。

「どうしたんだ」父さんがきく。

「別に」

「風邪をひいたにしちゃ、くしゃみの音が聞こえないな」

ぼくはわざと咳きこんでみせる。父さんは笑う。父さんの近寄ってくる音がシーツ越しに聞こえ、ベッドの端が父さんの重みで沈みこむ。父さんがぼくの背中をさする。

「何かあったのか」

ぼくはため息をつき、シーツから頭を出す。「エズラとけんかした」

父さんの顔がはっとする。「ああ。そうだったのか」

「それに」ぼくはそう言って口をつぐむ——このややこしい事態を、いったいどう説明すればいいのか。「ぼくが好きな人も、ぼくに怒ってる」

「その好きな人というのは、エズラじゃないのか」

数日前のぼくなら、エズラが好きなんだろうとしつこくほのめかしてくる父さんに噛みついてるところだ。でも、いまは？「そりゃあ」ぼくはゆっくりと言う。「エズラがきらいなわけじゃないよ」

父さんは〝やっぱりな〟と言いたげにほくそ笑む。ぼくは目玉をまわして枕をつかみ、顔を覆い隠す。「何もかもうまくいかない」くぐもった声で言う。「ふたりとも口をきいてくれない。大失敗だ」

枕がそっと引っ張られる。父さんが枕を取りあげて脇に置く。「そうだな。いまは何もうまくいかないように思えるだろうが、物事はおのずとなんとかなるものさ」

ぼくはおそるおそる尋ねる。「母さんが出ていったときもそう思った？」

予想外の質問だったんだろう。父さんは勢いよく息を吸いこむ。「実を言うと、母さんが出ていったときは特に何も考えていなかったんだ。感覚が麻痺していた。おまえのためになんとか生活していくので精いっぱいでな」

ぼくは顔をしかめる。「そうなの？」いろいろ大変だったのは知ってるけど、そんなに苦労してたんだ。父さんがだまってるので、ぼくは母さんにメールしたことを話す。

父さんの眉間にしわが寄る。「そうか。どうしてなのか教えてくれるか」

「どうしてって――ぼくの母さんだから」ぼくは言う。「母さんに連絡して話したいと思うのは、ふつうのことだよね？」

父さんはゆっくりとうなずくけど、ぼくに同意してるのかはわからない。「ロレインが出ていったあと、一日に少なくとも一回は電話して、もどってきてくれと頼んだ。あいつは、もうおれを愛していない、距離を置きたいと言っていた。おれたちのすべてをなぜそうあっさりと捨てられるのか、理解できなかった。つらかった――あんなにつらい思いはしたことがなかった。それだけは言えるよ。おれはロレインを愛していた。いまも愛している。たぶん、これからもずっと。だが、いくら自分が相手を愛しているからといって、それがいい種類の愛とはかぎらないんだと、しばらくして気がついた。自分の愛に応えないとわかっている相手を愛するほうが、ときに簡単だ。どんな終わり方をするのか目に見えているからな。愛と受容より、心の傷と痛みを受け入れるほうが楽なこともある。真の愛ある関係こそ、いちばん恐ろしく感じるものだ」

父さんは、ぼくが母さんを愛するのはまちがってると言いたいのかな。ぼくはどうしたって母さんを愛してるし、母さんにもぼくを愛してほしいと思う。ぼくはとにかくうなずき、シーツをいじりながら自分の両手を見つめる。父さんがぼくのカールした髪をなでて言う。「ほかのことに取り組むいい機会かもしれないぞ。たまには自分に集中するのもいいもんだ」

翌朝、セント・キャサリンの校舎に足を踏み入れながら、ぼくは自分にそう言い聞かせる（もう一日サボりたかったけど、父さんが許してくれなかった）。エズラがリアと話しながら、ぼくのほうを見向きもしないとき？　自分に集中。教室でそばにすわったデクランがぼくの存在を無視するとき？　自分に集中。インスタグラムの通知が届いたときも、同じように自分に言い聞かせる。案の定、grandequeen69からのメッセージだ。無意識のうちに通知の表示をタップしようとして――思いとどまる。また傷つくだけだとわかってるのに、なんでメッセージを読みつづける？　父さんのことばを思い出す――〝愛と受容より、心の傷と痛みを受け入れるほうが楽なこともある〟。ぼくはスマホからアプリを消去する。もう通知は来ない。grandequeen69とはさよならだ。自分にもっと集中。

アクリルのセルフポートレートに取り組む。ジルの話は真剣に考えてなかったけど、やっぱり夏期ギャラリー展に応募しようかと考えはじめてる。全力で打ちこむ価値があるし――あのロビーを、ぼくを傷つけたまさにあの場所を奪還できると考えたら、思いのほか気持ちが晴れるから。集中して取り組めることがあるのはありがたい。それに、ぼくの人生はいま大炎上中かもしれないけど、これまでにないほど色の世界に没頭できていて、手と筆がキャンバスの上を自在に動きまわるあいだは心を無にしていられる。作業はここ数日よりずっとはかどり、一枚、また一枚と飛ぶように描いて、用意したキャンバスをすべて使いきる。

描き終えたとき、数歩さがって完成した一連のポートレートを眺める。炎に包まれた、水のなかの、渦巻く宇宙のような肌をした、空を飛ぶ、芝生に横たわる、暗闇のなかで色とりどりの光に囲まれてる、頭に花の冠を載せて不敵な笑みを浮かべた、ぼく……これだ、このポートレート群こそ、ぼくがブラウン大学に提出するポートフォリオになるんだ。受験するかどうか迷ってたし、どうしてあれほどブラウン大学にこだわってたのか、まだ疑問は残ってるけど——出願するだけしてみたっていいよな？ 受験するのは何も、ぼくが合格できることを自分や他人に示すためでなくたっていい。ブラウン大学に行けば最高の機会が待ってるから、という理由だけでいいはずだ。ほかの学校も受けるつもりだし、ギャップイヤーの選択肢も考えてみたい。そのうち、自分のやりたいことを決めなきゃいけないときが来る——それまで、いろんな選択肢を残しておけばいい。

とにかく、まずは出願書類と夏期ギャラリー展のためにもう何枚かセルフポートレートを仕上げないと。以前は、ポートフォリオのことを考えるたびに不安やストレスを感じてたけど——いまは、ただ心が躍る。

自分に集中。

アクリル画の授業が半ばを過ぎ、絵の具の飛び散った流し台で筆を洗ってるとき、リアが隣に顔を出す。「ねえ、フィリックス」リアが笑みを浮かべて言う。その笑顔なら知ってる。だれかに悪い知らせを伝えるときの笑顔だ。リアは流し台に寄りかかって唇を噛み、あたりを見まわして近くにだれもいないのをたしかめる。「マリソルのスマホを調べたよ」

ぼくはリアの目を見ない。なんて言うかはわかってる。「あててみようか。何も見つからなかった、だろ?」

リアはため息をつく。「ごめんね。メッセージを調べれば、何かしら見つかると思ったんだけど——」

「いいんだ、リア」ぼくは蛇口を閉めながら言う。「ギャラリーの犯人探しは最初から望み薄だった。手を貸してくれてマジで感謝してるよ」

「待って」リアは言う。「ちょっと待って。ほかの人たちも調べられるよ」

ぼくは首を横に振る。「どうかな。いまはもっと自分に集中したいんだ。それに——そろそろ、前に進むべきだと思う」

「前に進む?」リアがおうむ返しする。

ぼくは肩をすくめる。「うん。助けてくれてすごくうれしかった。ほんとうにありがとう。でも——これ以上つづけても意味があるとは思えないんだ」

リアは戸惑ったように頭を振ってる。「オーケー。それはフィリックスが決めることだもんね」ぼくが流し台を離れようとすると、リアが何か言いたげに口を開く。ぼくが立ち止まると、リアはぼくと目を合わせづらそうにする。「思ったんだけど……わたしたち——その——これからも、しゃべったり遊んだりできる?」

リアのあまりに真剣な様子に、ぼくは思わず笑顔になる。「うん、もちろんだよ」

アクリル画の授業中ずっと、ぼくはエズラとデクランを見ないように心がけて過ごす。ほとんどだれとも口をきかず、自分の絵に専念してたのに——昼休憩のベルが鳴る数分前、びっくりすることが起きる。デクランがこっちにつかつかと歩いてくるじゃないか。

「話せるか」

ぼくたちは廊下に出る。ぼくの両手はいろんな色の絵の具にまみれ、ショートパンツも少し汚れてる。そのことがなぜか恥ずかしい。ぼくは両手を背後に隠し、木の床を見つめる。デクランは腕組みをして壁にもたれかかる。

神経が火に包まれる。ぼくが何度か視線をあげても、デクランは何も言わない——ただぼくをにらみつけてる。ぼくをこらしめてるつもりなのかな。こんなふうにだまって突っ立ってるだけで、ぼくが動揺するとわかってるから。

「ごめん」ぼくはひび割れた声で言う。咳払いをして、言いなおす。「ほんとうに悪かった、デクラン」

デクランはようやくまばたきする。腕を組んだまま壁から背中を離す。「おまえにくそ腹が立ってる」

「わかってる」

「おれに嘘をついた」

「わかってる。ごめん」

「おれに恥をかかせたかったのか」デクランがきく。「それが目的だったのか」

「まさか。ちがうよ」

「なんであんなことを？　ギャラリーがどうとかはどうでもいい」ぼくが答える間もなく、デクランはつづける。「おれが無関係だとわかってもやめなかった。おまえは――プライベートなことをいろいろとしゃべった。おれにあんなことを……」一瞬目を閉じ、小声になる。「おまえを愛してると言わせた。いったいどういうつもりだったんだ？」

ぼくは唇を噛む。「きみと話すのが好きだったんだ。いまもだよ。話せなくなってさびしい。声が聞けなくなって……」

「信じられない。まだおれをだましてるかもしれないじゃないか」

「だましてない」

デクランは険しい表情でぼくを見る。「で、エズラは？」

その名前を聞いてぎくりとする。「エズラ？」

「エズラはおまえが好きなんだ」デクランは言う。「言っただろ。おまえがキスした相手は――エズラなのか」

やっとの思いでうなずく。「うん、そうだよ」

しばらくの沈黙のあと、デクランが言う。「おまえもエズラが好きなのか」

ぼくは躊躇する。デクランにまた嘘をつくわけにはいかない。エズラへの気持ちははっきりしないいままだけど、デクランを恋しく思う以上にエズラが恋しい。話したいことがたくさんあるし、あのキスの記憶はいまだにぼくの体を熱くする。「関係ないんだ」ぼくは言う。「エズラは、もうぼくとかかわりたくないから……」

デクランは深く息を吸いこむ。「いっしょにランチに行くか」

顔をあげると、デクランはまだぼくを見つめてる――その顔には、ぼくが予想もしなかった何かがきらりと光ってる。嫌悪や蔑みではない、何か。ぬくもり。焦がれるような期待、かもしれない。

「ああ」ぼくはうなずく。「うん、行きたい」

昼休憩のベルが鳴り、みんながぶらぶらと教室を出ていくとき、ぼくは緊張して落ち着かない。デクランとふたりで歩き、校舎を出て駐車場を横切る。気のせいかもしれないけど、みんなに二度見されてるような――やっぱりそうだ。煉瓦の壁沿いの定位置から、ジェイムズとマークがまちがいなくぼくたちを二度見する。じろじろ見たくなるのもしかたない。デクランとぼくが犬猿の仲なのは周知の事実だ……少なくとも、そういうことになってる。ぼくたちは、事あるごとにけんかしてる。そんなふたりがなぜ、超絶気まずそうにだまりこくってるとはいえ、まるで友だち同士のように肩を並べて歩いてる？　木陰でリアと立ち話してるエズラと目が合ったとき、もっとよく考えて行動するんだったといまさら思う。

「おれといっしょにいるのをもう後悔してるんじゃないよな」

隣に顔を向ける。デクランが片方の眉をあげ、エズラのいる方向から視線をもどす。

ぼくは激しく首を横に振る。「まさか。後悔なんてしてないよ」

〈ホワイト・キャッスル〉はきょうも混み合い、セント・キャサリンの生徒や、自転車のヘルメットにオーバーオール、クロックスのサンダルというでたちのブルックリンのヒップスターたちでにぎわってる。デクランとぼくは無言で列に並ぶ。ぼくはそわそわするのを我慢し、この微妙な空気を少なくとも十パーセントましにできるような気楽な会話をはじめようと頭をひねる……けど、何も浮かばない。デクランはただ腕組みをして、辛抱強く順番を待ってる。まったくの自然体で、ぼくが――ラッキーじゃなく、ほんとうのぼくとして――横にいるのに、これっぽっちも気にならないみたいだ。

ぼくたちはチーズスライダーをいくつか注文し、外の縁石にすわって数分間黙々と食べる。

デクランがそよ風に舞う茶色い巻き毛を目のまわりから払いのけ、ぼくたちに微笑みながら「やあ」と手をあげて歩いていくセント・キャサリンの生徒たちをまぶしげに見つめる。

「考えれば考えるほど」デクランが出し抜けに言う――首の骨が折れないのが不思議なくらい、ぼくはぱっと勢いよくデクランに顔を向ける。「だいぶあからさまだったよな。ヒントはあちこちに転がってた。おまえはセント・キャサリンの生徒だ。アートについて話したことも――おまえがアクリル画の授業で言いそうなことだ。アイデンティティに関する話もみんな。しかも、おまえはありえないくらい挙動不審だった」

「そこまで挙動不審じゃなかったと思うけど」

「めちゃくちゃ挙動不審だったぜ。しじゅうおれをじろじろ見て、唐突に話しかけてきてさ。それに、おまえはおれとエズラの関係をやたら知りたがった。おまえがエズラなんじゃないかと不安になったくらい――まあ、エズラであってほしいと期待してた部分もあるけどな」

「エズラであってほしかった？」なんとも言えない心境になる。

「ある意味な」デクランが言う。「どうしてもエズラであってほしかったわけじゃないが、ときどきはエズラが恋しかったから――それに、おまえのことも」

あたたかい気持ちに包まれる。それならなぜ、ぼくとエズラにあれほどどきつくあたったのかとききたくなる――どうして友だちでいられなかった？　デクランのことばを思い出す。「ぼくたちが話してたとき」ぼくは切り出す。「エズラと別れたのは、エズラがぼくを好きだからだって言ってたよね……」

「裏切られた気がしたんだ。嫉妬した。どうせ失恋するに決まってるなら、さっさと別れたほうが楽だった。それに、そのころは父親に勘当されてさんざんな目に遭ってた——おじいちゃんとふたりで、おじいちゃんをおれの保護者にするための法的手続きに追われてて、いろいろ大変だったんだ」

「ほんとうに気の毒に思ってる」ぼくはぽつりと言う。「そんなことがあったなんて知らなかった」

「ああ。おまえたちには話さなかったから」

「なんで?」

「同情されたくない」

「たまには友だちに頼ってもいいと思うよ」

「たいそうなご助言をどうも」

ぼくは鼻を鳴らして目玉をまわす。「いやなやつぶりが健在で安心したよ」

「いまおまえにいやなやつ呼ばわりされたくはない」デクランは思いがけず辛辣な調子で言う。

ふたたび目から巻き毛を払いのけ、太陽に向かってまばたきする。

「そうだよね」ぼくは言う。「ごめん。ほんとうに悪かった。だんだん事態が手に負えなくなって、それからぼくは——きみを好きになりはじめて——どうしたらいいかわからなくて、そのまま成り行きに任せた。途中でやめるべきだった。真実を話すべきだったんだ」

デクランは長いあいだ何も言わない。手のひらを後ろについて体重をかけ、また口を開く。

「いちばんのヒントはおまえの声だった。聞き覚えのある声だとは思ったが、おまえだとは思わなかった。そう思いたくなかっただけかもしれない」

「ぼくだとわかってがっかりした？」ぼくはきく。ただぼくに怒って、ぼくを傷つけてほしい。それでも、知りたい気持ちを抑えられない。

つかの間、デクランは無言でぼくをじっと見る——見つめられながら、ぼくはデクランとの会話を思い出す。デクランはぼくに会いたいと——ぼくにキスするチャンスがほしいと言った。赤面すると同時に、恐怖も感じる。ぼくの言ったとおりになるかもしれない。デクランがぼくに興味を持たなかったらどうしよう。

デクランがようやく返事をする。「がっかりはしてない。驚いたんだ。まさかおまえだと思わなかったから。事実をのみこむのにしばらくかかった。考えれば考えるほど納得がいったよ。おれの気持ちが……」デクランは小声になってことばを切り、思いつめたような顔をする。

さっき見た、焦がれるような期待が浮かんでる。ぼくの体がかっと熱くなる。

デクランは顎に力を入れて唾をのみ、ぼくから目をそらす。「今週末、おじいちゃんのうちに帰る」デクランは言う。「ビーコンの」

話題がふいに変わってぼくは戸惑う。「へえ」

「いっしょに来るか」デクランがきく。

「いっしょに？」ぼくは言う。「ビーコンへ？」

デクランはぼくの返事を待つ。ぼくを見つめる表情はさっきから変わらないようで――どことなく、ぼくが見慣れたいつものデクランにもどってる。鋼の表情。ぼくにまた傷つけられないように、自分の身を守るための鎧だ。脳内に父さんの声が響く。手にはいらない愛だとわかりながら愛するほうが、楽なこともある。ぼくたちふたりともにとって、これはいい関係と呼べるのかな。

迷いをぬぐいきれないとはいえ、デクランを――二度も――失う危険は冒したくない。「うん。わかった、ビーコンへ行くよ」

22

生まれてからずっとニューヨーク・シティに住んでるけど、アップステートには一度も行ったことがない。いったいどんな感じなのか想像もつかない。

土曜日の午後、着替えを入れたリュックを背負ってグランド・セントラル駅へ向かい、金の星々が輝く海色の天井の下でデクランと待ち合わせる。だいぶ気まずい。電話とあの〈ホワイト・キャッスル〉でのランチを除き、ふたりだけで話したことはあまりなくて、直接どう接すればいいのかお互いに探り合ってる感じだ。まずは当たり障りのない話題から。グランド・セントラル駅まではどうだった？　雨が降らないといいな、最近あのあたりは雷雨が多いから。

列車に乗りこみ、三つ並んだ席の真ん中にリュックを置いてすわる。地下のトンネルを抜けてから窓の外を見やると、ブラウンストーンの街並みが緑に吸いこまれていく――芝生、草原、そしてハドソン川が現れ、陽光の下で青く輝く。きれいだ。エズラもいっしょに眺められたらいいのに。

「アップステートで育ったの？」ぼくは首をひねってデクランを見る。

「十歳までな」デクランが言う。「そのころ、父親がシティにアパートメントを買ったんだ」

デクランの目が曇り、ぼくはふと、デクランの手を握りたくなる――ふれたらどんな感じかな。自分の手をデクランの手に重ねる。デクランはびくっとしてから、ぼくの指に自分の指をからめ、組み合わさったぼくたちの手を見つめる。デクランはかすかに微笑む。

「手をつないだらどんな感じかずっと想像してた。もしおまえがだれかわかって、おまえに会えるときが来たらって」

デクランが親指でぼくの関節をさする。ぼくのほうからふれたとはいえ、自分の手のなかにデクランの手があることが――この親密さが――ぼくを緊張させる。「望んでたのはこれがすべて?」

デクランが顔をあげる――ぼくの唇を見、それから目に視線を移す。「まだある」

エズラとのキスがどんなにすばらしかったかを思い出しながら、ぼくはあまり深く考えずに軽く身を乗り出す。すると、デクランは首を横に振って手を引っこめる。「ここじゃだめだ。シティほどオープンな人ばかりじゃない」

デクランが窓の外に視線をもどすので、ぼくもそうする――だまってすわりつづけているうちに、体がどんどん熱を帯びてくる。デクランにふれたい。デクランにキスしたい。エズラにキスしたときと同じように。そんな欲求がふくれあがり、やがて体内で荒れ狂う暴風雨になる。ほかには何も考えられない。列車は川沿いを走り、とうとうビーコン駅に到着する。ねずみ色の雲が空を横切って小雨をぱらつかせるなか、ぼくたちはがらがらの駐車場へ急ぐ。デクランが指さすのは、七十年代には人気だったかもしれない旧式のBMWだ。背中をまるめた白髪の男の人が、雨のなか煙草を吸いながら待ってる。ぼくたちが近づいていくと、デクランに向かってにっこりと笑みを浮かべる。ふたりが抱き合っているあいだ、ぼくは男の人の顔を見る——なんでだろう、見覚えがある気がする。前に会ったことがあるような。

デクランが体を離し、身ぶりで手早く紹介をすませようとする——早く車に乗って雨から逃れたいんだ。ところが、デクランのおじいさんは笑顔でぼくを見つめ、首をかしげる。「おや！　きみか！」

ぼくはまばたきする。デクランもまばたきする。

「きみだったのか」デクランのおじいさんがもう一度、さっきよりも力をこめて言う。「地下鉄で会った少年じゃないか。覚えているかな？　友だちといっしょにいたきみに、わたしは孫の話をしたろう。この子だよ」デクランに両手を向ける。「わたしの孫だ」

ぼくは目をみはる。あのときはエズラといっしょにいた。この人がじろじろ見てくるのでイラついてたら、自分と奥さんにカミングアウトした孫の話を急にしはじめたんだっけ……。

デクランのおじいさんは、あのときぼくが別の男といたことを覚えてるみたいだけど、それについては何も言わない——ただ、ぼくにいたずらっぽい笑みを浮かべてみせる。「思ったとおりだ。うちの孫を気に入るはずだと言ったろう」

デクランと後部座席に乗りこむと、なかは革とコロンのにおいがする。デクランのおじいさん——名前はタリー——がうれしそうに手を伸ばしてデクランの巻き毛をぐちゃぐちゃにし、今週はどうだったと尋ねる。そして、ぼくたちは出発する。

シティを離れるのはすごく変な感じだ。ブラウンストーンの建物も高層ビルもない——木々と、遠くに見える緑の山並みと、果てしない青空があるだけだ。

「すごいだろ？」ぼくの心を読んだのか、デクランがにやりとして言う。「シティからもどってくるたびにびっくりするよ」

車が住宅地にはいると、家々がだんだん大きくなり、やがて数分おきに豪邸が現れるだけになる。デクランは明らかにぼくの視線を避けてる。おじいさんが車を左折させ、茂みと木立に半ば隠れた車道にはいってなだらかな坂をのぼっていくと、やがて視界が開け、青い二階建ての家と砂利を敷いたドライブウェイが現れる。デクランのことばを思い出す。おじいさんがこの家を売ってデクランの将来の資金にしようと提案したとき、デクランは断ったんだ。

車が停まる。デクランとぼくが勢いよく車外へ出ると、スニーカーの下で砂利がみしりと鳴る。三人でなかへはいる。玄関のドアは施錠されていない。ドアのそばに靴がきちんと並べられ、その隣にコート掛けがある。アンティークのエンドテーブルの上に、この家の名前を記した看板が置いてある——〈豚の頭（ピグズ・ヘッド）〉。名前のある家なんてはじめて来た。

読まなければいけない本がある、とタリーが言い、デクランに笑顔でウインクする。ぼくたちをしばらくふたりきりにしようとしてるのが見え見えで、照れくさくなる。デクランは気にしてないみたいだ。デクランの案内で、ぼくは家のなかを見てまわる。白い大理石とステンレスでできた巨大なプロ仕様のキッチンに、こぢんまりとした食事スペース。巨大なオークの机と何段も連なる本棚のある書斎。客間と、それよりも気楽な雰囲気で巨大な薄型テレビのあるリビングルーム。テーブルマットとキャンドルが並ぶダイニングルーム。ぼくが泊まる来客用寝室には、専用のバスルームと巨大な猫足のバスタブがある。

こんな豪邸を見ると、パーク街のペントハウスに暮らすエズラ一家のことを思い出す。ぼくはエズにやつあたりしてた――嫉妬して、恵まれた環境をあたりまえだと思ってることに怒ってた。エズラはただ、自分の弱さや感じてる恐怖をぼくに伝えたかっただけ、ぼくの支えを必要としていただけなのに。ぼくの人生にエズラがいてくれることがどれほどの幸運か、ぼくはわかっていなかった。エズラがぼくを必要としなくなったとき、ぼくがどれほどエズラを恋しく思うか。ぼくが避けつづけてる疑問――ぼくはエズラをどう思ってる？――は、いくら追い払ってもぼくの心に無理やり押し入ってくる。

デクランとぼくは来客用寝室で立ち止まる。ぼくはこの家の富に身がすくんで、歩きまわるのも何かにふれるのもおっかなびっくりだけど、デクランは自慢げなそぶりを見せない。ぼくは床にリュックをおろす。デクランはドア枠にもたれ、何をするでもなくたたずんでる。

「おじいさんといっしょの時間を邪魔して悪いな」

デクランは肩をすくめる。「いいさ。いっしょに夕食をとるんだし」

ぼくはうなずいてベッドの端にすわる。デクランにどうしても惹かれてしまう。ぼくたちがお互いにいだいてるこの感情は複雑で、きれいでもなくて――よくわからないけど、あまり健全とは言えないのかもしれない。だとしても、いますぐデクランにキスしたい気持ちに変わりはない。

デクランがふっと笑うのを見て、気がつく――わざとやってるな。こいつ、ぼくがキスしたがってるのを知ってる。そこに立ち、やってみろとぼくを挑発してるんだ。ぼくは立ちあがってデクランに近づき、列車のなかでしたように、もう一度顔を近づけようとする。ところが、デクランはぷいと顔をそむける。

心がちくりとするのに気づかないふりをする。「ここなら人目を気にする必要ないのに」ぼくは言う。

「たしかに」デクランは言う。「だが、来客とはいちゃついちゃいけないことになってる。規則でね」

「マジ?」

デクランはにやりと笑う。「それに、仕返しは楽しいしな」

「仕返し?」にやついてるデクランにぼくは尋ねる。「それ、いつ終わるの?」

「決めてない」デクランはぼくの唇に視線を落とし、ドア枠から背中を離す。「プールに行こうぜ」

そりゃあ、プールもありますよね。ぼくはドアを閉じ、短パンにはき替えてから、プールを目指して歩く――書斎とキッチンで迷子になり、ダイニングルームに引き返して廊下を進み、脱衣所と両開きのガラスのドアに行き着く。アイスブルーの水のなかで泳いでるデクランが見える。水面に浮かびあがり、顔にかかった髪を後ろになでつけてる。ぼくがプールに近づくと、デクランは顔をあげてぼくを二度見する。

そっか。ぼくの傷痕。タンクトップを着てくればよかったと即座に後悔するけど、いままでは隠す必要を感じたことがなかった。デクランといるからって意識しなくてもいいはずじゃないか。

「やあ」デクランが目を細くしてぼくを見あげる。

「やあ」

ぼくはプールのへりに腰をおろし、両足を水に差し入れる。デクランが両手をついてプールから体を引きあげ、石造りの床に水をはねかけながらぼくの隣にすわる。

「手術したのはいつ?」デクランが小声できき、ぼくたちの肩がぶつかるほど体を近づける。デクランの肌についた水滴が冷たい。

「一年前くらい」ぼくはささやく。

「いい……?」デクランが手を伸ばし、指の関節がぼくのみぞおちと肋骨をかすめる。ぼくがうなずくと、デクランは指でそっと傷痕をなぞる。身を硬くしたぼくを、デクランがまつ毛の長い目で見つめる。ぼくは身を乗り出し、デクランの吐息が自分の唇にかかるほど顔を近づける。つぎの瞬間、デクランがぼくを突き飛ばす——ぼくは悲鳴をあげてプールに落ち、鼻と目に塩素くさい水がはいる。水しぶきをあげて勢いよく水面に顔を出すと、デクランは息も絶えだえになって笑い転げてる。ぼくに水をかけられて、デクランはまた笑う。ぼくはデクランの足をつかんで引っ張り、デクランはうおっと叫んで水に滑り落ちる。

陽が傾き、蛍の光が芝生や庭を点々と照らすまで、ぼくたちは何時間もプールではしゃいで過ごす。疲れたときは、あたたかいコンクリートに横たわる。そういう瞬間に、ぼくはふと考える。こんなにもあっという間に、これだけの変化があるなんて——デクランが大きらいだったのに、いまは愛のようなものを感じてる。ぼくはずっと求めてた——ラヴというラストネームのとおり、愛し、愛されてみたかった。ほしかったすべてがここにある……はずなのに、何かが欠けてる気がするのはどうしてだろう。

「これってすごいことだよな」デクランが言う。「五年前だったら、こんなふうに堂々とだれかをうちに連れてくるなんて絶対にありえなかった」ぼくと目を合わせずに肩をすくめる。「おれの父さんは、かなり熱心なカトリック教徒なんだ。理解してほしいと昔は思ってた——おれは息子なんだから、受け入れられるんじゃないかと期待した。それから、自分のばかさ加減に笑ったよ。どれだけずうずうしいのかって。父親が神さまよりおれを愛すると思うなんてさ」

ぼくは宗教を信じてないから、デクランの気持ちは察するしかない。「だけど、息子と神さまをふたりとも愛することだってできるよね？」

「そうであってほしかった」デクランはあきらめ顔で言う。「おれが男を好きだという事実を受け入れてもなぜ問題ないのか、文章にまとめて渡したこともある。かつて白人が聖書を利用して奴隷制を正当化したことを説明して、わかってもらおうとしたんだ――つまり、問題は解釈の仕方であって、聖書を口実に人を粗末に扱ったことなんだと。おれの母さんは黒人だから、それで考えが変わればいいと思ったが、無駄だった。読んだかどうかも教えてくれなかった。それに、母さんは――母さんのことは愛してるけど、あの人は父さんの言いなりになるだけだ。父さんは母さんの心を操って追いつめ、おれを追い出すべきだと納得させた。それがいちばんこたえたよ。母さんはおれのために闘おうとすらしなかった。父さんに従って――父さんがおれに出ていけと言ったときも、何もしなかった」

デクランの声がわずかにしわがれる。泣いてるのかと思ってぼくが視線を向けるより早く、デクランは両目をごしごしとこすって顔をそむける。

「つらかったね、デクラン」ぼくは言う。「ことばが見つからないよ」

デクランは首を横に振り、水に濡れて黒さを増した巻き毛を片手でなでつける。「しかたないさ。それに、いまのほうが幸せなんだ。おれにはおじいちゃんがいる。だれもがこんなに恵まれてるわけじゃない」

肌寒いそよ風がぼくたちを室内へ連れもどす。脱衣所にはいったとたん、タリーの声がぼくたちを呼び、もうじき夕食の時間だと伝える。

うう。この豪邸でこれから夕食だと思うと、急に緊張してくる。きちんとしたシャツなんて持ってきてないから、ぼくはショートパンツといちばんしわのない花柄のTシャツに着替える。廊下を進んでダイニングルームにはいると、デクランとタリーがすでに待ってる。タリーはハグが大好きだ。ぼくとデクランを順に抱きしめてから、すわって食べるように促す。

ぼくたちは席につく。今夜のメニューは、焼きたてのパン、バルサミコのヴィネグレットソースであえたケールサラダ、ジェノベーゼとパルメザンチーズのパスタ。「昔は料理が趣味だったんだ」タリーが言う。「近ごろはひとりで食べる日がほとんどだから、それほどでもないがね」

タリーはぼくたちにワインをくれ、ぼくにいくつか質問する。デクランとはどうやって知り合った？　セント・キャサリンはどう？　どの大学を受ける？　ぼくは返事に窮する。ちらりと隣を見やると、デクランが大きく息を吸って目をそらす。ぼくたちはその話をしてない。ふたりともまだブラウン大学を受けるつもりだ。同じ奨学金を狙ってる。タリーはもう働いてなくて、デクランによれば貯金を切り崩して生活してる。この家を売ってデクランの学費にあてようとしたけど、デクランがそうさせない。その気持ちはわかる。ぼくだってきっとそうするだろうから。

デクランが咳払いして言う。「あんまりフィリックスをいじめないでくれよ」

「おまえにふさわしい相手かどうかたしかめなきゃならんだろうに」タリーはそう言いつつもデクランの合図を察し、ダブリンで過ごした少年時代に話を移す。湖で泳いだこと、はじめて恋に落ちたときのこと。「おまえのおばあさんに出会うより何年も前の話だ」タリーはデクランに言う。「キャスリーンという子だった。わたしはあの子を愛していた。あんなに激しく人を愛したことはない。それこそ、おまえのおばあさんよりも愛していたんだ。おや、そんな目で見ないでもらいたいね。キャスリーンはわたしの生涯の恋人だよ。胸を張ってそう言える。あの恋には特別な炎があった。もう二度と感じられない炎がね。だが、愛し合うふたりだからといって、結ばれる運命だとはかぎらない。けんかの数ときたら、わたしたちが体を――」

「おじいちゃん」デクランがさえぎる。「それ以上言わないで」

「――重ねた数に負けないほど多かった」タリーは何も聞こえなかったかのように平気な顔で先をつづけ、両手で顔を覆ったデクランを無視する。「わたしたちは深く愛し合っていたが、関係はうまくいかなかった。そして、わたしたちはひとりの人を愛したからといって、ほかの相手を愛せないわけではない。そうだろう？」タリーはそう言い、ぼくたちが返事をしなくても、それ以上は追及しない。

食べ終えるころ、ぼくたちはみんなほろ酔いになって眠気を感じてる。タリーはデクランにキスし、長いハグをする。デクランの耳もとで何かささやき、ぽんと頬を叩いてから、こんどはぼくを抱きしめる。タリーはあたたかくてコショウのにおいがする。

「この子をよろしく」タリーはにっこりしてぼくの頬をやさしく叩くと、おやすみを告げてダイニングルームを出ていく。

デクランの目が少し濡れてる。デクランは肩で涙をぬぐう。

「だいじょうぶ?」

デクランはうなずく。「ああ。いいおじいちゃんだなと思ってさ」

マホガニー張りの廊下を通り、ふたりでぼくの寝室へ向かう。裸足に木の床がひんやりする。さっきのようにドア枠にもたれるかわりに、デクランはなかまではいってきて、ぼくといっしょにベッドにすわる。

「ここに連れてきてくれてありがとう」ぼくは言う。「自分では気づかなかったけど、シティからしばらく離れる時間が必要だったと思う。シティと……」エズラ、と言いそうになるのをこらえる。

言わなくても、デクランにはばれてる。「おまえたち、口きいてないみたいだな」

「うん。なんか微妙な感じになっちゃって」

「キスしたから?」デクランがそっときく。

ぼくはうなずき、後ろめたくなって目をそむける。ぼくたちは付き合おうと宣言したわけじゃないし、ただ会ってるだけかもしれないけど、デクランが傷つき、裏切られたように感じてるのがわかる。デクランがぼくを好きになる前から、ぼくはデクランを傷つけることしかしてないみたいだ。「エズラとはうまくいってないんだ」

「残念だとは思わないな」デクランが言う。「嫉妬せずにいるのはむずかしい」

「ぼくたちは付き合ってない」ぼくは言う。「その、ぼくとエズラのことだけど」

「でも、あいつはおまえを愛してる」デクランが言う。ぼくが同意するのを——ぼくもエズラを好きだと認めるのを——待つかのようにぼくを見つめる。でも、ぼくにはわからない。自分の気持ちがわからない。ぼくはエズラを愛してる——もちろん愛してる——けど、この気持ちは友情なんだろうか、それともほかのもの？

「きみのおじいさんの言うとおりなのかも」

「マジでいま、おれのおじいちゃんの話する気か？」

デクランがふたたびぼくを見る。こんなふうに見つめる人を、ぼくはほかに知らない——少しも臆することなく、悪びれる様子もなく、ぼくを欲する気持ちを隠そうともしない。ぼくもデクランを欲してると知ってて、ぼくを笑ってるみたいだ。

「でもさ、思ったんだ」ぼくはささやく。「愛する相手がひとりだけじゃないこともあるんだろうなって——それに、だれかを愛してたとして、その人と結ばれるとはかぎらない」

デクランはあまりぼくの話を聞いてない。「おまえはそうなのか？　おれを愛してる？」

そう尋ねて、ぼくの返事を待つ。ぼくは前かがみになる。また体を引いて笑うのかと思ったけど、デクランは唇の端をぴくつかせるだけだ。エズラに言われたことを思い出し——そっと、やさしく、力を入れすぎないで――息を殺してデクランの唇にふれる。デクランは微笑み、ぼくたちはもう一度、それから何度もキスをして、ふたりでベッドに倒れこむ。デクランがぼくの上に乗り、自分とぼくのシャツを取り去って、ぼくの首に、鎖骨に、傷痕に口づける。エズラとはここまでしなかった。神経がぴりつきはじめる。

「ゆっくり」ぼくは言う。あえぎ声のようになってしまって恥ずかしい。「もっとゆっくりじゃないと」

デクランはうなずき、ぼくの傷痕、首、口にまたキスする。「はじめてなのか」

「はじめて？」

「セックスするの」

ぼくはぎょっとする。デクランが今夜そこまでするつもりだとは思ってなかった。「ええと、うん、ぼくはまだ……」デクランは問題ないというようにうなずくけど、ぼくは不安になる。

「きみは？　セックスしたことある？」

デクランは怪訝そうに体を離す。「ああ、あるよ。エズラと……」

ぼくは目をそむける。「そっか」

「しなくてもいいんだぞ」

「ぼくはまだ準備ができてない」数日前にファーストキスをしたばかりだ。

「わかった」

「ぼくだってしたいけど、でも――」

「ああ。おれもしたい」デクランは体を起こしてすわり、脚を組む。「緊張してるのか――おれ、トランスの男とセックスする方法を調べたんだが――」

マジかよ。ぼくがいまはデミボーイだと自認してる話もまだしてないのに。「うん、それもあるけど――心の準備がまだなんだ」

「別にこわがることないんだぜ」

思考が止まる。デクランは、相変わらず大胆不敵な表情でぼくをじっと見てる。「なんか、プレッシャーかけられてる気分だよ」

デクランは両眉をあげ、手を髪に滑らせる。「わかった。悪い。そういうつもりじゃなかった」

まさかと思い、怒りと羞恥心で体が熱くなる。ぼくはなんとかことばを絞り出す。「セックスするためにぼくをここへ呼んだの？」

「ちがう」デクランはやや声を張りあげて言う。「いっしょに過ごしたかったからだ。もしかしたらおまえがセックスも望むかもしれないと思って、トランスの男とする方法を調べたんだよ」大きく息を吸いこみ、目をそらす。「セックスしなきゃいけないわけじゃない」

「わかってる」

デクランはベッドからおり、床に落ちたシャツを拾って頭からかぶる。「おれがエズラだったらセックスしてたか」

「え？」

「おれがエズラだったら、おまえはもっと乗り気だったんだろうな」

そんなのわかるもんか――いまはただ、なんとなくデクランがいやになる。「ひとりにしてくれる？」

デクランは身をこわばらせる。「オーケー。なあ、悪かったよ」ぼくとできるかぎり距離を置き、ベッドにふたたび腰をおろす。「ほんとうに悪かった、な？」

ぼくは首を横に振る。「もっと乗り気だったかなんてわからないよ」

「でも、おまえはあいつを愛してる。そうだろ？」

「わからない」

嘘だ。そんなの嘘だ。ぼくはエズラを愛してる。愛してるに決まってる――そう認めるのを恐れてただけで、いままでもずっと愛してたじゃないか。ぼくにはわかってる。デクランとぼくたちのこの関係がなんであれ、うまくいかないということを。うまくいくはずがなかった。父さんの言ったとおり――心の痛みや、デクランとぼくのような愛情に逃げるほうが簡単なんだ。そのほうがこわくない。ぼくたちの関係がどう終わるか、最初からわかってるから。

「おまえがいまエズラといっしょにいないのは、あいつがおまえと口をきかないからってだけだよな」

そうかもしれない。ぼくがそう言うと、デクランはまぶたを閉じる。

「なんてざまだ」デクランは膝の上にうなだれる。「ほんとうに愛してるんだ。こんなふうにだれかを好きになったことはなかった。おまえを失ったとは信じたくなかった。ラッキーがおまえだとわかったとき、おまえがおれの人生から消えたとは認めたくなくて、もう一度やりなおしてみようと思った。だが……」

「うまくいきそうにないよね」ぼくはデクランのことばをつなぐ。ふたりで関係を立てなおそうとする前から、デクランがおじいさんの家にぼくを招待する前から、ぼくがラッキーとしてデクランと話しつづけようと決めたあの日でさえ、わかってたことだ。ぼくたちの関係は成立しない。

デクランがかぶりを振る。「プレッシャーを感じさせるつもりじゃなかった。ごめんな。セックスしたら、おまえもおれを愛してるんだと思える気がしたんだ――おれがラッキーを愛してるのと同じくらい、もしかしたらエズラよりも……でも、まちがってた。悪かったよ」

ぼくはびくりとする。〝ラッキーを愛してる〟。デクランが愛してるのは、フィリックスとしてのぼくじゃない。でも、ぼくはデクランを責められない。デクランに怒る立場にない。

「ごめん」ぼくはかすれた声で言う。「ぼくはきみをだました。操った。きみがぼくを好きになりはじめたときも、やめなかった。あんなふうに嘘をつくべきじゃなかった。ごめん、デクラン。心から謝るよ」涙が出てくる。猛烈に恥ずかしいけど、いまの状況で恥ずかしくないことなんて何もない。

自分も泣きそうなのをこらえるかのように、デクランは唾をのんでうなずく。「どうかしてるよな、いまもおまえが好きだと思うなんてさ。だが、おまえを許せる日が来るかどうかはわからない」

そのことばに胸をえぐられる。

デクランは軽く微笑む。「おれはたぶん、おまえがここに来て、おれはおまえを許して気持ちを切り替えて、ふたりで魔法のおとぎ話みたいなハッピーエンドを迎えられたらって期待してた」

ぼくだって、魔法のおとぎ話みたいなハッピーエンドになればいいと思った。でも——自分にそう言い聞かせてただけで、それはぼくのほんとうの望みじゃない。ぼくは愛し愛されたかった。一方で、胸躍る気持ちと喜びで満たされるような愛を失う危険は冒したくなかった。そんな愛を、ぼくは知ってる。エズラのことを考えるとき——エズラがげらげらと大声で笑うとき、ハイになってくだらない話をするとき、眠りながらぼくを胸に抱き寄せるときに感じる愛。ぼくはエズラを愛してる。こわいくらいに愛してる。

「ぼくたち、これからも友だちでいられると思う?」ぼくはぽつりと言う。こんな状況になっても、毎日毎晩、何時間も話してた相手を忘れられそうにないから。自分が望んだようにデクランを愛せなくても——大切に思う気持ちに変わりはない。

「さあ、どうだろうな。おまえを愛してるとは言っても」デクランはうなずきながら言う。「いまはおまえが心底憎い」

「じゃあ、いままでとあんまり変わらないね」

デクランは小さな笑い声を漏らす。しばらく沈黙がつづき、デクランが返事を考えてるのがわかる。「少し時間をくれるか」

「うん。わかった」

「ひょっとしたら――ブラウン大学がおれたちふたりともに奨学金をくれるかもしれないしな。そしたらいっしょに通える」

ありえない。それくらいふたりとも理解してる。「そうなったらすごいや」

デクランはうなずく。「結果はさんざんだが、感謝もしてるんだ。あんなふうに人を愛せると思わなかったから。自分にもできるんだとわかった。おまえと――ラッキーと――じゃなくても、きっとまただれかを好きになると思う」

デクランはぼくに顔を近づける。ぼくが拒否しないのをたしかめてから――そっと頬にキスすると、笑みを浮かべて体を離し、寝室を出ていく。翌朝、タリーがぼくを駅に送るために待ってる。ぼくはまともに目を合わせられない。タリーはサングラスをかけてるから、いまぼくをどんなふうに思ってるのか、どのみちよくわからないけど。

「けんかかね?」車に乗りこむぼくにタリーが言い、ぼくの横でドアをバタンと閉める。

ぼくはうなずき、両の手のひらを見つめる。くたくただ。デクランが寝室を出ていったあと、一睡もできなかった。スマホをにらみつづけ——エズラに書いたメッセージを開いたり閉じたりしてた。母さんに送ったメールには、心をこめて自分の本音を書いたけど、何日経っても返事はない。エズラも同じだったらと思うとこわくなる。

タリーがため息をつく。「若者たちの恋だよ。そう言えばじゅうぶんじゃないかね?」

23

　プライドマーチの開催日、六月最後の日曜日まであと数日。たった一カ月でこんなにも状況が変わるなんて思いもしなかった。そんなことを考えながら、だれもいない写真科の教室でリアと腰かける。リアのランチの誘いを断らなくてよかった。話し相手がいるのはうれしいし、エズラとデクランをふたりとも失ったうえに、ほかに友だちがいないとめそめそせずにすむ……それに、気がつくまでにだいぶ時間がかかっちゃったけど、リアはとんでもなくクールな人だ。

「夏期ギャラリー展には応募するの？」リアが尋ねる。

「うん。そのつもりだよ」

「絶対応募すべき。フィリックスのセルフポートレートはほんとうにすてき
だもん。真面目な話、抜群にいいよ。みんなそう思ってる」

　頬がほてるのを感じる。「そうかな」

　ドアが開き、ぼくたちは椅子にすわったまま体をひねる。オースティンがなかをのぞきこんでる。ぼくはぎくりとする。最後にオースティンと会ったのは、まだオースティンがエズラと付き合ってたときだ。最近は駐車場でタイラーやヘイゼルといるところを見かけるだけで、ぼ

くたちの関係は以前の状態に逆もどりしてる。

オースティンがぼくに気づき、もぐもぐと言う。「あ――ごめん、だれもいないと思ってた」

「気にしないで。はいんなよ」ピーナッツバター・アンド・ジェリー・サンドイッチを頬張りながら、リアが言う。

オースティンは動かない。もう一度ぼくを見やり、こわばった笑みを浮かべる。「いや。マジでいいよ。ぼくは――」

リアが眉をひそめる。「エズラのことでまだ気まずいの？　まあ、それでも別にいいけど――」

「気まずくないし」

「なら、こっちに来てすわんなって」

オースティンはため息をついてなかにはいり、ドアを閉める。重い足どりでこっちへ来ると、椅子を引いて腰をおろし、油でべとついた茶色い紙袋からピザを取り出す。「リアってときどき強引だよな」

「そのための家族だもん」リアが言う。「エズラのことで気まずくたっていいんだよ」

「平気だよ。もう吹っ切れたから」

ぼくは気まずいどころじゃない。自分のカップラーメンから立ちのぼる湯気を見つめる。

「ふたりのこと、残念だよ」ぼくは言う。

「嘘だね」オースティンがつぶやく。

ぼくは驚いて顔をあげる。

「オースティン！」リアが面食らってオースティンを見る。

「なんだよ？　こいつ、残念だなんて思ってないよ」オースティンは肩をすくめる。「これでエズラをひとり占めにできる。相思相愛なんだろ。みんな知ってる。リアだって何度もそう言ってたじゃないか」

リアが顔をピンクに染め、ぼくをちらりと見る。その真相はぼく本人もわかってなくて、ずっと混乱してた――けど、考えれば考えるほど、答えは明白になるばかりだ。自分が鈍感なまぬけに思えてくる。みんなのほうが先にぼくの気持ちを見抜いてたらしい。

「もう関係ないんだ」ぼくは椅子にもたれて腕を組む。「エズラにきらわれたから。ぼくとは目も合わせてくれない」

しばらく沈黙がつづいたあと、残念だよ、とリアが静かに言う。「これからいい方向に進むかもしれない。まだわからないじゃない？」

ぎくしゃくした雰囲気のなか――ぼくとオースティンが向かい合ってるのに、ぎくしゃくしないほうが無理だ――ランチを食べてるうちに、会話がなんとか流れに乗りはじめる。最近ハマったテレビ番組、楽しみにしてる映画、夏期講習が終わったらやりたいこと。遠い昔なら、ぼくは即答できた。エズラと毎日片時も離れなかったから。エズラなしで過ごす日々は想像すらできない。やり方や考え方をたくさん変えなくちゃいけないんだろうけど、気が進まない。廊下、駐車場の向こう側、教室の反対側でエズラを見かける。エズラはいつもぼくを無視し、ぼくは怖じ気づいて声をかけられない――真実を伝えられない。すべてにおいてエズラが正しかったこと。ぼくもエズラを愛してること。

「オースティン」リアが言う。「来月のアリアナ・グランデのコンサート、まだ行くつもり？」

テーブルの下で片方の脚をぶらぶらさせてたぼくは、〝グランデ(grande)〟と聞いて固まる。オースティンは口ごもる。まだほとんど手つかずのチーズピザをじっと見てる。「そのつもりだよ、うん」

「わたしのママもチケット買っていいって」

「ふうん」

「いっしょに行ったら楽しいよね？」

「おい、その話はしたくないと思ってる人がいるのに、全然空気読めないんだな」

リアがにっこりしてぼくに顔を向ける。「恥ずかしがってるけど、オースティンはアリアナ・グランデに夢中なの」

「夢中じゃない」オースティンはぼくと目を合わせない。

「まあまあ夢中だよね。別に恥ずかしがることない――だって、大スターだよ。夢中になるのも無理ないって」

オースティンは何も言わない。ぼくをちらりと見て、また目をそらす。ぼくはオースティンを見つめるけど、その姿は視界にはいってこない。目に浮かぶのは、grandequeen69からのメッセージだけ。あいつがぼくにぶつけてきた怒りと憎しみ、ギャラリーでさらされたぼくの昔の写真と名前。このくそ野郎がだれなのか、教室にいるだれかなのかと考えて、頭がどうにかなりそうだったこと……。

「おまえだったのか」ぼくは言う。

リアが驚いてぼくに顔を向け――困惑する。「えっと、何？」

オースティンはまだぼくを見ない。ぼくが何を言ってるのか、はっきりとわかってる。

ぼくは頭をゆっくり左右に振る。混乱、衝撃、怒り――感情が全身にほとばしり、自分が何を感じてるのかも、どう反応すべきなのかもわからない。笑い、泣き、叫び、テーブル越しに飛びかかって、オースティンをぶん殴ってやりたい。ききたいことはただひとつ。「なんで？」オースティンはまだぼくを見ない。「なんであんなことしたんだよ？」

ぼくとオースティンを交互に見るうちに、リアの混乱が恐怖に変わっていく。事態をのみこんだショックが顔にひろがるのと同時に、とても信じられずにいるみたいだ。

オースティンがピザを見つめたまま、ごくりと喉ぼとけを上下させる。

「なんであんなことしたんだよ、オースティン」

「怒鳴らなくてもいいだろ」オースティンがぼそっと言う。

オースティンの前で取り乱さないように、ぼくは目を閉じて深呼吸する。手を出せば、セント・キャサリンにはいられなくなる。

「まちがってた」オースティンが言う。「まちがいだった。それだけだよ」

「ぼくのインスタグラムに侵入して、写真を盗んで、昔の名前をみんなにばらすのがまちがいだった？　それに、あの大量のメッセージ――トランスフォビックないやがらせをしてきたのも。あれもただのまちがいだって言うのか」

オースティンは何も言わない。

「なんでなんだよ？」ぼくが知りたいのはそれだけだ。何度も何度も、頭のなかをぐるぐるまわる疑問。

オースティンはためらう。それから口を開き、こう言う。「なんでそんなにギャラリーのことで大騒ぎするんだよ。トランスでいるのが誇りなんだろ」

「本気で言ってるのか」

「冗談でしょ」リアが言う。「あんたなの？　あんただったの、オースティン？　お願いだから冗談だって言ってよ」

ぎゅっと握りしめたぼくの両こぶしが震えてる。「そうだよ、ぼくはトランスであることを誇りに思ってる。でも、あれはプライベートなものだ。あの写真も。ぼくの昔の名前も。おまえに公開する権利はない」つい大声が出るけど、どうでもいい。「あんなことをする許可をおまえにやった覚えはない。あれは暴力だ。攻撃だよ」

オースティンが唾をのんで下を向く。顔に垂れた毛束を耳にかける。

「冗談だと言って」リアが絶望した声で言う。

「おまえにムカついたんだ」オースティンがぼくに言う。「おまえにわかるかよ」

「いったいどうして？」

「エズラと話したかった」オースティンが言う。「それなのに、ふたりきりで話すチャンスが全然なかった。おまえがいつもいっしょにいて、エズラはおまえを褒めちぎってばっかでさ。そんなのばかげてる。だって、エズラは男が好きなのに、おまえは――おまえは男ですら――」

リアがオースティンをさえぎる。「やめて」目が濡れて、頬が赤くなってる。泣いてるんだ。

「そんなこと言わないで、オースティン」

やましげな顔をするくらいの良心は、オースティンにもあるらしい。「不公平だと思ったんだ。ゲイでいるのは楽じゃない。ブルックリンでさえ、ニューヨーク・シティでさえそうだ。そこへおまえみたいな連中が現れて、ぼくたちのアイデンティティと居場所を奪ってる」

「信じられない」リアが言う。

「トランスの人たちは何も奪ってなんかない」ぼくは言う。

「だからわたしにハッキングのプログラムを見せるよう頼んできたわけ？」リアは目を見開い

て頭を振る。

「それに、イラつくんだよ」オースティンが言う。「おまえが――トランスジェンダーであることをぼくたちの顔面に突きつけてくるのが。みんながみんな、そこまでオープンになれるわけじゃない。カミングアウトできない人もいる。ぼくはできない。両親にわかってもらえないから。でも、おまえは事あるごとにそれを自慢してる」

「自慢なんかしてない。ここにいるだけだ。これがぼくなんだ。自分は隠せない。消えてなくなるなんてできない。できたとしたって、そんなのはまっぴらだ。みんなと同じように、ぼくにもここにいる権利がある。存在する権利がある」

オースティンはテーブルにうつむき、まだ顔をあげようとしない。「エズラがギャラリーを見れば、おまえがトランスジェンダーなのを思い出して興味をなくすと思ったんだ。それだけだよ」

「ぼくがトランスジェンダーなのを思い出して興味をなくす」ぼくは繰り返す。「トランスの人たちは恋愛対象にならないと思うからか？　おまえはまちがってる、オースティン。自分でもわかってるんだろ」

「クソッ」リアが声を荒らげて言う。「いい、オースティン。ほんとうの問題は、あんたがフィリックスに嫉妬してることでも、エズラに執着してることでもない――ちなみに言っとくけど、その恋は成就しないからさっさとあきらめるんだね。ほんとうの問題は、あんたがすべてを手に入れて当然だと思ってること。ブルックリンの白人でいるのに慣れっこで、なんでも思いどおりになると思ってる——ううん、あんたがゲイかどうかなんてどうでもいい。だって、フィリックスみたいな人は、クィアで、しかもトランスで、そのうえ黒人で、あんたやわたしよりずっとたくさんの理不尽な目に遭わなきゃならない。そりゃ、あんたはゲイで、たしかに社会から疎外されてるよ。でもあんたは、ほかの疎外されてる人たち、あんたより大変な立場にいる人たちの味方（アライ）になるかわりに、人種差別と男尊女卑に走って、白人の自分がほかの人たちより優位であるかのようにふるまった。自分の居場所が奪われ、全世界に貸しがあると勘ちがいして、自分のほしいものが手にはいらないとわかったとたん、くそ野郎になりさがった。こんな最低な話ってないよ、オースティン！」

リアは叫んでる。リアの声が教室じゅうに響いてるのに、だれもドアをあけて様子をうかがってこない。オースティンは目を大きく見開いてリアを見つめてる。まるで、テーブルを乗り越えてきたリアに顔面を平手打ちされたかのように。オースティンは泣いてる。ぼくも泣いてる。みんな、泣いてる。

「ごめん」オースティンがかすれた声でささやく。

リアはあきれた顔をして涙をぬぐう。「それじゃ足りない。謝るだけじゃ全然足りないよ」

オースティンはどうしてもぼくと目を合わせられない。「ごめん。ほかに何を言えばいいんだよ。悪かった」

ああ、最悪の展開だ。何もかも、気が遠くなるほどめちゃくちゃにまちがってる。ところが、この静かな教室で、テーブルにうつむくオースティンを見つめているうちに、ぼくの荒れ狂う激情が薄らいでいき、余韻だけがあとに残る。そう、オースティンはぼくを傷つけたし、怒りがすっかり消えたわけじゃない——でも、オースティンがどうしようもなく無知であることは、火を見るより明らかだ。オースティンは、自分と同類の人たちにだけ許された特権のバブルを作ってる。そのせいで、オースティンは自分を取り囲む外の世界を理解しない——理解したいと思わない。オースティンから見たその世界は、恐怖と困難に満ちているから。オースティンが少しかわいそうに思えてくる。ジェンダーアイデンティティ・ディスカッショングループのベックスと参加者たちのことを考える——キャレン・ロードや、LGBTセンターや、そこに集まるさまざまな人たち。ジェンダーも年齢も人種もばらばらなぼくたちをひとつにする、アイデンティティのキルト。オースティンは、そんな人たちと出会い、学びと愛を得る機会をけっして手にしない。白人で、ぼくよりずっと恵まれた環境にいるとしても、ぼくと同じようには世界を経験できない。そんな相手をいつまでも恨んでいられない。この怒りを自分のなかにかかえて、全身を食いつぶされるのはごめんだ。

リアがオースティンに告げる。正直言って、これを乗り越えられる自信がない——自分の家族がこんなことをするなんて思わなかった、と。オースティンは何度も繰り返し謝罪を口にする。ぼくたちにばれたからというだけかもしれないけど、ほんとうに反省してるんだと思う。

それでも、ぼくはその謝罪を受け入れない選択をする。オースティンを許さない選択をする。
これ以上、ぼくからオースティンに言うことはない。ぼくは椅子を後ろに押して立ちあがる。
リアがついてきてぼくの手を握り、ふたりでフレッチャー校長のもとへ向かう。はじめから、
こうすべきだったんだ。

24

プライドマーチ当日。前に行ったときは、つま先で立ったり肩車をしたりする見物人で通りがびっしりと埋めつくされ、マーチ自体は見ることさえできなかった。フロートが通るたびに歓声をあげ、手を叩き、ピューッと口笛を吹く人々。ぼくが苦手なものすべて。エズラが愛するものすべて。

リアからメッセージが届き、ほんとうに来ないのかときかれる。リアはエズラと行く予定だ。オースティンのことをエズラに伝えたらしい――といっても、オースティンはセント・キャサリンを退学になったから、知らない人はいないと思うけど。リアいわく、オースティンのギャラリーといやがらせのことで、エズラはなぜか責任を感じてる。オースティンと付き合ってたときに見抜けなくて悪かったと思ってるらしい。

まさか、もちろんエズラのせいじゃない。

マーチへ来て、自分でそう伝えたらいいんじゃないかな。口では言わないけど、エズラはフィリックスを恋しがってると思う。

マーチでエズラに会うのかと思うと緊張する。いや、緊張なんてものじゃない。完全なる恐怖だ。エズラと最後に会ったのはあの大げんかのあと、ひとりになりたいとエズラに言われたときで、それ以来ぼくたちは口をきいてない。ぼくはエズラを愛してる。はっきりとわかる。エズラに気持ちを告白されてから、そう気づくまでにものすごく時間がかかった――いままでエズラがぼくを愛してたあいだずっと、ぼくもエズラを愛してたんだと思う。ぼくのエズラへの愛は――エズラのことをしじゅう考えずにはいられないくらい、ぼくの全身を満たす愛。エズラにふれたい、エズラを抱きしめたい、エズラにもう一度キスしたいと、ぼくに切望させる愛。ぼくが単にフィリックスではなく、エズラも単にエズラではなく、まるでぼくたちの魂が混ざり合ってひとつになったかのような、ほかのだれとも経験したことのない結びつきを感じさせる愛。そして、この愛は……ああ、なんて恐ろしいんだろう。

いまなら、以前よりも自分を冷静に見つめられる。ぼくはエズラへの愛に尻ごみする一方で、マリソルのふるまいにはみずから進んで耐えてきた。自分が愛と尊敬に値するとマリソルにわかってもらいたい、そう自分に言い聞かせてた。マリソルがそんなことを理解するはずはないと知りながら。ぼくは進んでデクランを愛した。デクランが愛してるのはぼくの幻影――ラッキー――でしかないと知りながら。ぼくたちの関係が成立しないとわかってたのに、デクランとの恋にわざと落ちた。ぼくは進んで母さんに連絡した。絶対に返事はもらえないと知りながら。いまも返事は来てないし、これからだってそうだろう。まるで、痛みや心の傷をみずからほしがってたようなものだ。愛がほしい、でも自分は愛される価値のない人間だと、そう思って生きるほうが楽だったから。

リビングルームで、ぼくはお気に入りの椅子に脚を組んですわってる。キャプテンが座面の隅っこでまるくなってる。父さんはソファに腰かけ、クロスワードパズルの本を開いてる。つけっぱなしのテレビではリアリティ番組をやってるけど、ふたりとも観ていない。ぼくはノートパソコンを開き、母さん宛てに書いた何百通ものメールの下書きにざっと目を通す。母さんは二度とぼくを愛さない——ぼくが必要とする愛は返してくれない。そうわかってるのに、ぼくはなぜこんなメールを書きつづけてる？

〝すべて選択〟をクリックする。

一瞬ためらってから——〝削除〟。

あまりにも数が膨大で、画面が切り替わるまでに少々時間がかかる。一ページずつメールが消えていくのを目のあたりにしたとき、ぼくの体に稲妻が走る。胸にずっとためこんでた怒りと、傷と、痛みが、薄らいでいく。母さんに対するものじゃない。もちろん、それだっていやになるくらい感じてた。でも、この怒りと、傷と、痛みは、そもそもこんなメールを書きつづけてた自分——手放して自由になるのを拒んでた自分——に対するものだ。

リアの言うとおりプライドに行ったら、これくらいすっきりした気持ちになるかな。通りを歩く自分を想像してみる。虹色の絵の具とラメだらけになったエズラを見つけて——ごめんね、エズラの言ったとおりだったよ、と伝える。ぼくもエズラを愛してる、と。不安で胸がうずく。謝罪を受け入れてくれるだろうか。もう愛してないと言われないだろうか。

ああ――いったいどうすれば？

「どうかしたのか、キッド」父さんがきく。

顔をあげると、父さんはしかめ面でクロスワードパズルをにらんでる。

「なんで？」

「ずいぶん静かじゃないか」父さんがぼくを見やる。ぼくは答えない――これじゃ父さんの言うとおりだけど。「まだエズラとけんか中か」

父さんはときどき、ぼくの考えてることをぴたりと言いあてるから不思議だ。「まあね」ぼくは認める。「もう一週間以上話してない」前は毎日欠かさず、一日に何度もことばを交わしてた――ふたりでチキンを食べ、ワインを飲み、エズラのマットレスでくつろぎ、非常階段でハッパを吸い、公園のスプリンクラーの水しぶきのなかを駆けまわり、芝生に倒れこんだ。エズラを愛してる。たとえぼくに対するエズラの気持ちが変わってしまってたとしても、エズラに会いたくてたまらない。エズラの不在は体の痛みとなり、ぼくの脇腹を痙攣させる。

「話しかけてみたのか」

「メッセージに返事をくれないんだ」少なくとも、けんかしてから最初の数日間はくれなかった。リアによれば、エズラも謝りたいと思ってはいるけど、不安なのと気後れしてるのとで言えずにいるらしい。いま連絡したら返事をくれるんだろうか。

「まあ、けんかは起きるものだし、いつかはなんとかなるさ」父さんが言う。「エズラは頭を冷やす時間がほしいだけかもしれない」

　ぼくたちはふたたびだまりこむ。父さんにこの話をするつもりはなかった――ぼくの名前すら言えず、正しいプロナウンをすぐ忘れる父さんに、ぼくのアイデンティティについて話すつもりはなかった。それなのに、自分がしゃべってると頭が理解するより先に、ことばが口をついて出る。

「このあいだ、LGBTセンターに行ったよ」ぼくは言う。

　父さんは何も言わない。クロスワードパズルに何か書きこんでる。

「ジェンダーアイデンティティ・ディスカッショングループに参加したんだ」

「そうか」父さんは書きこみを消し、手でページを払う。

「いい話だったよ」さっきの勢いはすでになく、このまま話しつづけたいかどうかわからなくなってくる。突然、また一からカミングアウトをやりなおしてる気分だ。父さんは、ぼくが混乱してるとか、アイデンティティをでっちあげてるとか思わないかな。デミボーイというジェンダーを知ってる人はそんなに多くない。ぼくがトランスだとはじめて打ち明けたときだって、父さんはたいしてうまく受け止めたわけじゃない。こんどだって同じじゃないだろうか。

　ベックスのやさしい笑顔を思い出す。この一カ月間、オースティンのトランスフォビックないやがらせを受けてきたせいか、ほんとうの自分を示さなければと――父さんに真実を話したいと、いままでになく感じてる。「そこで、ぼくのジェンダーについて質問したんだ。ここ数カ月間、自分のアイデンティティのことで悩んでたから」

父さんの目がぱっとぼくに向く。「悩んでいた？　自分がトランスジェンダーかどうかで悩んでいたのか？」

「ちがう――そうじゃない。トランスなのはわかってるよ」ぼくは言う。

父さんは混乱して眉根を寄せ、ぼくの説明を待ってる。

「ただ、たまに――しょっちゅう、かもしれないけど――自分は完全には男じゃないのかもって感じるときがあるんだ。説明するのはむずかしいけど、ほかの人に男として見られたときに、まったく違和感がないとは言えないことが何度かあって、かといって女として見られるのもちがって――なんというか、そういう感覚があるんだよ」

父さんは軽く頭を振る。「そうか。よくわからないな」

ぼくは苛立ちを覚える。「父さんにはわからないことばかりだよね」

父さんは背筋を伸ばし、クロスワードパズルの本を閉じる。「そうだ。父さんにはわからない」

「わかろうともしないじゃないか」

父さんはわずかに身じろぎする。「その言い方はひどいぞ」

ぼくはキャプテンの耳を軽く引っかき、ぴくぴくと動くのを見つめる。

「おれは努力している」父さんが言う。「理解しようとしている。理解したいと思っている。おれの知らないことばかりで、のみこみも遅い。おれの理解が追いつかなくておまえが不満なのもわかるし、申し訳ないと思っている。ほんとうだ。おまえを傷つけているなら悪かった。おまえへの愛情がないせいでおれがなかなか理解しないと思っているなら、謝るよ。おれはおまえを愛している、キッド。おれに愛されていないなんて思うんじゃない」

「愛してるなら、どうしてぼくの名前を呼んでくれないの？　ぼくのほんとうの名前を？」

父さんは唇を結び、唾をのむ。それから――「フィリックス」

父さんの声がぼくの名前を呼ぶのを、父さんの口がその名前を発するのを聞いた瞬間、ぼくの胸と心臓に衝撃が走り、全身にひろがっていく。

「おれには、おまえのイメージがあった――おまえはこうであるはずだ、とおれが考えるイメージだ。おまえの名前だけは、最後までどうしても手放す覚悟ができなかった――心の準備ができなかった」父さんがうなずきながら言う。「だが、おまえがフィリックスなのはわかっている。おまえの名前は、フィリックスだ」

涙がこみあげてくる。ぼくは急いで目をこする。「ごめん。みっともないよな」

「フィリックス」父さんはかすかに微笑んで、もう一度言う。「おまえらしい名前だ。ぴったりだよ。おまえを愛している。おれに愛されていないなんて絶対に思ってほしくない。白状するが、はじめは事情を理解するのに苦労したよ。でもな、いまほど幸せそうなおまえは見たことがない。エズラやほかのいろいろなことで苦しんでいるとは思うが、こんなふうに内側から輝いているおまえははじめて見た。昔、幸せではなかったおまえがいま幸せなら、おれはほかに何も望まない。おまえの幸せがただひとつの願いだ。おまえは幸せだ。そして、勇敢だ。世間がつねにおまえという人間を受け入れるわけではないとわかっているのに、おまえは自分の真の姿で堂々と人生を送っている。何があろうと、自分を偽って生きることを拒否している。すごいことだ。尊敬するよ」

ぐしゃぐしゃの顔を見られたくなくて、ぼくはシャツのなかに頭を隠す。毛穴全部から涙が漏れてくるみたいだ。父さんがぼくの肩に手を置き、ぎゅっと力をこめる。

「おまえがいつも男とはかぎらないとしても」父さんが言う。「それでも、おまえを息子と思っていいのか」

ぼくはシャツを引っ張りおろす。父さんが眉間にしわを寄せてぼくを見つめてる。自分が何か誤解してるんじゃないかと、不安げに答えを待ってる。

「うん」ぼくはうなずく。「うん、いいと思う」

父さんは笑顔でソファに背をあずけ、クロスワードパズルにふたたび取りかかる。「エズラとのことは心配するな」鉛筆を振りながら言う。「そういうことは、たいていうまくいくもんだからな」

ぼくはキャプテンを抱きあげて床におろすと、立ちあがって服についた毛を払う。ドアのそばに置いてあったリュックを拾いあげる。「出かけてくる」

「はいよ」父さんは言う。ほくそ笑むような口ぶりからして、やっぱりぼくの考えはお見通しなんだろう。


早歩きで駅を目指しながら、リアにメッセージを送る。いまマーチに向かってる。

イエス、イエス、イエス!! 十四丁目とグリニッチ・アヴェニューの交差点あたりにいるよ。

エズには内緒にしとく。

なんで?

サプライズにしよっ!

リアはぼくに言ってないことがあるんじゃないのかな。ぼくが来ると知ったら、エズラがすぐ帰ってしまうと思ったのかも。そんな不安を振り払いながら、赤信号を走って渡り、電車が到着するのと同時に駅の階段を駆けおりて、ドアが閉まる寸前に滑りこむ。汗だくになってぜいぜいと息を切らしながら、眉をひそめてぼくを見る乗客たちに気づかないふりをする。

十四丁目で電車をおりる。地下にいるうちから、にぎやかな音楽、叫び声、悲鳴、笑い声がくぐもって聞こえてくる。マーチに向かう人々が、うきうきと楽しそうに友人たちと笑ってる。マーチから帰る人々が、汗とラメにまみれて階段をおりてくる。地下鉄の駅から、夏のまぶしい光と歓声をあげる群衆のなかに出ると、ラメの雨が文字どおり空から降りそそぐ。圧倒されて目が追いつかない。体を虹色に塗った人々が旗を振り、通りの中央を進むフロートの音楽に合わせて踊ってる。レースとフリルで飾りつけられ、地面にずんずんとバンドの演奏を響かせてるフロート。クィアのカップルたちが結婚式を挙げてファーストダンスを踊ってるフロート。子どもたちが親といっしょに手を振ってるフロート。通り沿いに建つアパートメントのバルコニーから、歓声をあげて旗を振ってる人たちもいる。

何百万という人々がいるにちがいない。ここでリアとエズラを見つけ出すなんて絶対に――どうやったって――無理だと思った瞬間、叫び声が聞こえる。ぱっと振り向いたぼくの腕にリアが飛びこんできて、ぼくたちは危うく舗道に倒れそうになる。

「来たね、来たね、来たんだね！」

タンクトップとショートパンツで曲線美を見せつけてるリアの、赤い巻き毛が宙を舞う。

「来てくれてほんとうにうれしい！」

緊張のあまり声も出せずに、ぼくがエズラを探して周囲に目を走らせると――リアの笑顔がかすかに曇る。

「あのね」リアが言う。「つい十分前までいっしょにいたの。エズラが角の店へ行って水を買ってくるって言うから、わたしはここで待ってることにしたんだけど、そのあと警察がこれを設置しちゃって」歩道と車道を区切るニューヨーク市警のバリケードを指さす。「エズラはまわり道を探してこっちにもどるって叫んでたけど、それから数分経ってもまだ……」

くそっ。数週間前なら、いや、数日前だって、ぼくはそれを聞いてほっとしてただろう。さっさとあきらめてうちに帰り、どうせうまくいくはずなかったんだと——ぼくの望む愛はぼくにふさわしくないんだと——喜んで納得してただろう。だけど、ぼくがここへ来たのには理由がある。ぼくはかならずエズラに会う。かならずすべてを話す。いまはまだ、あきらめられない。スマホのメッセージで伝えるんじゃだめだ——直接顔を見て話さないと。月曜日まで待つのもありえない。エズラを愛してるという事実で、体が芯から燃やしつくされてしまう。

「エズラを探してくる」ぼくはリアに叫ぶ。

リアはにこっと微笑む。「そう言ってくれるといいなと思ってた。わたしはここにいるね、エズラがもどってくるかもしれないから。いい？」

ぼくはうなずく。「エズラに会えたら連絡して！」

「うん！」お互いに一瞬ためらったあと、リアがもう一度ぼくを抱きしめる。少し涙ぐんでて——なんだか、ぼくも泣きそうだ。「幸運を祈ってる！」リアが叫ぶ。

ぼくは歩きだし、角を曲がって脇道にはいる。マーチの進路からはずれても、見物人と出店でやっぱりごった返してる。また角を曲がって大通りにもどり、人混みの川に押し流されていくうちに、切れ目を見つける——陽に照らされ、バリケードの横にぽっかりあいたひとりぶんの隙間。ぼくはそこへ滑りこむ。マーチがよく見える特等席だ。人々の流れから離れてまわりを見まわし、人混みのなかにエズラを探す。エズラの姿が見えないとわかると、ふたたび流れに合流して先に進もうとする。ところが、あまりの混雑で歩道が大渋滞を起こし、だれも一歩も前に進めてない。まるで人の壁だ。ぼくの前では警察官たちが警戒にあたり、バリケードを越えてマーチに乱入する人がいないように見張ってる。ここで足止めか。

まいったな。エズラを見つけるなんてとてもじゃないけどできない気がする。せっかく特等席にいるんだからと、ぼくはバリケードの手すりに寄りかかり、マーチを楽しむことにする。こんなチャンスはめったにあるものじゃないし、エズラならきっと、すぐ目の前でマーチをやってるのに見物しないなんてどうかしてる、って言うだろうから。バイクに乗った人たちが、旗を振りながら低いエンジン音を響かせて進んでいく。そのつぎは、風船でできたフロート。ドラァグクイーンが群衆に向かって歌いかけ、群衆も歌い返してる。マーチングバンドがシーアの曲を演奏してる。リアリティ番組の有名人がスポーツカーに乗り、手を振ったり投げキッスをしたりしてる。そのあいだずっと、観衆が叫んで叫んで叫びまくる。ふだんのぼくは、このマーチが好きじゃない——騒音も人混みもきらいだ。それなのに、キャレン・ロードのフロートが前を通ると、自分も大声を出したい衝動に駆られる。LGBTセンターのフロートが通ると、ぼくはたまらず叫ぶ。ベックスが黄、白、紫、黒のノンバイナリーフラッグを首に結わえてマントのようにはおり、手を振ってる。

叫びだしたが最後、止まらない。喉が破れて心臓がどくどく響くほど、力のかぎり叫ぶ。歓喜して叫ぶ。苦痛にもだえて叫ぶ。驚嘆に胸を打たれて叫ぶ。ぼくはここにいる。みんなここにいる。それは、ぼくたちより前の時代を生きた人たちのおかげ、きょうここに立てなかった人たちのおかげなんだ。ぼくはぼくのために叫ぶ。叫び、歓声をあげ、ほんのちょっぴり泣く。目にごみがはいったふりをして目をぬぐうと、隣の人がぼくを見て微笑み、やっぱり目をぬぐう。名前も知らない赤の他人で、たぶん、マーチが終われば二度と会わないんだろうけど、その一瞬、この人はぼくの友だちで、家族の一員なんだという気がする。なんてすばらしいんだろう。エズラがどうしてプライドに夢中なのか、前はよくわからなかった。いまようやく、ぼくにもわかりはじめた気がする。

つぎのフロートまで間隔があく。遠くのほうから、マーチングバンドの演奏と絶え間ない歓声が聞えてくる。顔をあげて通りの反対側を見ると――まるで、ぼくが念力でぱっと出現させたみたいだ。エズラ。全身黒ずくめの服を着てサングラスをかけ、そよ風に巻き毛を揺らしながら楽しげに微笑んでる。

ぼくは叫ぶ。「エズラ！」

何人かが振り向くけど、エズラには聞こえてない。つぎのフロートが迫ってくる。ぼくは両手を振る。「エズラ！」

エズラがこっちを向く。サングラスの奥からまっすぐぼくを見てるのがわかる。

どうしよう――ここからどうするのか考えてなかった。フロートはすぐそこまで来てる。大音量で音楽を流し、フロートに乗ってる人たち全員がダンスしてる。「ごめん！」

さっきより多くの視線を感じる。エズラは立ちつくしたまま何も言わず、ぼくの声が聞こえてるのかどうかわからない。

「ごめん！」ぼくは繰り返す。「ぼくがまちがってた」エズラは首を横に振ってるけど、聞こえたんだろうか。「エズラの言うとおりだ、ぼくは――」

フロートが停止する。みんながぼくたちに注目し、エズラの周囲の人たちがエズラとぼくを交互に見てる。

「愛してる！」ぼくは叫ぶ。

爆発するような拍手喝采が巻き起こる。群衆が手を叩き、叫び、勢いよく口笛を鳴らす。エズラがサングラスをはずす。背を向けて人混みに消えていくんじゃないかと、ぼくの心臓が止まりかけたその瞬間――バリケードを跳び越え、警察官の怒鳴り声を無視して車道にはいる。ぼくはバリケードの土台に立ち、駆け寄ってくるエズラに目線の高さを合わせる。こんなに近くでエズラを見るのは一週間以上ぶりだ。いまこの場所に、ぼくの目の前にエズラがいるというだけで、息もできないほど心臓の鼓動が激しくなる。エズラに飛びついてきつく抱きしめ、キスしたい――

「ごめん」息を切らしたエズラがにっと笑って言う。会いたくて会いたくてたまらなかった。

「なんて言った？　よく聞こえなくてさ」

唇を噛み、顔がにやつくのをこらえる。「愛してるって言ったんだ」

エズラは目を細くしてぼくを見る。「何？　もう一回だけ言って」

「愛してる」

エズラが身を乗り出し、両手でぼくの頬をはさんでキスする。周囲の歓声が一段と大きくなる。群衆がぼくたちに声援を送り、手前で止まっていたフロートが盛大な音楽とともに動きだす――そういうことをみんな、ぼくははるかかなたの出来事のようにぼんやりと感じてる。エズラがバリケードを乗り越え、ぼくの手をとって観衆のなかを引っ張っていく――人々がぼくたちにラメを浴びせかけ、拍手したりぼくたちの肩を叩いたりする。人混みを抜け、いちばん人通りの少なそうな脇道にはいる。エズラがぼくに振り向くと、ぼくは思わず噴き出し――笑い死にしそうになる。エズラときたら、頭の上でラメ爆弾が爆発したみたいだ。エズラのにんまりした顔から察するに、ぼくもたいして変わりないんだろう。エズラが手を伸ばし、ぼくの目のまわりや頬についたラメをぬぐう。エズラの手が引っこんで、ぼくはがっかりする。エズラと口をきくのも、エズラの体にふれるのも、エズラのそばに立つのもほとんど二週間ぶりで、それに――

「本気なのか」エズラが言う。音楽がわっと鳴り響き、ふたたび歓声があがる。

緊張と恥ずかしさのあまり両手で顔を覆いたいのを我慢し、ぼくは懸命にエズラを見つめる。

「うん。うん、本気だよ」

エズラはぼくを引き寄せてぎゅっと抱きしめ、ぼくの頭に顎を載せる。お互いの体がぴたりとくっつき、エズラの胸の奥で脈打つ心臓を感じる。エズラもきっと、ぼくの心臓を感じてる――最初は激しかった鼓動が、こうして抱き合ってるうちに落ち着きを取りもどしていく。前はエズラに抱きしめられても特に意識しなかったのに――いまは、高揚感の奥でほんの少し胸が張りつめてる。純粋な喜び。これまでだってずっとエズラとこうしていられたんだという驚き。ぼくがここまで――エズラの気持ちにも、自分の気持ちにも――鈍感でなかったら。恐れずに、真実の愛を受け入れていたなら。

25

毎年一日じゅうマーチで過ごす決まりなのに、エズラはブルックリンのアパートメントに帰ることにし、ぼくの手をとって駅へ歩きだす。ぼくはリアにメッセージを送り、エズラと会って仲なおりした、これからふたりで過ごすね、と伝える。リアの返事は、いくつものハートと泣き顔の絵文字だ。

電車のなか、ふたりのあいだの沈黙には緊張が漂い、どこかぎこちない――でも、けっして居心地が悪いわけじゃない。ふたりとも、こうしてお互いの隣にいられるのが、また話せるのがうれしくてたまらないんだ。言いたいことが山ほどあって、ふたりきりになれる瞬間を待ってる。エズラがぼくの手をとって指をからませ、親指でぼくの関節をなでる。

「いやじゃない？」エズラがきく。

ぼくは笑みを噛み殺してうなずく。「うん。いやじゃない」

ベッドフォード－ノストランド・アヴェニュース駅でおり、手をつないだまま階段をのぼる。通りを横切り、公園のそばを通り過ぎてエズラのアパートメントへ向かう。いつまでも手をつなぎっぱなしじゃ、そのうち微妙な空気になるかと思ってた――エズラが手を離したいかどうかわからないとか、ぼくが離したいけどなんて言えばいいかわからないとか。でも、いまはただ、二度と離さないでほしいと願ってる。エズラがぼくの心を読んだのか、自分も同じ気持ちだと伝えるかのように手に軽く力をこめる。

エズラがしかたなくぼくの手を放し、鍵を取り出して正面扉をあける。ふたりで階段をあがり、エズラが自室のドアをあける。エズラの背後でドアが閉まり、ぼくたちは向かい合わせに立って見つめ合う。以前なら気まずさや恥ずかしさを感じたかもしれないけど、いまはただ、いつでも振り返って思い出せるように、この瞬間を心の絵に描きたいと思う。ぼくはエズラをじっと見つめ、エズラの顔のすべてを、黒々とした瞳もぴくりと震える笑顔もみんな記憶に焼きつけようとする。

「キスしていい？」エズラが尋ねる。

「うん、もちろんだよ」

エズラは笑って顔を近づけ、ぼくにそっとキスする。こうやっていつまでもキスして、片時も離れずに愛し合っていられそうだ。ぼくはエズラの手をとり、ソファへ引っ張っていく。エズラはぼくの膝に頭を載せ、ぼくはエズラの巻き毛をいじりながら、ただくつろいで過ごす。

「まさかこうなると思わなかったな」エズラがそっと言う。目を閉じ、指でぼくの腕をさすってる。

「同じく。一生きらわれたままかと思った」

「おまえをきらいになったことはない。きらいになんてなれるもんか」

「あんなひどいこと言ったのに?」愛してほしくないと表の階段でエズラに言い放った夜を思い出し、内心身震いする。あのときのぼくは、この感情に身を委ねるのを恐れてた。もう何世紀も前のことのような気がする。

「傷つきはしたけどな」エズラは認める。「だけど、きらいにはなれない」

「この数週間は地獄だったよ」ぼくは言う。「会いたくてたまらなかった」

「おれも」

「いろんなことがものすごい速さで変わった」ぼくはささやく。

「おれ、なんか見逃した?」

ぼくは一瞬ためらう。「ぼくの性自認の話をしたよね?」

エズラが目をあける。「ああ」

「そのことで、LGBTセンターのディスカッショングループに行ったんだ。それからもっと調べ物をして、ある用語を見つけた——ただのことばだけど、ほかの何よりぼくをよく表してると思う」

「なんてことば?」エズラが尋ねる。心から知りたがってそうな様子に、胸がきゅっと切なくなる。

「〝デミボーイ〟っていうんだ」

「デミボーイ」舌の上で感触をたしかめるように、エズラが繰り返す。「気に入った。半神(デミゴッド)みたいだな」

「ぼくは神じゃないよ」

「それはきく相手によると思うぜ」

ぼくは笑い声を漏らし、エズラも微笑む。心地よい沈黙に包まれる。

エズラが唾をのむ。「おれ——ああいう終わり方になったのを恥じてたんだ。あんなにひどい態度をとったんじゃ、おまえはもうおれとかかわりたくないだろうって。勇気を出して謝りたかったけど、そのうちデクランとふたりでいるのを見かけるようになって、おまえの気持ちは離れたんだと思った」

デクランの名前を聞いて後ろめたくなる。「どうしてデクランと——その、あんな形でいっしょになろうとしたのか、自分でもわからない」

「おれも人のこと言えないな。いったいどうしてオースティンと付き合ったりしたのか」エズラの顔が曇る。オースティンがやったギャラリーとインスタグラムのいやがらせのことを考えてるんだろう。「あいつだとわかってたら——くそっ。いまから思えば歴然としてた。おまえのことをいろいろきいてきて、おれにおまえの話をさせたがってた。おれの友だちについて知りたいだけなんだと思ってたよ」

「しかたないよ。知らなかったことで自分を責めちゃだめだ。リアだって知らなかったんだ。オースティンとはいとこ同士なのに」

「そもそも、そんなに好きですらなかった」エズラが言う。「おれはおまえが好きだったけど――なんとなく、さびしかったっていうかさ。だから、試しに付き合ってみようと思った。試してみたって別にいいだろうって」

「ぼくもデクランと試してみようと思ったけど、最初からうまくいかないのはわかってた――そりゃ、デクランのことは好きだし、また友だちになれたらいいと思うけど……でも、デクランはきみじゃないんだよ、エズ」

エズラは軽く微笑む。「あたりまえだっての」

ぼくは目玉をまわして笑う。

「愛してる」ひとりごとかと思うくらい小さな声で、エズラがささやく。「ずっと前からそう感じてた」

そういえば、デクランは言ってた――エズラと別れたのは、エズラのぼくへの気持ちに気がついたからだと。あれはセント・キャサリンに入学した年のことだ。「いつから?」ぼくはきく。

エズラがぼくを見あげる。自分でも意外なほど、ぼくは安らかな気持ちでエズラを見つめ返す。「おまえが箱に捨てられた子猫を見つけて、家に連れて帰ると決めた日から」

「キャプテンを見つけた日?」ぼくは驚いて言う。「ほんとに?」出会って数週間しか経ってないころだ。

「ずっと好きだったよ。おまえのドライな毒舌は強烈におもしろいけど、すごくやさしい一面もあって、それを知ってる人はあまり多くないと思うんだ。おまえが心を開いてくれて、おれは幸運だ。おまえがおれにその一面を見せてくれて」

「ぼくはいつエズラを好きになったのかわからない」ぼくは正直に言う。「たぶん、ゆっくり恋に落ちていったんじゃないかな。エズラを失ったと思ったとき、自分も愛してるんだと気がついた」

「おれもおまえを失ったと思ったよ」エズラはつぶやく。「ごめんな、フィリックス。あんなふうにふるまうべきじゃなかった。おまえの気持ちを尊重すべきだった。おまえがおれを愛してないとしても、それはおまえの決めたことなんだから」

「愛してるんだよ」ぼくは言う。「ただ、こわかったんだ——この気持ちを受け入れるのが。この幸せを受け入れるのが。だって、こわくない？　ぼくにはふさわしくないんじゃないかとか、長つづきしないんじゃないかとか思うと……」

エズラは上半身を起こし、額をぼくの額にくっつける。「おまえは愛すべき存在だ」そう言ってぼくにキスする。「おれの愛を全部捧げるよ」もう一度、キス。ぼくもキスを返してから、ふたりでソファに横になり、何度もキスを繰り返す。やさしく、ゆっくりと。時が止まり、永遠にこうしていられるかのように。

ひと月はあっという間だ。まばたきしてるあいだに七月が過ぎ去っていった気がする。いまは八月の頭。夏期講習は終盤を迎え、そのあとは二週間の休みをはさんで九月の新学期がはじまる。ぼくのポートフォリオはほぼ完成してる。セルフポートレートは十数枚描いた。使いものにならないのが何枚か、細部を仕上げ中のものが何枚かあり、インスピレーションが湧けば新作に着手する。願書の準備も進めてる――ブラウン大学はもちろん、ほかにも何校か滑り止めに受けるつもりだ。ブラウン大学に落ちるかもしれないと考えても、以前ほどお先真っ暗な気分にはならない。ブラウン大学やロードアイランド・スクール・オブ・デザインに行きたい気持ちに変わりはないけど、もしそれがかなわなくても、人生がそこで終わるわけじゃない。デクランは、教室の反対側からたまに目が合うと、軽く口角をあげてうなずいてくれる。でも、まだぼくとは口をきかない。しかたない。ぼくはほんとうにひどいことをした。自分でよく理解してる。そして、だれでも過ちを犯すこともわかってる。ぼくにできるのは、学んで成長するために努力することだけだ。

よく考えてみたら、ぼくの日常はたいして変わってない。相変わらず毎日エズラと過ごしてて、ただ少し――その――キスが増えただけだ。最初はあまりの恥ずかしさに身もだえしてたけど、いまはそうでもない。だって、キスの何が恥ずかしいんだろう？　ことばにできないくらいだれかを愛してて、キスでしか愛情を示せないこと？　ひょっとして、恥ずかしいのはキスじゃなく、そんなにもだれかに夢中だという事実のほうかもしれなくて、だとしたら、全然恥ずかしがることじゃない。だってそうだろ、人を愛して悪いことなんて何もないんだから。

夏期講習が終わる二週間前、数日後に迫った夏期ギャラリー展の締め切りが校内放送で案内される。だれかがギャラリーを使ってまたぼくを傷つけるんじゃないかと、恐怖が腹の底からせりあがってくる。それは絶対にありえない、とエズラは言う——オースティンが退学になったあとだし、おれがおまえの彼氏だってことも全員が知ってる。だれかがまたおまえを傷つけようとしたら、おれがぼこぼこにしてやる、と。

「だれもぼこぼこにしちゃだめだよ、エズ」

エズラは片方の眉をあげる。「そう？　ほんとうにいいのか？」

そんなわけで、だれもぼくにちょっかいを出さないように祈ってるいまのおもな理由は、エズラがセント・キャサリンを退学になると困るからだ。夏期ギャラリー展には応募することに決めた。選ばれなかったらと思うと不安だし、そうなったらきっと落ちこむけど——ようやく理解できたんだ。たとえ選ばれなくても、それがぼくの価値を左右するわけじゃない。

夏期講習の終わりが近づくにつれ、授業に来ない生徒が増えた。ぼくは相変わらず朝早く来て、放課後は遅くまで残り、ギャラリー展のためのセルフポートレートに取り組んでる。少々色を加えたり、背景の質感をなめらかにしたり。絵を描いていると、自分がどんな人間かを忘れずにいられる。自分の内なる強さ、美しさ、決意、力。昼休憩を知らせるベルが鳴り、ジルがふいにぼくのもとへ歩み寄る。背景に何本か黄色い筋を入れようとしてるぼくを見て、微笑む。

「すばらしい仕上がりだね、フィリックス」

顔が熱くなる。「ありがとうございます」

描いてるところをジルに観察されるのは気になるけど、教室を出て昼食をとるように急かさないでいてくれるのはありがたい。エズラは荷物をまとめ、別のテーブルでリアとしゃべりながらぼくを待ってる。

「夏期ギャラリー展には応募するの？」ジルが尋ねる。

ぼくはうなずく。「はい、そのつもりです」考えただけでひるんでしまう。競争率が高いだけじゃない。ブラウン大学の教授陣に作品を評価されるのも緊張するけど……日々顔を合わせる生徒たちの目にさらされるのには、またちがったこわさがある。

「よかった」ジルが言う。「あなたの作品を展示できたら、セント・キャサリンは幸せだね」

締め切りが迫るにつれ、ぼくの頭はギャラリーのことでいっぱいになる。ぼくの作品が展示されるかもしれない。ロビーのあの空間を、自分自身で、ぼくのほんとうの姿で取り返すんだ――ぼくという人間の投影、ぼく自身が見たぼく、世界が認めるべきぼくの姿で。それはつまり、マリソルやオースティンのような人々へのメッセージでもある。自分たちと同じ世界にぼくがいるべきではない――存在すべきではない――と考える世界じゅうの人たちに向けて、でっかい中指を突き立てるチャンスだ。

締め切り前日、学校のウェブサイトの夏期ギャラリー展応募ページを開く。セルフポートレートの写真を何枚か添付し、二百五十ワードにまとめたプロジェクトの概要と、夏期講習の最後を飾るのに自分の作品がふさわしいと思う理由を添える。気が変わる前に、ぼくは〝提出〟をクリックする。応募したことはだれにも話さない。父さんにも、リアにも、エズラにさえも。落ちたときに気まずい雰囲気になったらいやだから。みんな、才能あるよとかなんとか言ってぼくを慰めようとするだろうけど、ほんとうは言われなくてもわかってる。ぼくは自分の才能を知ってる。周囲の人やこのギャラリーに教えてもらう必要はない。それでも、ぼく自身のイメージで――ほんとうのぼくの姿で――ロビーをいっぱいにするチャンスがあるなら、挑戦しない手はないはずだ。

数日後、夏期ギャラリー展にぼくの作品が選ばれたと知らせるメールがフレッチャー校長から届き、ぼくは驚愕する。オープニングセレモニーには全校生徒が招待され、ぼくは提出した二百五十ワードの概要をもとにスピーチをしなくちゃならない。全校生徒の前で自分の作品を説明するなんて、考えるだけでぞっとする――でも、ぼくは目的があって応募したんだ。いまさら辞退なんてできない。

自信作を何枚か選び、校長室へ持っていく。フレッチャー校長は、宝物を扱うかのようにうやうやしくキャンバスを受けとり、一枚一枚を笑顔でじっくりと眺める。作品はその日のうちにロビーの壁に展示される。二カ月前、ぼくの昔の写真があったのと同じ場所に飾られた作品を、エズラとふたりで一枚ずつ見ていく。すべての作品のタイトルには、ぼくのほんとうの名前が含まれてる。自分の昔の写真と名前をロビーで目にし、学校じゅうにばれてしまったと知ったあの日を思い出して、胸がいっぱいになる。あのとき感じた恥、痛み、怒り。エズラがぼくの手をとってぎゅっと握りしめる。

「よくやったな」エズラが言う。

オープニングセレモニーは昼休み中に開かれる。生徒たちがみんな校外に出て昼食をとってるときだ——そう自分に言い聞かせ、ぼくは心を落ち着かせようとする。ところがきょう、セレモニーがはじまる直前になると、全校生徒がひとり残らず集合したのかと思うくらい、ロビーが人で埋めつくされる。以前のぼくなら、できるものならエズラのアパートメントに逃げ帰り、ギャラリーに自分の作品なんてないふりをしてたかもしれない。だけど、ぼくはみんなの前で真実を語るチャンスを求めてた。ステージにあがったとたん、自分が素っ裸だと気がつく悪夢にうなされてるような気分だとしても。

みんなの話し声と笑い声がロビーに響いてる。ぼくはロビーのすぐ外の暗い廊下でエズラと待機してる。ぼくが何を必要としてるか、エズラはいつも熟知してるみたいだ。〝きっとうまくいく〟とか〝だいじょうぶだよ〟とか言って沈黙をごまかしたりしない。緊張したぼくがエズラを見るたびに微笑み、ぼくがエズラを引き寄せてハグを求めれば、ぼくに両腕をまわしてぎゅっと抱きしめ、ぼくがエズラの胸でゆっくり呼吸できるようにしてくれる。ずっと前からエズラとこんなふうに抱き合えてたのかと思うと、ほんとうにびっくりする。

ジルがドアをあけて廊下に顔を出す。「時間だよ。準備はいい?」

がちがちの体で震える息を吐き出し、ぼくはうなずく。エズラがぼくの頬にキスし、ぼくはエズラの手をとってロビーへいっしょに出ていく。ロビーにあふれ返る人々の隙間から、壁にかかったぼくの作品がわずかに見える。水のなかで迷ったように見えるのに、ぼくの目に浮かぶ力強さ。鑑賞者をまっすぐ見返す力のこもった視線と、火を噴く肌。花の冠を頭に載せて微笑むぼくは、自分が愛され、尊敬される存在だと確信してる。

フレッチャー校長がみんなに呼びかける。「静かに」校長が両手を叩くと、生徒たちがひそひそ声になり、やがて完全に沈黙する。「当校では、毎年夏期講習の終わりに、審査で選ばれた生徒によるギャラリー展を開催しています。今回は、とりわけ特別な結果となりました。セント・キャサリンの歴史上はじめて、審査員の満場一致で本プロジェクトが選ばれたのです。この若きアーティストの成長を誇りに思うとともに、今後の輝かしい活躍を楽しみにしています。

「フィリックス?」校長が言う。

エズラがぼくの手をぎゅっと握る。ぼくはエズラの手を放し、深呼吸して一歩前に進み出る。

「えー」ぼくの声はしわがれてる。みんなが、ひょっとしたらセント・キャサリンの百人の生徒全員が、ぼくを無表情で見つめてる。

最前列では、リアがカメラで一秒おきにぼくの写真を撮ってる。後方に立つマリソルは、腕組みをしてヘイゼルに何かささやいてる。前はマリソルを見るだけで不安になってたけど――いまは、どうしてあんなにマリソルの注目や承認がほしかったのか不思議に思うだけだ。

スピーチの準備は万全だったはずなのに、頭が一瞬真っ白になる――ぼくが視線を向けると、エズラが微笑んでうなずいてくれ、ことばがもどってくる。

「ええと、みんな知ってるとおり、今年の夏のはじめ、写真が――あの――ぼくの写真がここで公開されました。ぼくが許可したものではありません。それらは、ぼくの昔の写真でした。だれにも見られたくない写真でした。ぼくは深く傷つき、しばらくのあいだ、犯人を突き止めようと……ぼくを傷つけたやつをこらしめてやろうと必死でした。その人に、自分がやったことの代償を支払わせたかったんです」

集まった人々を見まわし、デクランの姿を見つけて息が止まる。遠くの壁沿いからこっちを見てる。ぼくはつづける。「そんなとき、ぼくはこのプロジェクトに着手しました。実を言うと、ぼくの思いつきではありません。やってみたらと提案してくれた人に、心から感謝しています……」ジルがかすかに笑みを浮かべてうなずく。「このプロジェクトは、予想以上にぼくの支えになりました。自分の作品がここに展示されて、すごく……力がみなぎっています。これらは、他人から見たぼくではなく、ぼくという人間をぼく自身の視点で描いたものです。ぼくはフィリックスです。ほかのだれにも、ぼくがだれであるかを決める権利はありません。それができるのは、ぼくだけです。

この夏、ぼくは傷つきました。これほどの苦しみがあるのかと思ったほどでした。ぼくがトランスだから、だれかがアイデンティティを理由にぼくを標的にしたから傷ついたんだと言えばすむことかもしれません。でも、自分のアイデンティティのせいでつらい目に遭ったと考えるなんて、なんだか変だと――何かがおかしいと思います。実際はその逆だからです。トランスであることは、ぼくに愛をもたらします。幸せをもたらします。力をもたらします」エズラが唇を噛んでにっこりと微笑む。ぼくは軽く肩をすくめてみせる。「まるで、自分が神になったような気分です。何があっても、ぼくは自分を変えません」

みんながまだぼくを見てる。ジルが涙ぐんでた気がするけど、見まちがいかもしれない。静寂に気後れしながら、ぼくはおずおずと言う。「以上です」

わっと拍手が起こる。思ってたよりずっと大きな、割れんばかりの拍手だ。できるだけ平気な顔をしてエズラのもとへもどろうとするけど、両膝ががくがくだ。みんながぼくのもとへ駆け寄ってくる。勇敢だとかすばらしい作品だとか言われると、やっぱりうれしい――でも、ぼくがこれらの絵を描いたのはほかのだれでもない、ぼく自身のためだ。ようやくエズラのもとにたどり着くと、エズラはぼくを抱きしめて首もとに顔をうずめる。

「おまえ、超カッコいいよ」エズラがくすくすと笑いながら言う。これ以上はありえないいんじゃないかと思うくらい、最高の気分だ。

リアとぼくとエズラの三人で公園へ行き、ピクニックをする。ハッパ入りのブラウニーがあったかもしれないし、なかったかもしれない。暑さのなか芝生に横になり、パブストに酔って笑うぼくとエズラを、リアが写真に収める。近くで開かれてるパーティーからレゲトンが鳴り響き、グリルから立ちのぼる煙が目にしみる。

「あんたたち、サイコー」リアは愛情たっぷりの酔っぱらいだ。「友だちでいられて幸せ。ふたりとも、大好きだよ」

「おれも大好きだぜ」エズラが言ってリアをぎゅっと抱きしめる。

こんなふうにお互いをべた褒めするなんて、数カ月前なら虫唾が走って死にたくなってたところだけど、いまは、幸せがじんわりとぼくの体にしみこんでいく。愛を受け入れよう。愛を恥じる必要はない。「さみはほんとうにすごいよ、リア」ぼくは言う。リアがオースティンに立ち向かってくれた日のこと、プライドでエズラとの仲なおりを助けてくれたことを思い出す。エズとぼくはリアに攻撃を開始する。くすぐり、取っ組み合い、ぼくがリアのお腹に乗っかると、リアは悲鳴をあげて笑う。そばのベンチに腰かけてるお年寄りのカップルが、ぼくたちを見て微笑む。

何時間、いや、何日でも、こうしてただひたすら、このすばらしいふたりの人間たちと過ごせる時間を楽しんでいたい。そう思ったのもつかの間、スマホに表示された時刻が目にはいる。

「やっべ、エズ、遅刻だよ」今夜、ぼくたちは父さんと夕食をとることになってる。エズラは最近、うちでぼくと父さんと過ごすのを楽しみにしてて、何回か泊まっていったこともある――もちろん、エズラが寝るのはソファだけど。ぼくはエズラのアパートメントにしょっちゅう泊まってるのに、父さんはエズラにぼくの寝室を見せようともしない。

リアにお別れのハグをし、ごみをごみ箱にほうりこんで公園を出る。歩道を急ぎ足で歩き、駅にちょうど滑りこんできた電車に駆けこむ。暑さで汗だくになりながら、エズラとぼくはオレンジ色の座席にすわり、大きくため息をつく。でも、ぼくがエズラといられて幸せなのと同じくらい、エズラもぼくといて幸せなのが伝わってくる。ぼくはふと窓に目をやり、思わず二度見する――〝R＋J＝4EVA（フォーエヴァー）〟。

まったく同じ車両のまったく同じ席にもう一度すわるなんて、すごい偶然だ。たぶん、RとJが同じ落書きをいくつもの車両に残していったと考えるほうが自然だろう。以前のようにばかにして嫉妬を抑えこむかわりに、ぼくは軽く微笑む。

「RとJがいまも愛し合ってて、フィジーやバミューダで記念日を祝ってる可能性ってどれくらいかな？」

落書きを顎で示すと、エズラはにやりと笑う。「おれが思うに、RとJは政府のスパイで、キューバでひっそりと逃亡生活を送ってるんだよ」

「そうなの?」

「そうだ」エズラは自信たっぷりにうなずく。「けどさ、そこらじゅうにこんなの書きまくるなんてずるいよな。愛し合ってるのはふたりだけじゃないのに」

ふと思いつく。まちがいなく、ばかげてる——だけど突然、黒のマジックで自分たちの愛を世間に宣言したRとJの気持ちがわかった気がする。リュックに手を突っこんでスケッチ用のペンを取り出し、文字の輪郭を描いてからなかを塗りつぶす。

F+E=4EVA

エズラがにやりとし、ぼくの唇の端にキスする。「ベタすぎ」

「だよね」

「気に入った」

「ぼくも」

エズラは座席にもたれる。「あのさ、きのうの夜だらだらネットを見ながら、いろんなことを適当に検索してたんだ……それで、〝フィリックス〟にはラテン語で〝ラッキー〟の意味があるっておまえが言ってたのを思い出したんだけど——実は〝ハッピー〟って意味もあるらしいぜ」

「えっ――マジ？」

「ああ。フィリックスには〝ラッキー〟と〝ハッピー〟のふたつの意味があるって書いてるサイトがあった」エズラは肩をすくめる。「別に大ニュースってわけじゃないけどさ。なんかいいなと思って」

もう何年も、〝フィリックス〟には〝ラッキー〟の意味しかないと思ってきた。これから、ぼくの名前にまったく新しい意味が加わるのか……でも、それもいいかな。最近のぼくはめちゃくちゃハッピーでもあるから。ぼくと目が合うと、エズラは唇の端をぴくりとあげて微笑み、顔を近づけてぼくにキスする。ぼくの手をとり、二度と離したくなさそうにそっと指を重ねるエズラのしぐさに、ぼくも願う。ずっと、この手を離さないで。

著者あとがき

わたしがトランスとしてのアイデンティティを自覚したのは、二十代の半ばになってからでした。しかし、人生を振り返ってみると、いつもそこかしこにヒントがありました。出生時に割りあてられた性別は女でしたが、わたしはちがう体になった夢を何度も見ました。夢のなかのわたしは、現在のわたしに近い姿をしていました。学校では同級生の男の子たちをうらやましく思い、自分も仲間にはいりたくてたまりませんでしたが、なぜうらやましいのか、なぜ彼らに受け入れられたいと思うのかはよくわかっていませんでした。一度など、自分は男の子かもしれないと母に直訴したこともありました（おそらく、これがいちばんわかりやすいサインだったでしょう）。しかし、当時のわたしは、男の子になるという選択肢があることを知りませんでした。一生、女の子の体に閉じこめられたままなのだと思いました。この体のせいで、女の子になるほかないのだと思いました。もしも生まれ変われるなら、来世では男の子になりたい。わたしはそう願い、祈りました。

本、映画、テレビなどで、実在するトランスジェンダーの人々や架空のキャラクターを見かけることはありましたが、トランスジェンダーであるということやその意味についてはよく理解していませんでした。〝ノンバイナリー〟ということばも聞いたことがありませんでした。ある日、衝動に駆られて〈デグラッシ：ザ・ネクスト・ジェネレーション〉というテレビシリーズをもう一度観ることにしたわたしは、物語と登場人物たちの世界に引きこまれるなか、アダムに出会いました。トランスジェンダーの登場人物が、自身のアイデンティティについて説明するのを見たのははじめてでした。アダムは、自分の体のなかにある違和感について語りました。わたしははっと気がつきました。アダムは、出生時に女の性別を割りあてられたにもかかわらず、ほんとうの自分になれたのだ、と。

そのエピソードは、わたしの人生を変えました。わたしは自分の性自認について考えはじめました。調べるうちに、性は女と男のふたつだけではないと知り、子どものころでさえ、人々がわたしの性別を外見で判断できないというアイデアにつねに惹かれていたことを思い出しました。友人たちと家族の協力を得て、わたしはノンバイナリーのトランスマスキュリン（プロナウンは they/them および he/him）として、社会的・身体的な移行をはじめました。アダムを発見できたわたしは幸運でした。アダムのおかげで、わたしは自分自身を理解し、自分も移行できることに気がついたのです。ちがう性別になって生まれ変わりたいと思っていたわたしは、ある意味では、新しい体、新しい人生、新しい自分への生まれ変わりを経験したように感じています。

本作『フィリックス　エヴァー　アフター』の読者のみなさんに、笑いと涙、ロマンスのジェットコースター、エンパワメント、自分の存在の正しさの実感など、多くの収穫がありますように。そして何より、たとえひとりの読者に対してでも、フィリックスがわたしにとってのアダムと同様の存在になれることを願っています。『フィリックス エヴァー アフター』が、自分自身と自分のアイデンティティについて理解を深め、真の自己実現が可能なのだと知るきっかけになれば幸いです。

性自認に関する支援や情報を得られるリソースとして、つぎにいくつかご紹介します。

translifeline.org
thetrevorproject.org
glbthotline.org
http://www.transstudent.org/definitions
genderqueerid.com
teentalk.ca/learn-about/gender-identity/
https://www.refinery29.com/en-us/lgbtq-definitions-gender-sexuality-terms
https://www.plannedparenthood.org/learn/sexual-orientation-gender

謝辞

『フィリックス エヴァー アフター』は、わたしが心と魂を――そして、自分の弱さもたっぷりと――そそいで書きあげた、とてもパーソナルな物語です。フィリックスとフィリックスの歩んだ道のりは、わたしにとってかけがえのない宝物です。本書の出版に愛と思いやりの心でお力添えいただいたすべてのみなさんにお礼申しあげます。

ベス・フェランは、わたしのキャリアの支えであり、真の友人でもあります。彼女のあらゆる尽力、絶え間ない支援と指導に対する感謝の気持ちは、とてもことばでは言い表せません。ガルト&ザッカーのチーム、とりわけマリエッタ・ザッカーにも感謝を捧げます。

アレッサンドラ・バルザーの辛抱強さと鋭い指摘に感謝します。あなたのおかげで、フィリックスの物語はぐんと力強いものになりました。バルザー+ブレイ/ハーパーコリンズのケイトリン・ジョンソン、エボニー・ラデル、ミッチ・ソープ、マイケル・ディアンジェロ、ジェーン・リー、リズ・バイヤー、ローラ・ハーシュバーガー、パティ・ロザーティ、ミミ・ランキン、ケイティ・ダットン、ヴェロニカ・アンブローズ、クリス・クウォン、キャシー・

フェイバー、アンドレア・パッペンハイマー、ケリー・モイナ、および本書を世に送り出すためにご支援いただいた全員に感謝を。アレックス・カバルは、表紙の美しいイラストを手がけてくれました。ありがとう！

本書の最初の読者としてフィードバックをくださったゲイブ・ジェ、イライジャ・ブラック、ゲインズ・ブレイズデルにお礼申しあげます。『フィリックス エヴァー アフター』を推薦してくださった作家のメイソン・ディーバー、ジャクソン・バード、ジャスティン・A・レイノルズ、ベッキー・アルバータリ、ニック・ストーンに感謝します。

わたしとわたしの執筆をつねに支えてくれる家族へ。お父さん、お母さん、ジャキおばさん、カーティス、メモリー、リサ、マーサ、ありがとう！

最後に、愛情をもって応援してくださるすべての教育者、図書館員、あらゆる年齢の読者のみなさんへ。わたしのストーリーとことばを受け入れてくださり、心より感謝申しあげます。みなさんのおかげで、わたしは前進しつづけることができます。

訳者あとがき

主人公のフィリックス・ラヴは、黒人で、クィアで、トランスジェンダー。高校生らしいやんちゃな一面を持つ一方で、自分には「社会で疎外される要素が多すぎる」と感じることもしばしば。〝ラヴ〟という名字のとおり愛し愛されることを願いながら、そんな日が自分に来るはずはないのだと、あきらめにも似たコンプレックスをかかえています。ある日、学校で起きた事件に深く傷ついたフィリックスは、怒りに駆られるがまま犯人探しと復讐に乗り出しますが、事態はあらぬ方向へ大脱線。おまけに、自分がほんとうに男なのかもよくわからなくなってきて……。アイデンティティの探求、両親との関係、友情、はじめての恋。青春の疾走感あふれるラブストーリーでありながら、失敗と過ち、ＬＧＢＴＱ＋コミュニティ内にさえ存在する偏見や差別といったトピックに恐れることなく言及している点も、本書の大きな特徴であると言えるでしょう。

著者のケイセン・カレンダーさんは、カリブ海に浮かぶアメリカ領ヴァージン諸島のセント・トーマス島出身。アメリカ本土の出版社リトル・ブラウンで編集アシスタントをつとめたのち、二〇一八年に作家に転身しました。これまでに、LGBTQ+を扱ったすぐれた作品に贈られるストーンウォール賞とラムダ賞のほか、全米図書賞を受賞した期待の若手作家です。ヤングアダルト向けの本書『フィリックス エヴァー アフター』（二〇二〇年）は、アメリカ独立系書店のベストセラー入りを果たし、《タイム》誌が選ぶヤングアダルト作品ベスト100に選出されるなど、英語圏の若者を中心に支持されたヒットとなりました。

ケイセンさんはフィリックスと同じく黒人であり、クィアでトランスジェンダーであることを公にしています。近年の欧米の出版界では、人種やジェンダーといった多様性を推進する動きがひろまっているとはいえ、年代も人種もさまざまなクィアたちが本書ほど登場する作品はまだ貴重なのでしょう。英語圏の当事者の読者からは「自分たちの存在が可視化された重要な物語」との声が多く聞かれました。LGBTQ+にかぎらず、なんらかのマイノリティに属する著者がみずからの声を届けることは、社会で見過ごされがちな集団を可視化するとともに、マジョリティによる誤った表象やステレオタイプに対抗する重要な手段でもあります。若い読者に向けた冒頭のことばにあるように、本書には「自分たちは存在するし、存在していい」というケイセンさんの思いがこめられているのです。

物語の舞台はアメリカ、ニューヨーク・シティ。この街の生き生きとした描写にもぜひご注目いただきたいのですが、その社会背景について少しふれておきましょう。ビジネスと文化の中心地であるニューヨークは、長年にわたり性的マイノリティの権利運動の最前線を歩んできました。本書で言及されるマーシャ・P・ジョンソンとシルヴィア・リヴェラのふたりのドラァグクイーンは、困窮する性的マイノリティの若者らを支援した活動家であり、LGBTQ＋史においては伝説的とも言える存在です。詳細については諸説あるものの、ふたりは一九六九年六月二十八日の「ストーンウォールの反乱」を導いた重要人物でもありました。マンハッタンのゲイバー〈ストーンウォール・イン〉への警察の手入れに人々が抵抗し、暴動に発展したこの歴史的事件を機に、性的マイノリティの権利運動は急速に拡大。翌年には、反乱の一周年を記念して人々が街を行進しました。いまや数百万人を動員する世界的イベントとなった「ニューヨーク・シティ・プライド・マーチ」の誕生です。二〇一一年、ニューヨークは同性婚を合法化したアメリカで六番目の州となりました。

トランスジェンダーの人々を取り巻く環境はどうでしょう。日常生活に大きくかかわる制度のひとつに性別変更がありますが、ニューヨークでは現在、個人の宣誓供述書があれば、医師の診断なく出生証明書の性別を変更することができます。二〇二二年からは、州が発行する運転免許証などの身分証明書で、男女どちらでもない第三の性「X」を選択できるようになりました。自認する性と身体の性が一致しないために生じる性別違和のケアについては、アメリカには日本のような皆保険制度がないこともあり、どこでどのような治療を何歳から受けられるかには個人差があります。これは一例にすぎませんが、ニューヨーク州の低所得者用公的医療保険メディケイドでは、ホルモン療法や手術に保険が適用されるようです。

LGBTQ+の権利と尊厳が（二〇二三年二月現在の日本と比べれば）守られているように思われる一方、本書からは、根強い差別との闘いや家族に疎外される孤独など、若者たちが直面する過酷な現実が浮かびあがってきます。アメリカの非営利団体トレバー・プロジェクトの二〇二一年の調査結果では、LGBTQ+の若者の七十五パーセントが性的指向や性自認による差別を一度以上受け、二十八パーセントがホームレスや住居の不安定な状態を経験していました。フィリックスのような有色人種のトランスジェンダーの場合、状況はさらに深刻です。人権団体ヒューマン・ライツ・キャンペーンの調査によると、アメリカでは二〇二一年に五十九名のトランスジェンダーとジェンダーノンコンフォーミングの人々が殺害され、その大半が有色人種のトランス女性でした。そのような過酷な現実が若者たちに落とす影は、フィリックスをはじめとする登場人物たちのことばの端々にも表れています。一方で、思い悩むフィリックスがトランスジェンダーやノンバイナリーの先輩たちと交わす率直な会話からは、未来へのたしかな希望が感じられます。アメリカは問題も多いけれど、人々が声をあげ、変化を起こす力のある国。権利のために立ちあがり、対話し、闘ってきた人々のパワーが、本書にも脈々と流れているように思うのです。

フィリックスとその同級生たちは、自分たちの置かれたいまという現実に正面からぶつかり、十七歳という多感な時を駆け抜けていきます。怒り、悲しみ、愛し、けんかし、嫉妬するのも全力なら、ときに失敗するのでさえ全力です。フィリックスとともに悩み、傷つき、〝だめだ！〟と叫んだり〝いいぞ！〟と応援したりして、あたたかい愛に包まれる。そんな読書体験をお楽しみいただけるよう願うとともに、自己実現はかなうというケイセンさんの力強いメッセージをお届けできたなら、訳者としてこれほどうれしいことはありません。

最後に、本書の刊行にご尽力くださったオークラ出版営業部の高島いづみさん、編集の長嶋瑞木さんに格別の感謝を。原書と同じアレックス・カバルさんのイラストを使用させていただきました。校正の廣田めぐみさん、装丁の根本佐知子さん（梔図案室）、およびご協力いただいたすべてのみなさまに心よりお礼申しあげます。

日本において性的マイノリティの人権が守られ、あらゆる差別がなくなることを願って。

二〇二三年二月

武居ちひろ

【セクシュアリティについての相談先】

≪よりそいホットライン≫
性別の違和や同性愛に関わる相談
https://www.since2011.net/yorisoi/n4/

≪一般社団法人にじーず≫
10代から23歳までのLGBTやそうかもかもしれない人が
集まれるオープンデーを定期開催
https://24zzz-lgbt.com/

≪にじいろtalk-talk≫
セクシュアリティの無料LINE相談
http://line.me/ti/p/%40ebx1820z

(2023年2月現在のデータを掲載いたしました)

読者のみなさまへ

この本には、精神的な負担となりうる描写が含まれています。
お気持ちと相談のうえ、ご確認いただけますようお願い申しあげます。

編集部より

〔本作は下記のエピソードを含むストーリーです〕

アウティング
トランスフォビア
ホモフォビア
親の不在、ネグレクト
精神的虐待
サイバーいじめ
キャットフィッシング（なりすまし詐欺）
未成年の飲酒喫煙
未成年のマリファナ使用

フィリックス エヴァー アフター

2023年5月30日　初版発行

著　者　　ケイセン・カレンダー
訳　者　　武居ちひろ
カバーデザイン　　根本佐知子（梔図案室）
発行人　　長嶋うつぎ
発　行　　株式会社オークラ出版
〒153-0051　東京都目黒区上目黒1-18-6　NMビル
営　業　　TEL：03-3792-2411　FAX：03-3793-7048
編　集　　TEL：03-3793-4939　FAX：03-5722-7626
郵便振替　　00170-7-581612（加入者名：オークランド）

印　刷　　中央精版印刷株式会社

定価はカバーに表示してあります。
乱丁・落丁はお取り替えいたします。当社営業部までお送りください。

ISBN 978-4-7755-3015-3

ＪＡＳＲＡＣ 出 2302840-301